40 JOURS DANS LA JUNGLE

MARCHIALY

Titre original : *Forty Days in the Jungle, behind the survival and rescue of four children lost in the Amazon*

Éditions Marchialy, une maison dirigée par Clémence Billault et Cyril Gay,
8 rue Léon-Jouhaux
75010 Paris
www.editions-marchialy.fr

1 JOUR DANS LA JUNGLE 2 JOURS DANS LA
JUNGLE 3 JOURS DANS LA JUNGLE 4 JOURS
DANS LA JUNGLE 5 JOURS DANS LA JUNGLE
6 JOURS DANS LA JUNGLE 7 JOURS DANS LA
JUNGLE 8 JOURS DANS LA JUNGLE 9 JOURS
DANS LA JUNGLE 10 JOURS DANS LA JUNGLE
11 JOURS DANS LA JUNGLE 12 JOURS DANS
LA JUNGLE 13 JOURS DANS LA JUNGLE 14
JOURS DANS LA JUNGLE 15 JOURS DANS LA
JUNGLE 16 JOURS DANS LA JUNGLE 17 JOURS
DANS LA JUNGLE 18 JOURS DANS LA JUNGLE
19 JOURS DANS LA JUNGLE 20 JOURS DANS
LA JUNGLE 21 JOURS DANS LA JUNGLE 22
JOURS DANS LA JUNGLE 23 JOURS DANS LA
JUNGLE 24 JOURS DANS LA JUNGLE 25 JOURS
DANS LA JUNGLE 26 JOURS DANS LA JUNGLE
27 JOURS DANS LA JUNGLE 28 JOURS DANS
LA JUNGLE 29 JOURS DANS LA JUNGLE 30
JOURS DANS LA JUNGLE 31 JOURS DANS LA
JUNGLE 32 JOURS DANS LA JUNGLE 33 JOURS
DANS LA JUNGLE 34 JOURS DANS LA JUNGLE
35 JOURS DANS LA JUNGLE 36 JOURS DANS
LA JUNGLE 37 JOURS DANS LA JUNGLE 38
JOURS DANS LA JUNGLE 39 JOURS DANS LA
JUNGLE 40 JOURS DANS LA JUNGLE

MAT
YOUKEE

40 JOURS DANS LA JUNGLE

TRADUIT DE
L'ANGLAIS PAR
CHARLES BONNOT

*SURVIE ET
SAUVETAGE
DE QUATRE
ENFANTS PERDUS
DANS LA FORÊT
AMAZONIENNE*

▪MARCHIALY▪

Aux enfants de la jungle.

40 JOURS DANS LA JUNGLE

TROISIÈME PARTIE
LES ENFANTS DE LA JUNGLE

BOGOTÁ
COLOMBIE
CAQUETÁ

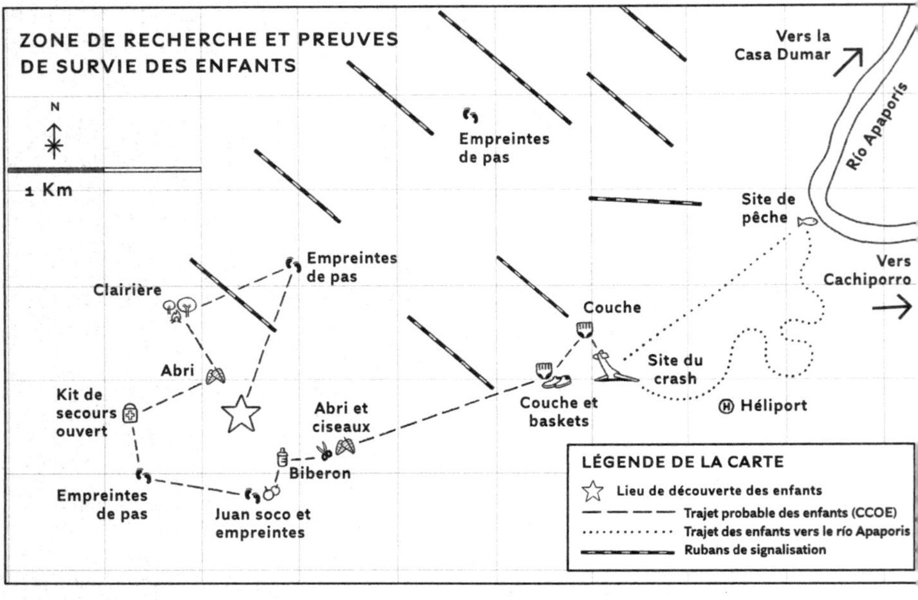
ZONE DE RECHERCHE ET PREUVES
DE SURVIE DES ENFANTS
N
1 Km
Vers la
Casa Dumar
Río Apaporis
Empreintes
de pas
Site de
pêche
Vers
Cachiporro
Empreintes
de pas
Clairière
Couche
Abri
Site du
crash
Kit de
secours
ouvert
Couche et
baskets
Héliport
Abri et
ciseaux
Biberon
Empreintes
de pas
Juan soco et
empreintes
LÉGENDE DE LA CARTE
Lieu de découverte des enfants
Trajet probable des enfants (CCOE)
Trajet des enfants vers le río Apaporis
Rubans de signalisation

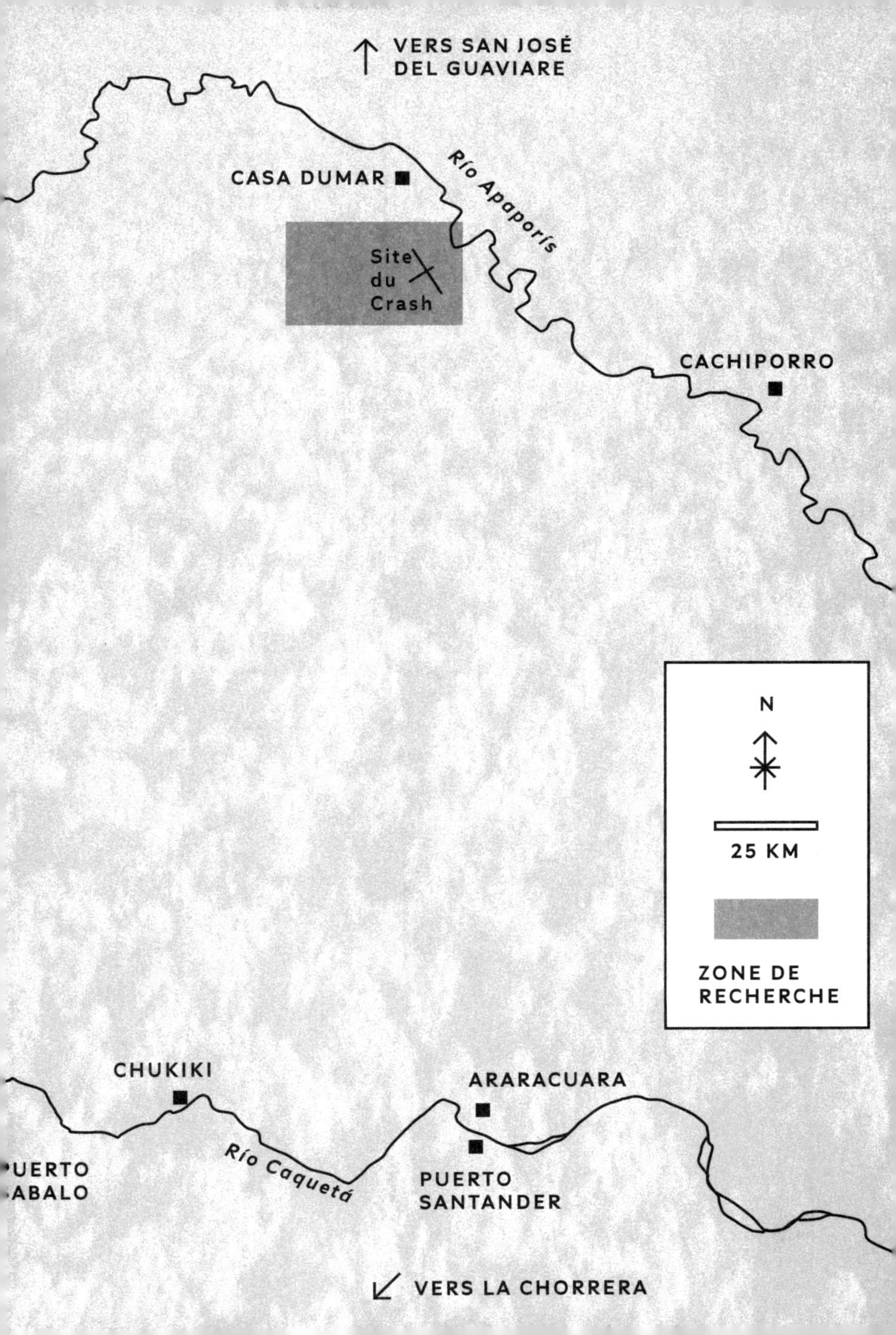
VERS SAN JOSÉ
DEL GUAVIARE
CASA DUMAR
Río Apaporís
Site
du
Crash
CACHIPORRO
N
25 KM
ZONE DE
RECHERCHE
CHUKIKI
ARARACUARA
Río Caquetá
PUERTO
SANTANDER
VERS LA CHORRERA

PROLOGUE

Le 9 juin 2023, en fin d'après-midi, une salve de klaxons s'est élevée des voitures coincées dans les rues embouteillées de Bogotá. Cette célébration qui accompagne traditionnellement les buts de la sélection de foot colombienne a été provoquée par un flash spécial diffusé à la radio. Quarante jours après la disparition de leur avion au-dessus de la jungle du sud du pays, quatre enfants indigènes venaient d'être retrouvés vivants par les équipes de secours.

C'était un moment de catharsis inattendu. L'appareil, un Cessna, avait été retrouvé trois semaines plus tôt, le nez planté dans le sol et la queue relevée, aussi vertical que les immenses arbres qui l'entouraient. Les corps des trois adultes qui se trouvaient à bord du vol HK-2803 avaient été identifiés, mais il n'y avait aucune trace des enfants. Chaque soir, les Colombiens écoutaient les informations pour suivre l'avancée des vastes opérations de recherche. Ils découvraient un casting digne d'une *telenovela* : pères angoissés et grand-mère télépathe, commandos déconcertés et chaman éclairé, esprits de la jungle perfides et héroïque berger belge baptisé Wilson. Cependant, à la fin du mois de mai puis au début du mois de juin, la perspective de retrouver les enfants vivants avait pratiquement disparu et beaucoup de Colombiens avaient cessé d'espérer un dénouement heureux.

Je partageais leur pessimisme. Après une décennie de journalisme en Colombie, j'en étais venu à me méfier des soi-disant bonnes nouvelles. Bien trop souvent, ce pays de 48 millions d'habitants avait vu des succès inespérés ou des victoires durement acquises sombrer dans la tragédie ou la farce. Les booms économiques étaient rapidement balayés par des crises financières. Les dirigeants politiques populaires et charismatiques tombaient presque invariablement pour des faits de corruption. Quand les formations paramilitaires ou les guérillas se rendaient, elles étaient aussitôt remplacées par de nouveaux groupes armés. C'étaient invariablement les populations rurales les plus isolées – notamment les 87 groupes indigènes – qui semblaient faire les frais de cette infortune.

Quand la nouvelle du sauvetage des enfants a été partagée sur X (anciennement Twitter), elle m'a rempli de joie. Cinq minutes plus tard, j'ai envoyé un e-mail à mon rédacteur en chef au *Guardian* pour lui demander de faire un papier sur le sujet puis, dans les jours qui ont suivi, j'ai rédigé plusieurs autres articles à partir des informations que je pouvais glaner afin de satisfaire l'immense intérêt des médias internationaux pour l'histoire de ces enfants. On m'a invité à faire part de mes impressions dans des talk-shows britanniques et des émissions de radio australiennes, et ma boîte e-mail a très vite débordé de messages de documentaristes me demandant de les aider à contacter les enfants et leur famille. C'était le plus gros sujet de l'année en Colombie.

Pourtant, alors même que l'intérêt mondial pour cette histoire atteignait son paroxysme, elle s'est trouvée recouverte d'un voile de silence. Après avoir passé un mois à l'hôpital, les enfants ont rejoint les services de la protection de l'enfance, où ils sont toujours pris en charge à l'heure où j'écris ces lignes. Un an après les faits, Lesly, l'aînée, a fait une brève déposition auprès des enquêteurs qui cherchaient à déterminer la cause de l'accident. Les seules autres sources d'informations étaient les membres de la famille qui avaient pu rendre visite aux enfants et les équipes de recherche. Leurs versions étaient vagues et souvent contradictoires. Beaucoup de questions demeuraient sans réponse.

Avant de devenir une histoire de survivants, le destin du vol HK-2803 et de ses passagers avait tous les attributs du parfait mystère. Quand les noms des enfants présents à bord avaient été diffusés, écorchés et mal orthographiés par l'autorité colombienne de l'aviation civile, l'identité de la famille et les raisons de son voyage avaient fait l'objet d'une curiosité légère. À la suite du sauvetage, les questions se sont multipliées. *Qui était cette famille ? Que faisaient-ils dans cet avion ? Pourquoi l'équipe de recherche avait-elle mis tant de temps à les retrouver ? Comment avaient-ils survécu ?*

Je me suis lancé dans la rédaction de ce livre afin de trouver des réponses. À la fin de l'année 2023 et au début 2024, je me suis rendu plusieurs fois en Amazonie colombienne pour parler aux amis et aux familles des passagers, ainsi qu'aux militaires et aux volontaires indigènes qui avaient participé aux recherches. Ça n'a pas toujours été simple. L'atmosphère de peur qui régnait sur les rives du río Caquetá rendait les témoins réticents à s'exprimer, et certains ont demandé que leur nom ne soit pas cité. Leurs histoires étaient bien souvent tragiques. Il était question de conflits familiaux, de trahisons, d'accusations, de menaces. Mais lors de ces conversations, on me demandait – ou on m'enjoignait – de raconter la *véritable* histoire, le contexte historique et politique plus profond qui avait décidé du destin du vol HK-2803 et de ses passagers.

Dès le début de mon enquête, j'ai eu l'intuition que derrière la survie miraculeuse des enfants se cachaient des vérités plus complexes et dérangeantes sur les réalités auxquelles sont confrontés les habitants de l'Amazonie colombienne. Les peuples indigènes de la région, qui vivent dans la pauvreté et sous la coupe des groupes armés, voient leur culture sapée par l'exploitation des sols et leurs besoins négligés par l'État. Je sentais que les projecteurs braqués sur la région à l'été 2023 ne mettraient que temporairement en lumière l'importance de préserver les cultures indigènes avant qu'elles ne disparaissent. Les causes profondes qui avaient conduit à ce désastre ne seraient pas abordées.

Durant mes recherches, j'ai interrogé des anthropologues, des historiens, des défenseurs des droits humains et des analystes sécurité. Je voulais toutefois fonder mon récit autant que possible sur les témoignages et les actes des proches des enfants et des personnes impliquées dans les recherches. Lorsque j'ai rencontré des versions divergentes, j'ai dû me fier à mon jugement pour tenter de démêler le vrai du faux ou, à défaut, identifier les zones de désaccord et de doute pour laisser le lecteur décider. Je me suis efforcé de retracer les actions et les motivations les plus probables des enfants sans trop spéculer sur leurs pensées intimes. Afin de rendre compte de l'inévitable part de licence créative à l'œuvre dans ces pages, les titres de chapitres concernés sont en italiques.

PROTAGONISTES

PUERTO SÁBALO ET CHUKIKI

Magdalena Mucutuy : uitoto, mère de Lesly, Soleiny, Tien et Cristin
Andrés Jacobombaire : premier mari de Magdalena (date du mariage : 2008)
Angie Jacobombaire Mucutuy (née en 2007) : première fille d'Andrés & Magdalena
Lesly Jacobombaire Mucutuy (née en 2009) : deuxième fille d'Andrés et Magdalena
John Andrés Jacobombaire Mucutuy (né en 2012) : fils d'Andrés et Magdalena
Soleiny Jacobombaire Mucutuy (née en 2014) : troisième fille d'Andrés et Magdalena
Narciso Mucutuy : père de Magdalena
Maria Fatima Mucutuy : mère de Magdalena
Fidencio Mucutuy : frère de Narciso, oncle de Magdalena
Manuel Miller Ranoque : compagnon de Magdalena
Tien Noriel Ranoque Mucutuy (né en 2019) : fils de Manuel et Magdalena
Cristin Neriman Ranoque Mucutuy (née en 2022) : fille de Manuel et Magdalena
William Castro : ami d'enfance de Manuel Ranoque, gouverneur de Puerto Sábalo (2023)
Diana Rodríguez : amie d'enfance de Magdalena, exilée à Bogotá
Adelia Rotieroke : marraine de Magdalena, résidente de La Chorrera

FAMILLE MENDOZA

Herman Mendoza : activiste pour les droits des indigènes, passager sur le vol HK-2803
Delio Mendoza : frère cadet de Herman, chercheur amazonien, membre de l'équipe de recherche d'Araracuara
Ismael Mendoza : père de Herman et Delio, ancien gardien à la prison d'Araracuara
Diana Mendoza : sœur cadette de Herman et Delio, instigratrice de l'équipe de recherche

PILOTES ET ÉQUIPES DE RECHERCHE AVIANLINE

Hernando Murcia : pilote du vol HK-2803
Fredy Ladino : propriétaire des avions Avianline
Harry Castañeda : pilote Avianline
José Miguel Calderón : pilote de brousse, ex-collègue de Hernando Murcia
Ferney Garzón : membre de l'équipe de recherche Avianline
Andrés Londoño : membre de l'équipe de recherche Avianline
Florencio Tamborrero : résident de Cachiporro et membre de l'équipe de recherche Avianline

COMMANDO COMBINÉ DES OPÉRATIONS SPÉCIALES (CCOS)

Général Pedro Sánchez : commandant du CCOS
Capitaine Edwin Montiel : chef du commando Dragon 4
Sergent Wilmer Miranda : sous-chef du commando Dragon 4
Lieutenant Juan Felipe Montoya : chef du commando Destroyer 1
Sergent Juan Carlos Rojas : sous-chef du commando Destroyer 1
Capitaine Armando Guerrero : directeur logistique de l'Opération Espoir

ARARACUARA

Edwin Paky : cartographe et chercheur, petit-cousin de Herman Mendoza
Henry Guerrero : membre de l'équipe de volontaires d'Araracuara, enseignant
Nestor Andoke : membre de l'équipe de volontaires d'Araracuara, chasseur
Serafina Guerrero : matriarche de la famille Guerrero, préparatrice de *yagé*
Martha Muñoz : propriétaire du magasin de la ville
Commissaire Jeison Castro : officier de police en charge d'Araracuara
Santiago Buraglia : consultant pour Yauto, entreprise de conseils spécialisée dans le marché des quotas carbone

PUERTO LEGUÍZAMO

José Rubio Rodríguez : guérisseur
Elíecer Muñoz : membre de l'équipe de recherche de Puerto Leguízamo
Nicolás Ordóñez : membre de l'équipe de recherche de Puerto Leguízamo
Dairo Kumariteke : membre de l'équipe de recherche de Puerto Leguízamo
Edwin Manchola : membre de l'équipe de recherche de Puerto Leguízamo

MAGDA
-LENA

LE PEUPLE DU CENTRE

De bonne heure le matin du 16 avril 2023, un passeur dirigea sa minuscule embarcation au milieu du río Caquetá, scrutant la berge à la recherche d'une trouée dans la jungle, d'un affluent masqué par la frondaison. C'était la saison des pluies et le fleuve était haut et large.

La jungle peut être un lieu sinistre, déroutant et inhospitalier. Mais à certaines heures du jour, sous certains angles, elle se pare d'une beauté idyllique et peut alors sembler pratiquement inoffensive. C'était l'un de ces moments. L'air du matin était frais et le vaste ciel zébré de fins nuages duveteux. Seuls les chants des oiseaux sur les berges lointaines venaient interrompre le ronronnement du moteur et le clapotis des vaguelettes heurtant la proue. Depuis le milieu du fleuve, la jungle formait une fine frange verte, les troncs des arbres les plus proches, illuminés par le soleil levant, éclataient de blancheur. Au-delà régnait l'obscurité.

L'homme pilotait une *lancha*, un long canoë de bois ouvert avec un moteur hors-bord de 40 chevaux fixé à la poupe. Il avait à ses pieds une bouteille de soda de deux litres remplie d'essence et une bâche roulée en boule pour se protéger des averses inopinées. Dans cette zone reculée de l'Amazonie colombienne, où les cours d'eau tiennent lieu de routes, on trouve sur les rives des dizaines de petits hameaux connus sous le nom de *veredas*.

Pour les populations indigènes, la lancha est un lien vital avec le reste du monde. C'est une forme de transport universelle et multifonctions qui joue à la fois le rôle de taxi, de bus scolaire et de véhicule de livraison.

Le passeur tira sur la barre et se dirigea vers le bras de fleuve qui conduisait à la vereda de Chukiki. Assise sur une souche, plusieurs sacs à dos à ses pieds, Magdalena Mucutuy entendit le bruit du moteur. Âgée de 33 ans et mère de six enfants, elle avait conservé le corps athlétique de sa jeunesse. Elle avait des bras minces mais musclés, d'une couleur cuivrée qui contrastait avec le blanc de son tee-shirt, un visage fin, avec des pommettes saillantes et une bouche large et pleine. Elle se leva en disant à ses enfants de ramasser leurs affaires.

Elle portait Cristin, la petite fille de 10 mois qu'elle avait eue avec son compagnon, Manuel Ranoque. Cristin était un bébé dodu, avec des bras potelés et des cheveux qui lui tombaient sur les épaules et que sa mère attachait en couette sur le sommet de sa tête.

Tien et Soleiny jouaient autour de la souche. Tien était le frère de Cristin, un petit garçon de 4 ans turbulent et malicieux qui adorait taquiner ses grandes sœurs. Les gens disaient souvent qu'il ressemblait à son père. Soleiny était la plus jeune des quatre enfants que Magdalena avait eus d'une précédente union. Elle avait 9 ans, elle était sociable et souriante, mais avec un côté têtu, insistant notamment pour se coiffer comme elle l'entendait, en l'occurrence avec deux couettes.

Deux des enfants de Magdalena vivaient encore dans la famille de son ancien compagnon. Le quatrième enfant assis à l'ombre était Lesly. Âgée de 13 ans, mais déjà grande et forte, c'était elle qui ressemblait le plus à sa mère. Elle était discrète et serviable, et prenait ses responsabilités d'aînée très au sérieux. Quand la proue de la lancha s'arrêta doucement contre la berge boueuse et que le passeur en bottes en descendit pour attacher le bateau, c'est elle qui aida à charger les bagages de la famille et à les recouvrir avec la bâche. C'est à elle que revenait la responsabilité de s'assurer que Tien et Soleiny prennent place sur les petits bancs de bois et qu'ils arrêtent de se chamailler.

De tous les enfants, c'était la seule qui comprenait pourquoi leur mère avait soudain décidé de quitter la jungle.

Alors que le bateau repartait dans le courant du río Caquetá, Lesly observait de ses yeux noirs et intelligents Magdalena, qui berçait Cristin d'un bras en faisant défiler les messages de Manuel de son autre main. Ils récapitulaient les étapes de leur fuite. Une fois arrivés à Araracuara, à une heure de bateau en aval, Magdalena et les enfants devaient se rendre directement au commissariat, sur la base militaire, et demander des places sur le premier vol à destination de San José del Guaviare, une ville située à 360 kilomètres au nord. Ils y prendraient ensuite un bus de nuit pour Bogotá, la capitale du pays perchée dans les Andes, où Manuel les attendrait.

Magdalena n'avait jamais quitté la jungle du sud de la Colombie. Alors que la proue fendait les eaux, elle jeta un dernier regard inquiet vers l'amont baigné de la lumière grise du soleil désormais voilé. Elle regardait vers Chukiki, la ville où elle était née et où, ce matin-là, elle avait lancé un au revoir froid à ses parents. Plus haut sur le fleuve se trouvait Puerto Sábalo, la vereda où elle avait passé les cinq dernières années. Elle y avait bâti une maison, une ferme et une vie. Depuis son siège dans la lancha, elle regardait s'éloigner pour la dernière fois cette partie du río Caquetá qu'elle connaissait si bien.

William Castro se souvient encore du jour, au début de l'année 2019, où il a vu son vieux copain Manuel Ranoque débarquer à Puerto Sábalo avec une femme et trois enfants dans ses bagages. Manuel était un homme costaud et vigoureux, et bien que William ne l'eût pas revu depuis de nombreuses années, il avait entendu parler de ses exploits. Manuel s'était forgé une réputation de fêtard à l'époque où il travaillait sur les barges minières illégales qui cherchaient de l'or au fond du río Caquetá. La dernière fois que William avait entendu parler de lui, il s'était fait pincer par les militaires et avait fini en prison à Leticia, une ville à la frontière brésilienne.

Manuel semblait désormais assagi, plus mature. Il présenta William à Magdalena et à ses deux filles, Lesly et Soleiny. Il s'extasiait sur Tien, qui était encore bébé, avec l'enthousiasme d'un jeune père devant son premier-né. Il était revenu dans sa ville natale, disait-il, pour bâtir une maison et fonder un foyer. William, fervent catholique, était ravi.

« Leur arrivée était une bonne nouvelle pour nous car ils avaient plein d'enfants, se souvient-il. Cela allait nous permettre de repeupler la communauté. » Il trouvait admirable que Manuel ait assumé la charge ses deux belles-filles. La mère de William, l'institutrice du village, était enchantée d'accueillir de nouvelles élèves après des années à voir les effectifs se réduire et les chaises rester vides.

William se remémore ces événements assis par terre, adossé au mur de sa maison de Puerto Sábalo. Il porte des bottes en caoutchouc et un débardeur noir, et son corps nerveux est couvert d'une pellicule de sueur après une journée passée à creuser des fossés de drainage. Le reste de son temps est consacré à des opérations de maintenance : remplacer des panneaux de bois pourris dans les maisons, dérouiller le générateur diesel du village, incinérer les déchets. Protéger Puerto Sábalo des effets délétères de la jungle est devenu une tâche infinie mais fut un temps, William nourrissait des ambitions pour sa communauté.

Sa maison est la plus impressionnante de Puerto Sábalo : trois étages, des murs peints en jaune et en bleu ciel. Il y a une grande télévision, un réfrigérateur et un crucifix accroché au mur. L'après-midi, un courant d'air frais entre par les larges fenêtres.

« Les gens d'ici construisent généralement une caisse en bois, ils la divisent en deux et puis ils vivent dedans, explique-t-il. J'avais envie d'autre chose. »

L'idée était de donner le ton, d'être un exemple pour le village. William avait prévu une maison plus grande encore et plus confortable mais les travaux ont pris du retard et l'argent a fini par manquer. Il se demande aujourd'hui ce qui a bien pu lui passer par la tête pour entreprendre un projet aussi ambitieux sur les rives du Caquetá.

« C'est mon éléphant blanc », résume-t-il.

William comme Manuel se sentaient investis d'une mission de préservation du patrimoine de Puerto Sábalo. En 1932, leurs arrière-grands-pères, des Uitoto employés dans une entreprise de caoutchouc détenue par des blancs, descendaient le fleuve en canoë à la recherche de *siringa*, des arbres d'où l'on extrait le latex, quand ils avaient découvert un long banc de sable recouvert de canards. Ils en avaient abattu quelques-uns avec leur Winchester puis, quand ils avaient jeté leur hameçon dans les eaux alentour, ils en avaient sorti un impressionnant *sábalo*, un délicieux poisson charnu.

Cette journée resta gravée dans leur mémoire longtemps après qu'ils furent retournés à leur labeur pour l'entreprise de caoutchouc, et ils repensaient souvent à ce coude du río Caquetá, si riche en poissons et en gibier. À la fin des années 1960, coupant par la forêt, ils retrouvèrent ce lieu qu'ils n'avaient pas oublié. Ils y fondèrent un hameau auquel ils donnèrent le nom du poisson qui peuplait ces eaux. Ce devait être un village où les Uitoto pourraient profiter d'une existence traditionnelle en toute indépendance.

Quand il avait fait la cour à Magdalena, Manuel avait parlé avec amour de son village natal et de son enfance auprès de son grand-père, désormais décédé, qui était le *cacique*, l'aîné et le chef spirituel de Puerto Sábalo – un homme qui connaissait les mystères de toutes les plantes de la forêt et qui entonnait les chants de ses ancêtres uitoto.

Quand Magdalena suivit son petit ami à Puerto Sábalo, elle découvrit une réalité bien différente. Le hameau comptait une vingtaine de familles, dont certaines vivaient dans des maisons en bois sur pilotis au bord du fleuve, tandis que d'autres logeaient un peu plus loin, sur les pentes de la colline voisine. Les anciennes *malocas*, les huttes traditionnelles au toit de palme dédiées aux cérémonies, qui constituaient le cœur de la vie sociale et spirituelle des Uitoto, pourrissaient sur pied.

Pas un seul sábalo ne nageait dans les hauts-fonds, aucun canard ne se séchait les plumes sur le rivage. Les anciens pestaient contre l'abandon de leur mode de vie traditionnel. Les populations indigènes d'Amazonie avaient autrefois vécu en harmonie avec la jungle. Quand un homme allait au fleuve, c'était pour tuer un canard ou harponner un poisson afin de subvenir aux besoins quotidiens de sa famille. Mais dans les années 1980, les villageois avaient massacré les canards et s'étaient mis à pêcher à la traîne. Ils vendaient le fruit de leur chasse et de leur pêche à Araracuara, une ville située en aval sur le fleuve. Cette époque d'abondance n'est plus jamais revenue, ne laissant derrière elle que la faim et la discorde.

« Il ne nous reste plus que notre histoire, assène aujourd'hui William. Il faut être très doué pour attraper un sábalo de nos jours. »

Manuel était convaincu de pouvoir enrayer le déclin de son village et son retour à Puerto Sábalo donna un coup de fouet à la vereda endormie. Certains des aînés l'avaient connu enfant. Ils se souvenaient de lui comme d'un casse-cou et un fauteur de troubles parti chercher du travail quand il avait 17 ans. Il en avait maintenant 27, il était doté d'une belle carrure et d'un appétit apparemment insatiable pour les travaux physiques. William voyait en lui un alter ego, un homme avec l'énergie et la volonté nécessaires pour donner une nouvelle direction au village.

« Si on l'envoyait creuser une tranchée, il attrapait une pelle et il était parti. C'était une bête de somme », dit-il.

Tronçonneuse en main, Manuel se dirigea bientôt vers la *monte*, la jungle sauvage qui entourait la vereda, pour couper le bois nécessaire à la construction d'une maison pour sa famille. Il élevait des poules et vendait du riz et de l'huile aux villageois pour compléter ses revenus. Il insufflait une dose d'esprit d'entreprise bienvenue.

Moins d'un an après l'arrivée de Manuel, William déménagea à Florencia, la capitale du département du Caquetá, seule ville où son fils handicapé pouvait recevoir le traitement dont il avait besoin. Quand il revint à Puerto Sábalo en 2022, Manuel avait construit sa maison – deux pièces, sur pilotis, avec un toit de palme – et il avait de facto endossé le rôle de chef de la communauté.

« Il avait mûri mais il était un peu content de lui, se souvient William. Ensemble, on a fondé une sorte de parti politique local. J'étais son conseiller, son bras droit. [Il disait] que la communauté avait besoin de ceci et de cela, qu'il nous fallait plus de réserves et un accès aux services publics. Il avait raison. Puerto Sábalo n'était pas reconnu par l'État, nous n'avions pas de compte en banque or, sans compte en banque, nous ne pouvions pas travailler avec les institutions. »

Les deux hommes passaient leurs soirées ensemble chez William. Il fallait faire l'acquisition d'une pompe pour acheminer l'eau potable depuis des sources qui se trouvaient à l'intérieur des terres. Ils devaient obtenir un prix raisonnable sur l'essence du générateur. Ils devaient faire pression sur les autorités compétentes pour améliorer l'enseignement et l'accès aux collèges situés en amont sur la rivière.

Ils s'accordaient aussi à dire que Puerto Sábalo devait retrouver son âme, sa culture indigène traditionnelle. Depuis vingt ans, le village n'avait plus de cacique, car plus personne ne possédait les connaissances requises en matière d'histoire et de cosmologie de leur peuple. Manuel semblait déterminé à sortir la communauté de sa léthargie et il avait un plan.

Celui-ci consistait notamment à faire entrer Puerto Sábalo sur le marché des quotas carbone. Au cours de l'année 2022, des consultants de Yauto, un cabinet de conseil de Bogotá, vinrent à plusieurs reprises au village. Ils s'efforçaient d'expliquer aux habitants réunis dans la maloca comment ils pourraient générer des revenus en protégeant la jungle qui les entourait. S'ils parvenaient à réduire l'étendue des surfaces qu'ils défrichaient pour faire paître les troupeaux ou exploiter le bois de coupe, ils obtiendraient des crédits carbone que Yauto pourrait ensuite vendre à des entreprises polluantes dans des pays industrialisés afin de compenser leurs émissions.

Tous ne saisirent pas les nuances du programme REDD+ des Nations unies, mais ils comprenaient qu'avec l'argent gagné, ils pourraient financer leurs projets sociaux indispensables et qu'il resterait ensuite suffisamment de budget pour verser des allocations mensuelles à chaque famille.

Manuel comptait devenir le représentant de la communauté auprès de Yauto. En décembre 2022, il se présenta à l'élection pour le poste de gouverneur de Puerto Sábalo avec William comme adjoint. Certains anciens étaient sceptiques. C'était un poste administratif mais ils avaient le sentiment que Manuel visait un rôle plus prestigieux pour lequel il n'était pas qualifié.

« Il est venu ici, il a planté son bâton dans le sol et il a dit : "Ce sera moi le prochain cacique" », témoigne un ancien du village.

Personne n'eut envie de s'opposer à Manuel, qui fut donc élu gouverneur. Selon William, les habitants du village voyaient en lui un nouvel homme depuis l'époque de ses errements adolescents. « La communauté lui a offert une position qui lui permettait de tourner la page, dit-il. J'accordais une grande confiance à Manuel. Une *très grande* confiance. »

Tandis que son compagnon partageait son temps entre le travail physique et son engagement dans la politique locale, Magdalena tenait le rôle de l'épouse dévouée, bien qu'en réalité ils ne fussent pas mariés. Durant les premières années, ils durent dormir dans la maloca délabrée qui avait appartenu au grand-père de Manuel. Elle faisait de son mieux pour lui donner la chaleur d'un foyer. Le sol était en terre battue mais c'était spacieux. Les meubles de la famille – une table, quelques chaises, une grande plaque de cuisson en métal – paraissaient minuscules sous le haut plafond.

Dans un coin de la maloca se trouvait un foyer sur lequel Magdalena faisait cuire du manioc râpé pour en faire des *casabe*, un pain plat, croustillant à l'extérieur et gélatineux à l'intérieur. Le manioc, ce long tubercule brun au cœur blanc riche en amidon, est un incontournable de l'alimentation amazonienne. Résistant aux sécheresses et capable de pousser dans des sols pauvres, le manioc est cultivé par les civilisations indigènes depuis des siècles. Ces dernières ont aussi mis au point une variété de procédés – trempage, fermentation, cuisson – pour en retirer le cyanure qu'il contient naturellement.

Magdalena faisait pousser son propre manioc. À quelques centaines de mètres de la maloca, au bout d'un chemin qui grimpait dans la colline et enjambait des ruisseaux grâce à quelques planches de bois branlantes se trouvait sa *chagra*, une petite parcelle où elle pouvait cultiver ses légumes et ses plantes. Chaque année en septembre, Manuel abattait des arbres de la forêt à la tronçonneuse puis en brûlait les branches, laissant une couche de cendres fertile à la surface. Magdalena plantait du manioc, du maïs et des graines de plantain en rangées soigneusement espacées. Tout au long de l'année, elle désherbait le sol et protégeait ses récoltes contre les nuisibles. Sa chagra était saine et bien organisée, les fines branches de manioc en forme de V étaient surmontées d'épais buissons aux feuilles vertes.

Plus qu'une source de nourriture pour sa famille, la chagra était un espace féminin. Si les hommes dissertaient dans la maloca, la chagra était le lieu où les femmes de la communauté pouvaient échanger nourriture et graines, s'entraider dans les tâches agricoles, et transmettre leurs connaissances des plantes aux jeunes générations. Les chagras se trouvaient parfois à plusieurs kilomètres du village, dans la *monte*, et c'était là que les jeunes filles avaient l'occasion de développer leur connaissance de la jungle et leurs liens avec leur environnement. Depuis l'enfance, c'était le lieu où Magdalena se sentait le plus chez elle.

Elle était née en 1990, troisième enfant de Narciso Mucuty, du peuple muinane, et de Maria Fatima Valencia, une Uitoto. L'Amazonie colombienne est habitée par 44 peuples indigènes différents, mais les communautés qui vivent dans le bassin délimité par le río Caquetá et le río Putumayo, rivière qui forme la frontière sud avec le Pérou, sont connues sous le nom de Peuple du Centre. Outre les Uitoto et les Muinane, les autres tribus principales sont les Andoque, les Bora, les Ocaina, les Nonuya, et les unions entre individus de ces différents groupes sont devenues la norme. Leurs membres se présentent souvent comme des *paisanos*, le terme espagnol signifiant « compatríotes », que les indigènes emploient pour désigner les gens issus de la même terre originelle. Ce qui relie ces communautés et les distingue des groupes indigènes voisins, c'est leur culture commune de la terre et leurs cérémonies.

Le Peuple du Centre se surnomme aussi le « peuple du tabac, de la coca et du manioc doux », en référence à trois de leurs produits sacrés. Le premier est l'*ambil*, une pâte de tabac sombre et visqueuse qui s'applique sur la langue ou les gencives avec le doigt. Pour un palais novice, elle a un goût de pickle de poisson mais avec un effet immédiat et subtil, et on comprend tout de suite pourquoi elle a la réputation de faciliter le dialogue et d'inspirer intelligence et réflexion.

La culture du tabac servant à produire l'ambil est réservée aux hommes de la communauté. Il en va de même pour les feuilles de coca, qui sont pulvérisées et mélangées aux cendres des arbres locaux pour confectionner le *mambé*, une poudre verte que l'on applique entre les dents du bas et la joue, et que les hommes consomment lors de leurs cérémonies dans les malocas. Les garçons apprennent à *mambear* avec leur père : si l'on n'humidifie pas suffisamment le mambé avec sa salive, on risque d'inhaler la poudre, ce qui provoque des quintes de toux et, dans le pire des cas, une suffocation.

Le Peuple du Centre utilise aussi un certain type de manioc doux pour produire des boissons de cérémonie consommées lors de danses dans la maloca. Ces danses constituent depuis longtemps un trait distinctif de la culture locale. Quand un anthropologue allemand s'est rendu dans un village uitoto en 1914, les membres de la communauté lui ont dit : « Nous travaillons pour pouvoir danser. » Bien que les tenues aient changé – les jeunes Uitoto portent aujourd'hui des baskets et des maillots de foot –, ces événements conservent une importance capitale dans les relations inter-tribus.

Pour autant, ces danses sont devenues de plus en plus rares à Puerto Sábalo. Le soir, quand le générateur démarre, les familles se réunissent dans les maisons munies d'une parabole grise. S'il n'y a pas de match de foot à la télé, on regarde une *telenovela* qui se passe à Bogotá, Medellin ou dans la ville caribéenne de Carthagène. Les acteurs sont glamours, les costumes stylés et les décors luxueux.

Au cours de sa vie, Magdalena avait vu de nombreux amis et membres de sa famille partir s'installer à Bogotá. Les plus doués allaient étudier à l'université, souvent grâce à une bourse. D'autres trouvaient du boulot par l'intermédiaire d'amis. Certains avaient été forcés de partir car ils craignaient pour leur sécurité dans la jungle.

Quand ils rentraient pour les vacances, ils se plaignaient souvent du froid de la capitale, perchée à 2 600 mètres d'altitude dans les Andes. Ils la surnommaient *la nevera*, le réfrigérateur. Ils râlaient contre les embouteillages, les tours de verre et de briques qui se ressemblaient toutes, et le rythme insoutenable de la vie urbaine. Trouver du travail était difficile, se réchauffer impossible et les paysages, la chagra et la cuisine du pays leur manquaient. Mais ils disaient tout cela par modestie. Les paisanos voyaient bien, à leurs vêtements et à leur téléphone portable, que la capitale était aussi un lieu d'opportunités.

Si Magdalena avait un temps eu l'ambition de partir pour la ville, les événements n'avaient pas suivi ce cours. Elle n'avait guère d'éducation formelle, peu d'argent, des enfants à charge et une chagra à entretenir. Pourtant, quitter la jungle devint un jour sa seule issue.

Une nuit, au début du mois d'avril 2023, Manuel Ranoque disparut. Le lendemain matin, William Castro remarqua qu'il manquait une lancha au bord de l'eau. Manuel était parti à Araracuara, et s'était rendu directement au commissariat. Il avait embarqué dans un avion militaire l'après-midi même et quitté la jungle. Il affirmait avoir été chassé du village par la guérilla et disait que la vie de sa compagne et de ses enfants était désormais en péril.

LA MAIN GAUCHE

Dans les veredas du río Caquetá, les paisanos parlent parfois, à voix basse, de *la mano izquierda*, la main gauche. Ce terme est délibérément vague et ce pour deux raisons. D'une part, parce qu'il est déconseillé d'évoquer trop clairement les groupes armés qui rôdent sur les rives du Caquetá ; d'autre part, parce que les guérillas, cartels et gangs paramilitaires qui ont infiltré la région au cours des cinquante dernières années sont si nombreux qu'il peut être difficile de suivre l'évolution de leurs influences respectives. Dans les années 1960, à l'époque où les Uitoto construisaient les premiers bâtiments de Puerto Sábalo, un soulèvement de paysans armés opposés au gouvernement de droite alors à la tête du pays se structura en une armée rebelle organisée.

Les Forces armées révolutionnaires de Colombie (les FARC) virent le jour dans les plantations de café au sud de Bogotá, mais elles se propagèrent bientôt dans toute la jungle amazonienne, véritable planque naturelle hors de portée de l'armée gouvernementale. En 1999, alors que Magdalena était âgée de 9 ans, les FARC prirent le contrôle d'Araracuara et de sa région. C'était un groupe organisé, avec des uniformes camouflage, des fusils d'assaut AK-47 et des brassards aux couleurs jaune, rouge et bleu du drapeau colombien.

D'après Jan Alvaro Echeverri, un anthropologue qui travaillait à Araracuara à l'époque, beaucoup d'indigènes de cette région totalement coupée des pouvoirs publics se réjouirent d'abord du semblant d'ordre qu'offrait la guérilla.

« Quand la guérilla a pris le contrôle, les choses fonctionnaient à merveille. Les gens étaient même satisfaits, explique-t-il. Des lois ont été mises en place et condamnaient à des travaux d'entretien de la route [d'Araracuara] quiconque volait, se soûlait ou battait sa femme. La route n'a jamais été en meilleur état qu'à cette époque-là. »

Mais en novembre 2003, deux bataillons de l'armée posèrent le pied sur la piste de l'aérodrome et entreprirent d'empiler les premiers sacs de sable de la base militaire. Au cours de la décennie suivante, le Peuple du Centre se retrouva pris entre deux feux pendant que l'armée essayait de reprendre le contrôle de la jungle aux FARC. Contraint de coopérer avec un camp, il subissait ensuite les foudres de l'autre. Les indigènes se mirent à donner des informations sur les uns ou les autres. Les guérilleros paranoïaques procédèrent à des exécutions. En bref, tel que le résume Echeverri, « tout est parti en vrille ».

Ainsi, quand un référendum sur un traité de paix entre le gouvernement et les FARC fut organisé en 2016, une écrasante majorité d'électeurs du Caquetá vota pour l'arrêt des violences. Durant les années qui suivirent, 90 % des combattants FARC déposèrent les armes à travers le pays. Mais le Peuple du Centre n'eut pas cette chance. Dans la jungle du Caquetá, les événements prirent une autre tournure.

Ivan Mordisco, commandant du Premier Front des FARC, qui opérait dans les jungles du sud du pays, fut le seul gradé de la guérilla à quitter la table des négociations, affirmant que ses camarades avaient renoncé à leurs idéaux révolutionnaires. En réalité, la région qu'il contrôlait, avec ses voies fluviales où transitait la cocaïne et ses exploitations d'or illégales, était tout simplement trop lucrative pour qu'il se résolve à l'abandonner.

Le visage glabre et inquiétant malgré ses lunettes de professeur, Mordisco était un stratège audacieux et une cible insaisissable. Quand les FARC envoyèrent l'un de ses vétérans les plus craints pour le ramener dans le rang, Mordisco parvint à le recruter dans son camp. En juillet 2022, l'armée annonça l'avoir tué dans une frappe aérienne, mais il réapparut neuf mois plus tard à la télévision, sain et sauf, une mitrailleuse israélienne à la main. L'État-Major Central (EMC), ainsi qu'était baptisé son groupe dissident, se développa rapidement dans le vide laissé par les FARC.

Les habitants de Puerto Sábalo ne virent d'abord pas une grande différence avec la situation qu'ils connaissaient depuis des décennies. Les guérilleros conduisaient leurs opérations sur l'eau et dans la jungle et ne demandaient généralement guère plus aux paisanos que leur silence. Toutefois, au milieu de l'année 2020, en pleine pandémie de Covid-19, Magdalena et ses voisins qui vivaient au bord du fleuve commencèrent à recevoir des messages de la guérilla sur leur téléphone.

Comme toutes les mères colombiennes, Magdalena s'inquiétait de la menace de ce nouveau virus mortel sur sa famille. Les masques et le gel hydroalcoolique étaient pratiquement introuvables. Il n'y avait aucun hôpital capable de traiter les cas les plus graves et les respirateurs les plus proches se trouvaient à des milliers de kilomètres. Le gouvernement avait suspendu les vols vers la région et les réserves de nourriture commençaient à s'amenuiser.

L'EMC assuma les responsabilités auxquelles l'État avait renoncé. Il instaura couvre-feu et confinement via des messages WhatsApp. Il mit en place des checkpoints sur le río Caquetá pour repousser les étrangers. Ce fut la guérilla qui fournit de la nourriture et des prêts à la population vulnérable. Mordisco réunit de petits groupes dissidents sous son commandement, et l'EMC devint de fait la force principale dans la jungle, exerçant un contrôle que nul n'avait vu depuis l'apogée des FARC.

« Pendant la pandémie, l'EMC a soudain compris qu'il pouvait contrôler ouvertement ce territoire et que personne ne viendrait les déloger, résume Sergio Saffon, analyste sécurité. Le Caquetá est devenu le berceau d'un nouveau projet national porté par les dissidents des FARC. »

À partir de 2020, les guérilleros furent de plus en plus présents à Puerto Sábalo. Magdalena les voyait arriver au village pour parler aux hommes – parfois depuis la jungle, vêtus de leur uniforme kaki, parfois depuis la rivière, en civil. Ils demandaient des informations, arbitraient des différends. Mais pour contrôler leur territoire en expansion, ils avaient besoin que de nouvelles recrues viennent grossir leurs rangs.

Des rumeurs sur les tentatives de recrutement d'enfants indigènes par la guérilla se propagèrent le long du río Caquetá. Des parents se plaignirent, dans des villages de l'amont, car le principal du collège avait invité des membres de l'EMC à donner des conférences sur les théories révolutionnaires. D'après les ONG de défense des droits humains de la région, 21 enfants au moins furent recrutés par la guérilla entre 2020 et 2022, mais le rythme s'accéléra en 2023, 18 enfants ayant rejoint les rangs de la rébellion au cours des six premiers mois de l'année.

Quand les enfants ne se portaient pas volontaires, ils étaient enrôlés de force. En mars 2023, un gradé de l'EMC surnommé El Gato enleva quatre enfants d'une communauté indigène située à 50 kilomètres en amont de Puerto Sábalo. Deux mois plus tard, on les retrouva morts, exécutés par la guérilla après une tentative d'évasion. Magdalena avait peur pour Lesly qui, à 13 ans, risquait de devenir une cible de ce recrutement. D'après Manuel, Lesly aurait dit à sa mère que les guérilleros l'avaient approchée au mois de février.

Quand Manuel quitta Puerto Sábalo au milieu d'une nuit d'avril, Magdalena se retrouva soudain seule. Elle alla d'abord chez son frère dans la vereda de Berlín, puis emmena ses enfants chez ses parents à Chukiki. Ses proches ont raconté qu'au cours de ces cinq jours, elle se tenait souvent à l'écart, dans la forêt, pour parler au téléphone. Ils voyaient à ses épaules voûtées et à ses gestes de colère qu'elle se disputait avec Manuel.

Le 16 avril, Magdalena avait pris sa décision. Sa famille ne pouvait pas rester dans la jungle. Elle devait emmener ses enfants à Araracuara et monter dans le premier avion.

Sur la lancha, Magdalena regardait la rivière rétrécir, gonfler, et leur embarcation prendre de la vitesse. Sur les rives, le terrain était couvert de collines densément boisées, et ils furent bientôt enserrés par des falaises grises de 50 mètres de haut. Des dizaines de cascades se déversaient directement dans la rivière depuis le sommet de ces formations rocheuses, soulevant une brume qui scintillait dans la lumière du soleil.

Le río Caquetá est une rivière puissante et turbulente. Elle prend sa source dans les landes battues par les vents et la pluie des montagnes andines, et descend rapidement vers l'est par des gorges et vallées profondes jusqu'à atteindre les plaines du bassin amazonien. Elle y serpente en amples méandres jusqu'au Brésil, où elle se jette dans l'Amazone, à 2 800 kilomètres de sa source. Comme les autres fleuves et rivières de la jungle colombienne, le Caquetá est parsemé de rapides infranchissables et de chutes d'eau qui, depuis toujours, isolent et protègent la région.

Magdalena et ses enfants traversèrent un *tupui*, ces plateaux de grès qui surplombent la jungle comme des sentinelles. Les anciens Uitoto croyaient que ces géants de roche abritaient de dangereux esprits primordiaux et ils s'étaient installés au fond de la forêt pour s'en tenir éloignés.

Au fond de la gorge étroite, la lancha tanguait en se frayant un chemin dans les tourbillons d'eau écumante. Quand le niveau de l'eau était bas et que les rochers affleuraient, la traversée était périlleuse et seuls les passeurs les plus aguerris la tentaient, mais ce jour-là, la lancha poursuivit son chemin sans encombre, débouchant soudain sur un fleuve à nouveau paisible et plus large.

Trente minutes plus tard, ils atteignirent Puerto Arturo, le port le plus proche d'Araracuara. Une poignée de bateaux de marchandises délabrés mais peints de couleurs vives étaient attachés ensemble dans la baie minuscule et peu profonde. Sur la cale boueuse, des hommes chargeaient des cartons de nourriture et des caisses de bière dans une remorque accrochée à un tracteur. Un gros homme blanc torse nu qui portait un chapeau de paille était aux commandes. Le tracteur était le seul véhicule suffisamment robuste pour transporter ces stocks sur la route décrépite. Magdalena ignora les sollicitations de motards qui lui proposaient de l'emmener en ville. Elle mit son sac sur son dos, serra Cristin contre elle et, ses trois autres enfants à ses côtés, entama la longue ascension vers la ville.

La route était dans un état déplorable – une tranchée de glaise pâle et glissante striée par les eaux de pluie et grêlée de profonds nids-de-poule. Elle gravissait la pente sur deux kilomètres vers le sommet d'un autre tupui qui dominait Araracuara et la jungle environnante.

Arrivée au sommet, Magdalena traversa avec ses enfants la piste de décollage gravillonnée pour rejoindre la base militaire, où une grande antenne parabolique rouge dépassait des murs de sacs de sable hauts de trois mètres. Le logo du régiment d'action en jungle Bilac 50 était peint sur un panneau de bois à côté à l'entrée: un jaguar tapi au-dessus de deux fusils croisés. Magdalena s'adressa aux gardes, qui la laissèrent passer. À l'intérieur, le commissaire Jeison Castro l'attendait.

« Ils sont montés à pied du port et elle est venue me trouver, se souvient-il. Elle avait un bébé dans les bras et trois enfants avec elle. Elle m'a dit qu'elle était la compagne de Ranoque et qu'il fallait que je la fasse monter dans un avion. »

Castro est un flic chevronné, costaud, aux cheveux gris coupés à ras. Durant sa longue carrière dans la police colombienne, il a occupé de nombreux postes dans la jungle. De son point de vue, Araracuara était le plus dur. Avant qu'il y soit nommé, il y avait un commissariat en ville, mais les policiers étaient maintenant confinés dans un petit bureau situé dans l'enceinte de la base militaire.

Il y avait beaucoup de coins dans le secteur, notamment de l'autre côté du fleuve, où ils ne mettaient pas les pieds à moins de vingt agents. Des routes de la drogue bien connues passaient dans la jungle à quelques centaines de mètres à peine, mais les ressources et la motivation manquaient pour s'y attaquer. Quant aux indigènes, soit ils se méfiaient des policiers, soit ils ne voulaient pas risquer d'être vus en leur compagnie. Il n'y avait rien d'autre à faire que de rester planqué à la base et d'attendre la prochaine affectation, avec un peu de chance à Leticia, la ville la plus développée de la jungle, avec ses restaurants, ses cafés et son air conditionné. Pour autant, il arrivait de temps en temps qu'un paisano s'aventure jusqu'à la base pour déposer plainte.

Une semaine plus tôt, aux premières heures du jour, Manuel Ranoque s'était présenté, épuisé et trempé, dans le bureau du commissaire Castro. Il avait dit au policier qu'il craignait pour sa vie. La guérilla l'avait approché à Puerto Sábalo pour exiger un impôt de 10 % sur les revenus que toucherait la communauté grâce aux crédits carbone. Manuel disait avoir refusé et, la veille au soir, il s'était fait coincer par une guérilla nommée El Paisa, qui lui avait laissé quelques heures pour quitter la ville. Manuel disait qu'il devait sortir au plus vite de la jungle et supplia Castro d'aider sa famille à en faire autant. Par chance, un avion militaire était arrivé le jour même et Castro avait convaincu le pilote d'emmener Manuel à San José del Guaviare.

Magdalena se tenait à présent devant le bureau du commissaire, au même endroit que son compagnon une semaine plus tôt. Ce qui compliquait sa demande d'exfiltration, c'était le fait qu'aucun vol militaire ne soit prévu pour les semaines à venir. Mais l'avion-cargo hebdomadaire devait décoller le lendemain pour San José del Guaviare. Castro n'avait pas l'autorité pour contraindre le pilote à emmener la famille, le mieux qu'il puisse faire était donc d'en appeler à son humanité.

Magdalena semblait satisfaite de cette solution. Elle avait de la famille à Araracuara qui pouvait les loger pour la nuit. Elle se dit aussi que, quitte à attendre l'avion, c'était l'occasion de faire vacciner Cristin dans le petit centre de santé de Puerto Santander, sur la rive d'en face.

Elle emmena donc sa famille sur la route qui descendait sur l'autre versant du tupui et menait à Araracuara. Le bourg était bâti sur un modèle indigène. Les maisons en bois à un étage étaient espacées les unes des autres : certaines étaient construites dans des champs, d'autres nichées dans la forêt, et elles étaient reliées entre elles par des sentiers. Au centre de la ville s'élevait le bâtiment public le plus imposant, aux salles de classe et dortoirs entourés d'arbres fruitiers : l'Internado, un pensionnat catholique où Magdalena avait été scolarisée bien des années auparavant.

Tien traînait sur le chemin qui longeait la rive, fasciné par les pêcheurs. Des promontoires cantilevers en bambous épais étaient arrimés aux larges rochers qui affleuraient au-dessus de l'eau. Les hommes immobiles attendaient, bras levé, harpon en main, de repérer un poisson-chat géant. Lesly pressa Tien jusqu'à la berge herbeuse où leur mère hélait un passeur pour qu'il leur fasse traverser le fleuve.

Sur l'autre rive se trouvait Puerto Santander, qui était peuplé de *colonos*, les colons blancs arrivés dans la jungle dans la deuxième moitié du XXe siècle. La ville était organisée en damier, avec des immeubles en parpaings de plusieurs étages collés les uns aux autres. En haut de la colline se trouvait un modeste centre de santé où un seul et unique interne assurait les soins basiques pour la population des environs.

Magdalena fit grimper les enfants à bord et la lancha entama sa lente traversée : le même trajet que Magdalena avait effectué vingt ans plus tôt, la première fois qu'elle avait fui Araracuara.

LE MOUTON NOIR

Quand son corps fut identifié un mois plus tard dans l'épave du Cessna 206, une seule photo de Magdalena Mucutuy fut diffusée dans les médias locaux. On la voyait de trois quarts, devant un panneau de bois, vêtue d'un gilet rouge sur un tee-shirt blanc, ses cheveux tirés en arrière. Elle semblait sérieuse et attentive, comme si elle écoutait un discours dans la maloca. Elle avait l'air petite et réservée. Elle collait à l'idée que beaucoup de Colombiens se faisaient d'une femme indigène.

Dans l'intense couverture médiatique qui accompagna la recherche de ses enfants, le rôle de Magdalena dans les événements fut largement négligé. Elle demeurait un vide au cœur de cette histoire. Mais sa vie, sa personnalité, et les décisions difficiles qu'il lui avait fallu prendre avaient façonné les circonstances qui avaient conduit sa famille à embarquer à bord de ce Cessna en mai 2023. Elles étaient également révélatrices de la position précaire qu'occupaient beaucoup de femmes à travers l'Amazonie.

Dans les communautés indigènes de la jungle, la répartition genrée des rôles demeure strictement déterminée. Les hommes sont supposés apprendre à chasser, construire des bâtiments ou faire du commerce et endosser un rôle de chef au sein de la communauté. Dans les malocas, les décisions sont généralement prises dans les zones réservées aux hommes, sous l'influence de substances sacrées telles que le mambé, interdit aux femmes. Les filles vont à l'école mais, pour beaucoup, leur véritable éducation tient à l'acquisition des compétences d'une bonne épouse : savoir cultiver la nourriture et la cuisiner, effectuer les tâches domestiques, élever les enfants.

Depuis les années 1980, les Colombiens urbains aisés préfèrent employer des domestiques indigènes, qu'ils imaginent dociles et travailleuses, prêtes à accepter un salaire de misère sans faire d'histoires. Et bien que ce stéréotype ait évolué à mesure que les femmes indigènes ont commencé à occuper une place plus importante dans la vie publique, Magdalena, qui avait grandi dans les années 1990, semblait s'y conformer.

Quand on lui demande aujourd'hui de décrire sa fille, Fatima Mucuty loue spontanément son caractère travailleur. « Il n'y avait jamais besoin de lui dire quoi faire, elle était tout le temps en train de travailler, raconte-t-elle. Elle n'était pas du genre à rechigner s'il fallait laver le linge ou si le perron était sale. Elle s'en occupait, toujours en riant. »

« Elle était très débrouillarde, très travailleuse, la décrit Manuel pour expliquer ce qui l'a d'abord attiré chez Magdalena. Elle prenait soin de mon linge, elle cuisinait bien et elle s'occupait de moi. »

Mais Diana Rodríguez, son amie d'enfance, se souvient d'un autre aspect de sa personnalité : une fille curieuse, très sportive, impulsive, avec un petit côté rebelle.

Assise dans un café de Bogotá par une après-midi froide et humide typique de la capitale colombienne, Diana se penche sur sa tasse. Elle fait partie, estime-t-on, des 20 000 indigènes qui ont quitté leur territoire pour rejoindre la ville depuis 1990. Elle a 35 ans, elle porte une épaisse doudoune et ses cheveux tirés en arrière soulignent l'aspect sévère de son visage carré. Elle a une grosse cicatrice en forme de C sur la tempe gauche, souvenir d'un coup de crosse asséné par un guérillero quand elle avait 11 ans. Elle a un air dur mais quand elle parle de Magdalena et de leur enfance sur les bords du Caquetá, ses traits s'adoucissent.

Ses souvenirs les plus chers sont leurs après-midi passées en canoë. Si elles avaient envie de pêcher, elles étaient sûres de faire une bonne prise en lançant simplement un hameçon et une ligne. D'autres fois, elles se mettaient au défi d'aller pagayer dans les rapides puis riaient aux éclats quand le canoë tanguait, et s'accrochaient aux branches et aux rochers pour ne pas chavirer. Si elles entendaient dire qu'un bateau de marchandises s'était retourné un peu plus haut sur la rivière, elles allaient piller les cargaisons échouées. Elles avaient ainsi amassé une collection de tongs de toutes les tailles et de toutes les couleurs.

Elles étaient inscrites à l'Internado, l'école d'Araracuara fondée par des capucins. Diana était externe, Magdalena interne. Elles allaient en classe le matin et l'après-midi elles chantaient dans la chorale ou faisaient du sport dans la cour bétonnée. Diana était une excellente basketteuse, Magdalena préférait le foot à cinq.

À partir de septembre 2004, les entraînements devinrent plus sérieux encore. Magdalena et Diana se réveillaient à l'aube pour s'entraîner avec les filles plus âgées et les femmes de la communauté. Pour la première fois, Araracuara envoyait une délégation participer à un tournoi multisport que les paisanos surnommaient « les Jeux olympiques indigènes ». Elle avait beau être la plus jeune joueuse de l'équipe de foot, la fluidité technique de son jeu faisait de Magdalena un membre essentiel et elle ne voulait pas laisser tomber ses coéquipières.

Le problème, c'était que le tournoi se tenait à La Chorrera, une ville indigène située à 60 kilomètres au sud, près de la frontière péruvienne. On ne pouvait la rejoindre qu'au terme de cinq jours de marche dans la jungle, or Fatima et Narciso, les parents de Magdalena, ne voulaient pas en entendre parler. De leur point de vue, c'était un voyage bien trop dangereux pour une jeune fille de quatorze ans.

Aux premières heures d'un matin de novembre, Diana attendait au bord de l'eau sans savoir si son amie viendrait. En aval du lieu où les pêcheurs guettaient les poissons-chats, dans la partie plus calme à hauteur de Puerto Santander, les rochers, plus petits et plus ronds, n'étaient qu'à moitié immergés. Leur surface paraissait plissée en raison des nombreux pétroglyphes – des visages souriants, des spirales, des serpents – soigneusement gravés par les ancêtres. Diana était assise sur ces rochers quand elle vit Magdalena apparaître entre les arbres.

« Elle est arrivée en courant, on aurait dit qu'elle volait », se souvient Diana. Les deux filles embarquèrent sur une lancha et mirent quelques billets froissés dans la main du passeur.

« Allons-y, vite, partons d'ici tout de suite », le pressa Magdalena.

Une fois à Puerto Santander, elles se cachèrent dans le jardin de l'église. Magdalena craignait qu'un membre de sa famille la repère et l'empêche de faire le voyage. Mais elles regardèrent par-dessus le mur et virent bientôt le reste de la délégation d'Araracuara arriver sur la berge et se diriger vers le départ du sentier montagneux. Diana et Magdalena prirent leurs affaires et coururent rejoindre leurs compagnons.

« Quand on s'est retrouvées au milieu du groupe dans la forêt, Magdalena s'est détendue et s'est mise à rire, dit Diana. "Tu crois que ma maman va me punir quand je rentrerai ?". Elle ne s'inquiétait pas d'être partie : elle s'inquiétait pour son retour. »

Mais Magdalena n'aurait pas à subir la colère de Fatima. Elle ne reverrait sa mère que dix ans plus tard.

Le voyage de 2004 à La Chorrera correspond aussi aux derniers moments que Diana et Magdalena passèrent ensemble. L'année suivante, Diana trouva un boulot sur un bateau de marchandises qui officiait sur le río Caquetá. C'était un piège. Elle fut emmenée dans la jungle et enrôlée de force par les FARC. Elle parvint à s'échapper et, en 2008, elle partit à Bogotá comme *desplazada*, ainsi que l'on désigne les personnes déplacées. La vie n'a pas été facile depuis.

« Je voulais quitter la jungle. Je savais cuisiner, faire le ménage et j'ai voulu croire que ce serait plus facile, dit-elle. En fait, c'est encore plus dur. »

Diana n'eut jamais l'occasion de dire au revoir à Magdalena. Elle avait toujours pensé qu'elles se reverraient : même après que Diana eut quitté la jungle, son instinct lui disait que Magdalena finirait un jour par débarquer à Bogotá. Elle avait toujours senti une envie d'ailleurs chez son amie, un désir d'abandonner la jungle et de fuir la vie monotone faite de corvées et de tâches ménagères qui lui avait été assignée. Diana se souvient que, bien souvent, quand elles étaient dans le canoë, Magdalena regardait tristement les bateaux de marchandises qui descendaient le fleuve. Elle se tournait alors vers Diana et lui disait : « Ce ne serait pas génial s'ils s'arrêtaient pour nous prendre et nous emmener loin d'ici ? »

Le chemin entre Araracuara et La Chorrera était aussi périlleux que les parents de Magdalena l'avaient dit. Vue d'en haut, la jungle semble aussi plate qu'un océan vert, mais c'est une illusion d'optique créée par les arbres qui atteignent la même hauteur. Sous la canopée, Magdalena et Diana durent gravir des pentes abruptes et boueuses et descendre dans des vallons où le chemin disparaissait dans des rivières dont l'eau leur arrivait à la poitrine.

Elles mangeaient des sardines en boîte et du casabe, et, un jour, elles eurent droit à un ragoût de singe que les chasseurs du groupe étaient fiers d'avoir attrapé. Le soir, elles appliquaient du sel sur leurs cuisses irritées et se racontaient des potins, allongées dans leurs hamacs. Magdalena assaillait Diana de questions sur son nouveau petit ami, un caporal de la marine qui lui avait offert des vêtements et de la nourriture avant leur départ. Magdalena était curieuse et peut-être un peu envieuse. Elle n'avait encore jamais eu de petit copain.

Durant la journée, Magdalena impressionnait ses partenaires par sa capacité à trouver de la nourriture dans la jungle.

« Elle faisait partie de ces gens qui s'arrêtent soudain de marcher pour tirer sur les branches d'un arbre », dit Diana. Elle revenait alors en mâchant un fruit ou une graine, et en proposait à ses compagnons. Mais à mesure qu'elle s'enfonçait dans la forêt, Magdalena remarqua que certains troncs d'arbres portaient des cicatrices effacées.

Le chemin qu'ils empruntaient était le produit d'un génocide. Il avait été ouvert à la machette par des travailleurs indigènes au début du XXe siècle. Pendant deux décennies, des milliers d'Uitoto, d'Andoque et de Muinane l'avaient parcouru, transportant de lourdes cargaisons de latex séché. Dans toute la région amazonienne, l'essor du secteur du caoutchouc alimenté par la demande des fabricants de pneumatiques eut ainsi un effet dévastateur sur les communautés indigènes. Nul ne paya un plus lourd tribut que le Peuple du Centre. Dans le bassin du río Caquetá et du río Putumayo, les siringa produisaient un latex de moins bonne qualité que celui des arbres à caoutchouc du Pérou et du Brésil, sans compter les rapides et cascades qui rendaient les coûts de transports exorbitants. Ce dont la région disposait, en revanche, c'était d'une importante main-d'œuvre qui n'avait en outre pratiquement pas eu de contact avec l'économie de marché. Julio César Arana, un vendeur de chapeaux de paille péruvien devenu magnat du transport fluvial, était bien décidé à presser cette population jusqu'à la dernière goutte.

Soutenue par des capitaux britanniques, la Compagnie Péruvienne de Caoutchouc établit des dizaines de plantations dans lesquelles un «capitaine» blanc était assisté d'un petit groupe de travailleurs noirs venus de la Barbade. La pénible tâche d'asservissement de communautés entières était dévolue aux indigènes eux-mêmes. Des jeunes hommes locaux, appelés *muchachos*, recevaient des fusils, une formation à la cruauté, avant d'être envoyés pour chasser leurs rivaux. Ceux qui étaient capturés, ou «civilisés» selon la terminologie de la Compagnie, étaient soumis à un labeur éreintant. Le matin, ils saignaient les siringa pour en recueillir la sève. L'après-midi, ils martelaient le latex et le séchaient dans des fours en terre pour le transfert vers les ports.

La production du caoutchouc eut des conséquences dévastatrices sur le Peuple du Centre. Au tournant du siècle, la population était estimée entre 50 000 et 100 000 individus. Deux décennies plus tard, il en restait moins de 10 000. Les histoires de châtiments sadiques imposés par les barons du caoutchouc finirent par arriver jusqu'aux journaux occidentaux, qui publièrent des articles sur des milliers d'indigènes fouettés à mort, des femmes violées sous les yeux de leur mari, des membres coupés en guise de punition ou de divertissement, des têtes de bébé fracassées contre des troncs d'arbres. Choisissant une terminologie novatrice pour l'époque, le consul britannique chargé d'enquêter sur la Compagnie Péruvienne de Caoutchouc décrivit les actions de celle-ci comme un «crime contre l'humanité».

Pourtant Magdalena, comme beaucoup d'indigènes de sa génération, ne savait pas grand-chose au sujet de cette période sombre de l'histoire de son peuple. Il y avait encore des anciens parmi les Uitoto qui se souvenaient des récits que leur avaient faits leurs grands-parents. Ils savaient identifier les endroits sur le sentier où leurs ancêtres avaient été exécutés. Ils savaient où se trouvaient les ruines de malocas incendiées avec un clan entier à l'intérieur, au cœur de la *monte*. Ils savaient quels clans avaient résisté aux blancs, lesquels avaient collaboré. Mais ils avaient fait le vœu de ne pas transmettre ce dangereux savoir.

Dans les années qui suivirent le boom du caoutchouc, le Peuple du Centre essaya de reconstruire son monde anéanti. Les habitants abandonnèrent leur maison dans les profondeurs de la *monte* et construisirent de nouveaux villages, comme Puerto Sabálo, sur les berges des rivières. Les souvenirs de la période, ainsi que les histoires ancestrales de conflits claniques et de sorcellerie, furent enterrés par les anciens dans un symbolique « panier de noirceur ». Le panier ne pouvait être ouvert, il représentait un « arsenal nucléaire » mémoriel qui ne pouvait conduire qu'à la guerre.

Quand Magdalena, Diana et le reste de la délégation d'Araracuara atteignirent le bout du chemin du caoutchouc, ils longèrent une route boueuse jusqu'à atteindre un bâtiment imposant. Les jeunes filles n'en avaient jamais vu de semblable : il avait d'épais murs de pierre et de larges balcons en bois à l'étage. La « Casa Arana », comme on l'appelait, avait été le siège de la Compagnie Péruvienne de Caoutchouc. C'était désormais une école. Les étages supérieurs, où étaient autrefois logés les employés blancs, avaient été transformés en dortoirs avec vue sur la cime des arbres. Au sous-sol, les cachots où étaient détenus les prisonniers uitoto servaient désormais de débarras pour ranger les tables et les chaises. La Casa Arana était devenue un symbole de la résistance de la culture indigène face aux ravages du capitalisme extractif. Le Peuple du Centre choisissait de regarder vers l'avenir plutôt que vers le passé.

Afin de survivre à ce qui restait du XXe siècle et de raviver leur ancien mode de vie, les caciques des communautés ouvrirent ce qu'ils appelaient le « panier de vie ». Il contenait toutes les connaissances sur la vie et la fécondité que leurs ancêtres avaient accumulées. Il comprenait des techniques agricoles, des conseils pour élever les enfants, des recettes et des rituels. Le Peuple du Centre, comme les autres habitants de l'Amazonie, considère le territoire comme un être vivant, où les actions d'un individu sur son milieu ont des conséquences plus vastes sur l'environnement dans son ensemble. Les anthropologues ont souvent été impressionnés par leur compréhension des relations symbiotiques entre les différentes espèces de plantes et la complexité des potagers, parsemés d'arbres fruitiers, qu'ils cultivent. Après le génocide, les vieilles querelles entre tribus et clans furent mises de côté. La philosophie qui les unissait, celle qui mettait en avant « l'abondance » – de nourriture, d'enfants, de vie – servit à renforcer la coopération entre eux. Les mariages intertribaux devinrent la norme et dans les années 1970, les premiers mouvements politiques indigènes furent fondés. En 1988, dans une tentative de tourner la page de cet épisode abominable, le président colombien, Virgilio Barco, arborant une coiffe de plumes, annonça depuis les marches de la Casa Arana la restitution de six millions d'hectares de terres amazoniennes aux indigènes.

En novembre 2004, la Casa Arana, qui, curieusement, résistait toujours à la pourriture et à l'érosion de la jungle, accueillit la cérémonie d'ouverture des Jeux olympiques indigènes. Le sport aussi pouvait devenir un puissant vecteur de coopération et de solidarité intertribales. Diana et Magdalena étaient heureuses de rencontrer des athlètes et des supporters indigènes venus de toute l'Amazonie et d'ailleurs. Quand la délégation d'Araracuara apprit que l'une des leurs ne pourrait pas arriver à temps pour son épreuve de course de fond, Magdalena, la plus jeune et la plus en forme, prit sa place. Diana la revoit courir pieds nus, maintenant un rythme soutenu, rattrapant les premiers dans les derniers mètres.

« Tout le monde riait, ils n'arrivaient pas à y croire, se souvient-elle. "Comment fait-elle pour courir pieds nus après une semaine de marche dans la jungle ?" Ils pensaient qu'elle avait les pieds couverts d'ampoules. »

Sur le bord de la piste, un Uitoto de la ville, âgé de 22 ans, donna un petit coup de coude à son ami.

« C'est qui la fille d'Araracuara ? » demanda-t-il.

Andrés Jacobombaire était le fils du gouverneur de Santa Maria, l'une des 22 communautés qui composaient La Chorrera. Ses cheveux noirs étaient coiffés en pics et ses vêtements étaient encore boueux après le match de l'après-midi où il avait joué au poste de goal. Le lendemain, alors que Magdalena et ses coéquipières se reposaient à l'ombre à la mi-temps de leur match, il vint lui offrir une tasse de *tinto*, le café noir et fruité de la région. Il lui dit qu'elle jouait comme Carlos Valderrama, le joueur de l'équipe nationale aux cheveux blonds permanentés, idole de tout le pays.

« C'était le coup de foudre, se souvient Andrés. Elle était jolie mais elle était aussi *del ambiante.* » Ce qu'il veut dire par là, c'est qu'elle était sociable, sympathique et drôle. Le lendemain soir, à la fête de clôture organisée dans le vieil entrepôt en bois qui faisait également office de bar, il invita Magdalena à le rejoindre dans la moiteur de la piste de danse. Ils dansèrent la salsa main dans la main, se serrèrent l'un contre l'autre au son de l'accordéon mélancolique du *vallenato* et, enfin, ondulèrent sur un merengue, le genre préféré de Magdalena. Ils s'embrassèrent puis ils se dirent au revoir.

Le lendemain matin, l'équipe d'Araracuara se préparait à quitter La Chorrera. Le manager avait négocié un bon prix avec un passeur, qui avait accepté de leur faire remonter la rivière, réduisant ainsi le trajet du retour à deux jours seulement. Mais sur la lancha, Diana remarqua quelque chose de changé chez Magdalena. Durant tout le tournoi, elle s'était montrée enjouée et sociable, enthousiasmée de découvrir un nouvel endroit, de rencontrer de nouvelles personnes. Là, elle restait dans son coin, tête baissée, les yeux perdus vers les profondeurs de la rivière.

Quand ils accostèrent dans l'après-midi pour entamer la marche qui les ramènerait à Araracuara, Magdalena parut traîner des pieds, perdue dans ses pensées. Diana lui tint compagnie mais elle s'aperçut bientôt qu'elles étaient loin derrière. Devant elles, un coup de feu retentit. Les chasseurs avaient dû repérer un singe. La détonation tira Magdalena de ses préoccupations.

« Continue sans moi, lança-t-elle à son amie. Je reste. Je repars à La Chorrera. »

Elle tourna les talons et détala. Diana s'élança derrière elle. Quand elles atteignirent la rive, le passeur était déjà parti mais il entendit leurs cris et revint les chercher. Magdalena lui expliqua qu'elles s'étaient perdues. C'était un pieux mensonge, qu'elle répéta aux paisanos inquiets quand elles arrivèrent à La Chorrera.

Elles passèrent deux nuits chez les parents d'Andrés, une maison de deux pièces typique, élégamment peinte en rouge et brun. Sur la terrasse qui donnait sur un petit terrain de foot, Magdalena annonça à Diana qu'elle ne retournerait pas à Araracuara. Elle savait qu'elle serait punie pour avoir tenu tête à ses parents mais ce n'était pas ça qui l'inquiétait. Elle ne voulait pas retourner à cette vie de corvées et elle ne voulait pas passer toute son existence au bord du Caquetá. Et puis Andrés était beau et gentil. Ça pourrait peut-être marcher entre eux.

Le lendemain, un pilote qui connaissait la mère de Diana lui proposa une place gratuite dans un avion-cargo à destination d'Araracuara. Magdalena passa les treize années suivantes à La Chorrera.

Aujourd'hui encore, les habitants de la ville gardent un souvenir attendri de la jeune fugitive. Ils sont nombreux à lui être venus en aide à l'époque. Quand les parents d'Andrés leur firent comprendre qu'ils ne pouvaient pas garder un couple illégitime sous leur toit, Magdalena alla vivre chez Ermalita Rotieroke, une mère célibataire de trois enfants qui habitait à côté. Elle lui offrit le gîte et le couvert en échange de son aide dans la maison et avec les petits.

La fille de Chukiki fut rapidement adoptée dans la famille. Ermalita l'aida à s'inscrire au lycée de la ville pour qu'elle puisse valider sa dernière année d'éducation secondaire. Quand Magdalena reçut la première communion, le frère et la belle-sœur d'Ermalita se proposèrent comme parrain et marraine.

« C'était une fille bien, m'a dit Adelia Rotieroke, la marraine de Magdalena, lorsque je l'ai rencontrée à La Chorrera. Elle allait souvent s'occuper de la plantation de manioc avec Ermalita. Elles cuisinaient des ragoûts délicieux. Elle adorait jouer au football et fabriquer de petits objets. Elle était toujours joyeuse, je me souviens encore de son sourire quand elle taquinait son parrain en lui disant qu'il était grincheux, pour essayer de le faire rire. »

Sans famille ni amis dans sa nouvelle ville, Magdalena se trouvait dans une situation précaire. Les voisins se rappellent que c'est elle qui entreprit de conquérir Andrés dans les semaines qui suivirent. Il avait peur qu'elle soit trop jeune mais elle finit par arriver à ses fins.

Un jour, au début de leur relation, Andrés emmena Magdalena voir un pont qui enjambait des rapides à la sortie de la ville. C'était un pont suspendu de 50 mètres de long, un assemblage branlant de planches, garde-corps en bois et câbles métalliques. Magdalena n'avait jamais rien vu de tel.

Elle était terrifiée par la façon dont il se balançait et par l'eau bouillonnante qu'elle apercevait entre les planches de bois, se souvient Andrés, mais il lui dit de s'accrocher à la rampe et elle arriva au milieu, d'où elle put contempler la vue.

« C'est magnifique », dit-elle.

La Chorrera se trouve au cœur de l'un des plus somptueux paysages de la jungle amazonienne. Les rapides sous le pont se jettent dans un large bras mort où deux vastes bancs de sable – l'un doré, l'autre gris-bleu – émergent comme des îles dans un lagon tropical. Tout autour, la forêt recouvre de petites collines. Des maisons en bois, dont les terrasses donnent sur la rivière, se devinent parmi les feuillages. De l'autre côté du pont, le large toit à pignons et les longs balcons de bois de la Casa Arana se dessinent au-dessus des palmiers.

Au cours de ces premiers mois, Magdalena commença à apprécier La Chorrera. Il y avait bien plus de choses à faire qu'à Araracuara : plus de magasins, de restaurants et d'endroits où rencontrer du monde. La ville se développait rapidement, à mesure que les paisanos bâtissaient des communautés le long des sentiers et des cours d'eaux. Au total, 22 communautés se mêlaient harmonieusement. Et c'était une ville plus sûre. La poigne de « la main gauche » y était plus faible, les paisanos étaient sympathiques et ouverts, et il n'était pas nécessaire de faire attention à ce qu'on disait.

Par-dessus tout, Magdalena adorait les danses traditionnelles dans les malocas. Ces cérémonies, qui avaient failli disparaître pendant le boom du caoutchouc, connaissaient un regain d'intérêt à La Chorrera. Magdalena et ses amies se teignaient les bras et le visage avec l'encre noire du fruit du *kipara* et se tenaient les mains, glissant d'avant en arrière tandis que les hommes agitaient des feuilles de palmier au-dessus de leur tête.

Ce fut après l'une de ces danses, en 2006, qu'Andrés lui proposa de venir vivre avec lui dans la maloca que possédait sa famille à huit kilomètres de la ville, sur le chemin d'Araracuara, à côté d'une vaste chagra.

En août 2007, Angie, leur premier enfant, vit le jour et l'année suivante le couple se maria dans une petite église blanche sur une colline qui surplombait La Chorrera. Ce fut un mariage catholique, mais le couple fit ensuite une cérémonie traditionnelle dans la maloca à la sortie de la ville. Tout le monde approuvait cette union.

« C'était un beau mariage, il y avait beaucoup à manger, dit Adelia. On a toujours aimé Magdalena et elle avait trouvé un bon mari, qui ne buvait pas et ne la battait pas. Ils avaient de la nourriture et ils pouvaient prendre soin de leurs enfants. »

Andrés garde une photo de cette journée dans son téléphone. On y voit Magdalena en robe blanche, avec de longs gants, un minuscule bouquet de fleurs rouges dans les mains. Andrés se tient à sa gauche, endimanché dans un pantalon noir et une chemise blanche qui bâille au niveau des bras. Angie, bébé, est vêtue d'une robe verte et leur tient les mains. Magdalena avait envoyé la photo à sa mère, Fatima.

Les jeunes mariés vivaient simplement. Magdalena s'occupait de la chagra pendant qu'Andrés travaillait comme bûcheron : il abattait des arbres pour ouvrir de nouvelles parcelles et gagnait quelques pesos supplémentaires en vendant des planches pour la construction des maisons. Son bien le plus précieux était son fusil, avec lequel il partait chasser dans la *monte*, rapportant du gibier, généralement des dindons sauvages ou des singes, pour que Magdalena les cuisine.

Le week-end, ils allaient en ville rendre visite aux parents d'Andrés. Son père régalait Magdalena des histoires du clan transmises de génération en génération et il lui apprenait les chansons locales. Sa belle-mère lui enseignait de nouvelles recettes comme celle du *tucupí*, une sauce épicée à base de jus de manioc. Andrés leur construisait une maison sur pilotis avec deux chambres sur le terrain derrière chez ses parents, mais pour le moment, ils continuaient de vivre hors de la ville, près de leurs plantations. Selon la tradition uitoto, les enfants conçus sur la chagra deviennent forts et débrouillards. Lesly vit le jour en novembre 2009, suivie d'un garçon, John Andrés, et d'une fille, Soleiny.

« Ils vivaient bien, ils venaient souvent nous rendre visite, témoigne un voisin. On fêtait plein de choses ici, tout le monde était heureux. Mais quand la mère est arrivée, tout a changé. »

Quand je rencontre Fatima dans un restaurant de Villavicencio, une ville au pied des Andes, elle approche des 70 ans, elle est mince et son œil droit est d'un gris trouble. Avant que nous commencions à parler, elle sort un petit pot d'ambil et applique de la pâte sur sa langue. Si elle donne une première impression de fragilité, celle-ci disparaît rapidement quand elle prend la parole. Fatima est assurée et ne mâche pas ses mots.

« Je suis née comme ça, précise-t-elle. Mon père et mon mari me disaient toujours de ne pas parler aussi fort, de ne pas rire autant, mais je ne peux pas vivre dans l'amertume. Je vis au rythme de la *monte.* »

La *monte*, la jungle sauvage qui s'étend au-delà des villages, a toujours fasciné Fatima. Quand elle était jeune, c'était un esprit libre, qui passait du temps du côté brésilien de la frontière, étoffant ses connaissances des plantes de la jungle et des autres cultures indigènes. Magdalena était une élève assidue.

« Elle adorait travailler sur la chagra, elle adorait faire pousser des ananas, semer. Quel que soit le fruit, elle disait : "Regarde, je vais le planter." Elle ne laissait personne jeter des graines. » En novembre 2004, cette éducation s'interrompit brutalement. « Nous ne lui avons jamais donné la permission d'aller à La Chorrera, dit-elle. Elle n'avait que 14 ans, c'était totalement irresponsable. »

À Noël 2014, cela faisait dix ans que Fatima n'avait plus revu sa fille. Aucun membre de la famille n'avait pu assister au mariage. Ils n'avaient pas de quoi s'offrir un billet d'avion pour La Chorrera et, ayant elle-même des enfants en bas âge, elle ne pouvait pas se permettre de partir cinq jours dans la jungle. Fatima était aussi rongée par l'impression que sa fille avait pris une mauvaise décision. Andrés avait beau être le fils d'un Uitoto *mayor*, le nom de Jacobombaire ne disait rien aux habitants d'Araracuara. Pour couronner le tout, Andrés n'avait pas fait le voyage jusqu'à Chukiki pour demander la main de sa fille à Narciso.

La photo du mariage que Magdalena envoya à Fatima semblait confirmer ses soupçons. Le contre-jour de la maloca rendait son visage un peu flou et Magdalena semblait afficher une grimace davantage qu'un sourire.

Depuis le départ de sa fille, Fatima lui parlait régulièrement au téléphone, mais ses appels se faisaient plus rares. Elle avait la désagréable impression que sa fille ne lui racontait pas tout, que ses conditions de vie n'étaient pas aussi confortables qu'elle le laissait entendre. « J'étais très angoissée, dit Fatima. Elle m'a toujours manqué, mais elle commençait à m'oublier et j'ai beaucoup souffert au cours des années où je ne l'ai pas vue. » En décembre 2014, accompagnée de trois de ses enfants adultes et de l'un de ses petits-enfants, Fatima entama la longue marche vers La Chorrera.

Le fait que la population de Santa Maria conserve un souvenir vif de la visite de Fatima pratiquement dix ans après témoigne de sa personnalité et de son charisme. Sa présence ne passa pas inaperçue. La journée, elle faisait le tour des femmes enceintes et des malades de la ville, proposant son savoir-faire de sage-femme et de guérisseuse traditionnelle. Le soir, elle emmenait Magdalena dans les bars. Cette visite ne suffit toutefois pas à la convaincre que Magdalena vivait bien. La maison qu'Andrés avait bâtie derrière celle de ses parents manquait de charme. Elle trouvait Magdalena maigre et mal attifée. « Tout était délabré, elle n'avait pas de bons habits, raconte-t-elle. Ça me fendait le cœur, mais je n'ai rien dit. Je lui ai seulement conseillé de se coiffer car elle ressemblait à une vieille. » Elle offrit de nouveaux vêtements à sa fille et lui fit un examen de santé.

La chagra, en revanche, était organisée et bien tenue. Fatima fut impressionnée par les ignames, les plantains et l'excellent manioc. Sa fille n'avait rien perdu de son côté travailleur. Au cours des deux semaines où elle séjourna chez elle, Fatima la vit nettoyer, balayer et cuisiner constamment, sans laisser quiconque lever le petit doigt. Fatima repéra la belle-mère envahissante et autoritaire qui laissait son fils se la couler douce et ne jamais monter au créneau pour défendre sa femme. Une part d'esprit de clocher lui faisait penser que Magdalena, qui était partie à La Chorrera pour améliorer sa situation, vivait en réalité dans des conditions bien moins confortables que si elle était restée auprès d'elle à Chukiki. « Je n'ai dit que quelques mots, se rappelle Fatima. Je lui ai dit : "Ma fille, tu travailles comme une damnée et ton mari ne va même pas chasser, alors qu'il a un fusil." »

Dans le souvenir des habitants de Santa Maria, il y eut davantage que quelques mots. Selon eux, Fatima les critiquait souvent et avec force, elle paraissait décidée à briser le couple. Quand Fatima repartit, ils commencèrent pour la première fois à entendre des disputes en provenance de la maison sur pilotis. La mère d'Andrés racontait à qui voulait l'entendre que Magdalena reprenait à son compte les reproches de Fatima, qu'elle répétait mot pour mot : ils étaient pauvres, il était feignant, ce n'était ni un bon mari, ni un bon père. Au début de l'année 2015, Angie tomba malade et Andrés l'emmena à Leticia pour un traitement de plusieurs jours.

D'après Fatima, Magdalena était convaincue qu'il avait une liaison.

Durant les mois qui suivirent, Andrés tenta d'arrondir les angles. En novembre 2015, Magdalena, Lesly, Soleiny et lui se rendirent à Chukiki. Ils furent bien reçus : Narciso faisait partie des *buena gente*, des gens bien, et il lui pardonna de ne pas être venu lui demander la main de Magdalena. Ils allèrent pêcher, partagèrent l'ambil et le mambé. Andrés travailla d'arrache-pied sur la chagra, abattant des arbres à la tronçonneuse avant de les brûler. Mais vers la fin de leur séjour, Andrés contracta la fièvre jaune, il ne cessait de transpirer et de frissonner. Il se remit suffisamment pour rentrer à La Chorrera, mais ses amis et sa famille remarquèrent qu'il parlait plus lentement qu'avant : les mots semblaient coincés sur le bout de sa langue.

Le pire était encore à venir. Une après-midi du mois de février 2017, Andrés était à La Chorrera et travaillait sur la chagra avec Magdalena. Il avait construit une plate-forme de planches sur le bord de la parcelle, à deux mètres du sol, d'où il taillait les branches des arbres. Il avait pratiquement fini sa journée, et regardait vers les cimes, quand il recula et mit le pied dans un trou entre deux planches. Il tomba en arrière, balançant sa tronçonneuse allumée sur le côté, mais il atterrit sur une souche et ce fut sa colonne vertébrale qui encaissa le choc. Il crut d'abord s'être brisé le dos. Magdalena courut chercher un voisin et ensemble ils ramenèrent Andrés à la maloca. Il s'y reposa mais ne se remit jamais complètement. Tout comme il perdait graduellement l'usage de la parole, il commença également à perdre la mobilité de ses jambes. Le centre médical de la ville n'était pas équipé pour lui prodiguer davantage qu'un traitement rudimentaire. Au cours des mois suivants, l'état de santé d'Andrés se détériora jusqu'à ce qu'il ne parvienne plus qu'à marcher à tout petits pas, très lents.

Bien que gravement handicapé, Andrés n'avait rien perdu de ses facultés mentales et ses voisins considéraient qu'il pouvait encore contribuer à la communauté. Cette même année, il fut nommé gouverneur de Santa Maria, ce qui l'obligeait à assister à des réunions dans la maloca du centre de La Chorrera. Un jour, en septembre 2017, alors qu'il rentrait chez lui à 17 heures, il vit Angie, son aînée, qui courait vers lui. Elle lui annonça que Magdalena avait emmené Lesly, alors âgée de 7 ans, et Soleiny, encore bébé, sur un vol pour Araracuara. Il se souvenait d'une dispute avec sa femme ce matin-là – une histoire idiote au sujet d'un colis de vêtements et d'ustensiles de cuisine qu'elle voulait envoyer à sa mère. Dans la soirée, un voisin lui raconta qu'il se trouvait près de la piste quand il avait vu Magdalena tendre un colis à la femme qui faisait la pesée à l'aide d'une balance à ressort. Au dernier moment, affirmait-il, elle avait pris ses filles par la main et était montée dans l'avion.

Cette même après-midi, à Araracuara, Fatima attendait le paquet de Magdalena près de la piste. Il ne lui était jamais venu à l'idée que sa fille et ses deux petites-filles puissent se trouver sur ce vol. « Je n'ai jamais cru que ma fille reviendrait, dit-elle. Tout le monde était heureux. Les gens autour de nous disaient : "Madga, ça faisait combien de temps qu'on ne t'avait pas vue ?" »

Aujourd'hui encore, la famille et les voisins de Santa Maria sont peinés par le départ de Magdalena. Ils affirment qu'Andrés était un bon mari qui faisait de son mieux pour nourrir sa famille malgré sa maladie et sa blessure.

« Magdalena m'a dit : "Je n'en peux plus : il ne travaille pas, il ne fait rien", raconte l'une de ses voisines. Je lui ai dit : "C'est parce qu'il est malade. Tu sais bien que quand il était en bonne santé, il travaillait, il partageait les tâches avec toi." Mais elle m'a répondu : "Ça ne m'aide plus à tenir." »

Le fait qu'elle ait emmené deux de ses enfants vivre au bord du río Caquetá, et en fin de compte qu'elle se soit installée sous le toit d'un autre homme, est considéré comme une faute. De tels scénaríos sont fréquents en Colombie et provoquent des réactions intenses, notamment dans les petites communautés. Ce n'est pas pour rien qu'un proverbe local dit *Pueblo pequeño, infierno grande* : petit village, grand enfer. Dans l'Amazonie colombienne, ce ressentiment est renforcé par la pauvreté et l'isolement.

Andrés affirme avoir appelé Magdalena à de nombreuses reprises pour tenter de la convaincre de revenir, pour le bien d'Angie et de John Andrés, les deux enfants qu'elle avait abandonnés derrière elle. Mais, dans son souvenir, Magdalena est restée de marbre. « Écoute Andrés, c'est terminé », lui aurait-elle dit avant de raccrocher.

Quand Andrés évoque ce moment, sa voix se brise sous l'effet de la tristesse et d'une pointe de colère. Il se demande s'il n'a pas su lire les signes. Il avait toujours senti une certaine mélancolie chez Magdalena, il avait l'impression qu'elle renfermait un secret. Un jour, au début de leur relation, il avait remarqué une profonde cicatrice sur son mollet droit. Quand il avait insisté pour qu'elle lui dise comment elle s'était fait ça, elle lui avait répondu que c'était parce qu'elle avait été battue. Elle lui avait révélé qu'elle n'avait pas eu une enfance heureuse, qu'elle avait reçu moins d'affection que ses frères et sœurs, qu'on lui donnait plus de corvées. Andrés en avait conclu que c'était la raison qui l'avait poussée à commencer une nouvelle vie à La Chorrera. « Je suis le mouton noir de la famille », lui avait-elle confié.

EL CARRAMÁN

Avec *Cent Ans de solitude*, son roman paru en 1967, l'auteur colombien Gabriel García Márquez fit découvrir au monde la ville fictive de Macondo. Elle est présentée comme un Éden d'innocence bâti au bord d'une rivière qui coule sur d'énormes pierres blanches semblables à « des œufs préhistoriques ». Les habitants y côtoient le surnaturel au quotidien. Des enfants naissent avec une queue de cochon, des prêtres lévitent lors de leur sermon, des amants traversent des nuages de papillons jaunes. Tout ceci, dans l'univers du roman, paraît banal. En revanche, les produits du monde moderne inspirent aux personnages une crainte respectueuse. Au fil du roman, une série d'étrangers leur font découvrir les machines à glace, le chemin de fer et la mitrailleuse. Le résultat est le plus souvent catastrophique pour les villageois.

García Márquez s'est inspiré de son enfance passée dans un paisible village de la côte caribéenne. Toutefois, afin de rendre justice à la solitude du titre, il a situé Macondo dans les profondeurs de la jungle, sans doute parce que c'est dans ce décor que le contraste entre le passé et le présent, entre l'innocence et le cynisme serait le plus frappant. Araracuara est une ville résolument macondienne.

Le village tire son nom d'un mot indigène qui signifie « le nid de l'ara ». Le tupui qui le domine est coupé en deux par les eaux grondantes du río Caquetá. Des dizaines d'aras bleu et jaune nichent dans les fissures et les saillies des falaises qui se font face de part et d'autre de cette gorge de 50 mètres de large. Ils sortent de l'ombre au crépuscule en lançant des cris qui rebondissent sur les hautes parois. Depuis le bord du gouffre, un point que les paisanos surnomment «le saut du diable», on contemple un somptueux paysage primitif. Les canettes qui jonchent le sous-bois témoignent de la popularité de ce lieu auprès des groupes d'amis et des amants du village.

Les rapides qui rugissent en contrebas sont infranchissables en bateau. Bien que les marchands portugais aient navigué sur l'Amazone et ses affluents les plus placides dès le XVIe et le XVIIe siècles, ce couloir d'eaux vives marquait le terminus de tous, sauf des explorateurs les plus hardis. Aujourd'hui encore, ceux qui descendent le Caquetá, comme Magdalena et sa famille, doivent débarquer à Puerto Arturo, escalader le tupui jusqu'au sommet et redescendre à pied vers l'endroit où les eaux qui s'engouffrent dans la gorge redeviennent le large cours d'eau paisible que l'on voit s'écouler depuis les berges du village.

Le tupui a donc une importance stratégique. De l'autre côté de la gorge, plusieurs chemins de forêt permettent aux trafiquants de faire passer des feuilles de coca ou de marijuana, mais tous les voyageurs et marchandises réguliers doivent passer devant la piste de décollage et la base militaire qui se trouvent au sommet.

Bien avant que l'armée y installe une base pour lancer des assauts contre les guérillas présentes dans la jungle, Araracuara avait été au centre d'un plan bien plus ambitieux. De 1938 à 1971, la ville fut une colonie pénitentiaire, une prison à ciel ouvert où des milliers de prisonniers de droit commun étaient envoyés aux travaux forcés.

Dans les années 1930, la Colombie entra en guerre contre le Pérou pour le contrôle du bassin du río Caquetá et du río Putumayo. Par la suite, les dirigeants politiques décidèrent que le seul moyen de garder la main sur cette lointaine frontière sud était d'établir un avant-poste blanc et une économie fonctionnelle. Araracuara devait devenir « l'Australie colombienne ». Durant les longues années d'existence de cette colonie, 2 800 bagnards participèrent à la déforestation, à la culture et à l'élevage.

Inutile d'entourer le village de barbelés. L'isolement, la jungle inhospitalière et les rapides suffisaient à décourager les évasions. Le seul homme qui parvint à s'échapper s'était accroché au train d'atterrissage d'un avion-cargo. Quand il atterrit à Bogotá quatre heures plus tard, le fugitif à demi frigorifié fut promptement réarrêté.

Toutefois, ces conditions qui excluaient toute évasion avaient aussi pour conséquence de ne pas attirer les foules dans le village, si bien que le projet de « mission civilisatrice » échoua. Quand il fut finalement abandonné, quelques colons s'installèrent à Puerto Santander mais aucune économie durable ne s'y enracina. Les bureaux et les entrepôts de la prison d'Araracuara tombèrent en ruine et les ranchs furent bientôt avalés par la jungle.

L'expérience eut un impact persistant sur la population indigène. Les hommes uitoto et muiname avaient été contraints d'accepter des emplois mal payés dans la colonie pénitentiaire, comme gardiens ou passeurs. Ayant grandi dans l'ombre de la colonie, Fatima se souvient que les filles et les femmes étaient constamment sur leurs gardes face aux menaces d'agressions sexuelles. La tentative de bâtir une économie de marché conduisit à un phénomène de surpêche et de surchasse afin de fournir la colonie, et laissa dans son sillage un goût pour l'alcool chez les paisanos, qui demeure un problème à ce jour.

La piste de décollage construite par les prisonniers et la route qui y menait étaient le dernier héritage fonctionnel de la colonie. Dans les années 1990, elle était encore lisse et servait à la base radar installée au bout de la piste par la Drug Enforcement Administration américaine. Jusqu'en 1996, un OV-10 Bronco, un avion de combat léger reconnaissable à son double bang supersonique, était prêt à décoller à tout moment pour abattre des avions suspectés de transporter de la drogue.

Quand Magdalena et sa famille traversèrent la piste en avril 2023, seule une fine bande de tarmac pouvait permettre d'imaginer ce qu'elle avait été. Ce n'était désormais guère plus qu'un long tapis de graviers étalé sur les cailloux. À plusieurs reprises, des fonds avaient été réclamés pour la rénover, mais ils n'avaient été accordés qu'une seule fois et détournés par les négociateurs.

Elle avait beau être plus longue que la plupart des pistes de la jungle, elle n'en demeurait pas moins dangereuse. En 2014, un Piper bimoteur s'était écrasé peu après le décollage, tuant huit passagers. Aujourd'hui, face à la base militaire, le fuselage brillant comme un miroir d'un C-46 qui s'est écrasé à l'atterrissage dans les années 1960, et sa peinture effacée par cinquante années de soleil, rappellent les périls de cette piste.

Cent mètres plus bas, sur la route qui descend vers Araracuara, se trouve un magasin. Il a des murs blancs et d'épaisses fenêtres en bois qui basculent pour faire un comptoir. Une avancée du toit de tôle ondulée ombrage une terrasse avec quelques bancs. La palissade en bois blanc laisse deviner la fierté de la propriétaire de cette petite parcelle de jungle.

Martha Muñoz était arrivée à Araracuara au milieu des années 1980, elle avait alors 19 ans et était mariée à un postier.

Son mari reprenait un poste resté vacant pendant des mois après que son prédécesseur eut contracté la malaria. Pendant une décennie, ils vécurent dans une maison appartenant à la compagnie nationale des télécoms, avec une grande antenne dans le jardin. En 1999, les FARC arrivèrent. Ils renversèrent l'antenne et partirent avec les panneaux solaires qui l'alimentaient. Les vols qui apportaient le courrier furent suspendus et le mari de Martha se retrouva sans emploi.

« Ils ont tout pris, ils ne nous ont laissé aucun moyen de communication, dit-elle. Mais nous avions désormais nos racines ici, alors nous sommes restés et nous sommes devenus commerçants. »

Près de trente ans plus tard, le magasin de Martha est le cœur de la vie sociale et commerciale d'Araracuara. Du matin au soir, des paisanos, des militaires ou des visiteurs de Bogotá viennent acheter quelque chose ou utiliser le wifi fourni par la petite parabole fixée sur le toit, et se croisent à l'ombre de la terrasse.

Quand je suis arrivé devant le magasin en novembre 2023, Martha était occupée à servir des clients, à passer des coups de fil et à saluer des passants. Elle portait un ample tee-shirt ocre, un maquillage léger et des boucles d'oreilles. Elle avait des lunettes roses sur la tête, qu'elle faisait parfois retomber sur son nez pour lire un message. Je l'ai regardée jouer une série de rôles avec l'attitude décidée et pragmatique que lui ont laissée des décennies passées dans cet avant-poste. Dans la jungle colombienne, les gens ordinaires sont souvent amenés à assumer des responsabilités extraordinaires.

En plus de vendre de la nourriture et des accès Internet, Martha expédie, stocke et livre les marchandises que l'avion-cargo apporte chaque semaine. Dans une ville qui ne dispose d'aucun autre service financier, elle est aussi la banquière qui transfère de l'argent sur son téléphone, encaisse ou sort du liquide. Elle a une chambre à l'arrière du magasin, qu'elle loue aux passagers du vol du matin. Elle est également ce qui se rapproche le plus d'une tour de contrôle pour la piste d'atterrissage. Elle envoie par WhatsApp des photos de la piste et des conditions météorologiques aux pilotes en approche.

« C'est une position stratégique et j'essaie d'aider tous ceux qui passent par ici, m'explique-t-elle quand le flot de clients se calme enfin. J'essaie toujours de rendre service et j'ai appris à connaître tout le monde en ville. »

Les mardis matin étaient toujours chargés. La livraison hebdomadaire en provenance de San José del Guaviare était assurée par un Antonov 26 bimoteur qui atterrissait vers 9 heures et repartait à 10. Dès les premières heures du jour, Martha s'occupait d'attribuer des sièges aux passagers qui souhaitaient repartir sur ce vol, de leur proposer à boire et à manger, de réceptionner et expédier les cargaisons. Le 17 avril, une demi-heure après avoir entendu le rugissement des moteurs de l'Antonov qui quittait le sol, elle vit Magdalena Mucutuy s'avancer vers le comptoir, un bébé dans les bras.

Martha aimait beaucoup Magdalena et elle était ravie de voir combien Cristin avait grandi. Elle l'avait vue neuf mois plus tôt, nouveau-née, quand Manuel l'avait emmenée en ville pour déclarer sa naissance à l'état civil. Elle était maintenant tonique et éveillée, se débattant pour quitter les bras de sa mère et ramper sur le comptoir.

Magdalena expliqua qu'elle n'avait pas pu embarquer dans l'avion-cargo. Le commissaire Castro avait tenté de convaincre le pilote de faire monter la famille gratuitement, mais celui-ci avait refusé. Il leur faudrait attendre une semaine avant le prochain vol. En attendant, ils pourraient loger chez le grand-oncle de Magdalena, cependant elle voulait savoir si Martha pouvait lui garder un sac de vêtements et un dossier contenant les papiers des enfants.

Martha lui tendit en échange une lettre que Manuel lui avait laissée la semaine précédente. En regardant Magdalena la lire, Martha regretta de voir une autre jeune famille uitoto quitter le territoire.

« Ce jour-là, je lui ai dit : "Pourquoi vous ne restez pas ? Les crédits carbone démarrent juste, ça va rapporter de l'argent. Ta famille pourra t'aider en attendant." »

Mais Magdalena était déterminée. Elle dit à Martha qu'elle avait épuisé toute l'hospitalité de sa famille et de ses amis. Elle ne voyait aucun avenir dans la jungle.

« Il n'y a que Manuel qui puisse prendre soin de moi et des enfants », lui dit-elle.

« Sa décision était prise, se souvient Martha. Elle allait suivre Carramán. »

Manuel Ranoque dit ne pas savoir pourquoi on le surnommait Carramán – on avait commencé à l'appeler comme ça à l'adolescence et c'était resté. Même les paisanos n'arrivaient pas à s'accorder sur ce que ce nom signifiait. Certains disaient que c'était une façon de désigner un marginal, voire un vagabond, et que ça venait de son apparence négligée, de son penchant pour la marijuana et de son habitude de se balader pieds nus. D'autres affirmaient que le terme servait à décrire une personne charismatique et imposante physiquement.

Manuel était le genre d'homme à se retrouver affublé d'un surnom. Dès son plus jeune âge, il avait entrepris de laisser une marque dans le monde et il avait été récompensé par une certaine notoriété.

Il était né à Puerto Sábalo en 1992. Sa mère était la fille d'un cacique et avait épousé un Uitoto. Mais la carnation foncée de Manuel, son corps musclé et ses boucles serrées avaient conduit de nombreux villageois à présumer que son père était un autre homme, peut-être un ancien détenu afro-colombien de la colonie pénitentiaire. Certains anciens de Puerto Sábalo se souviennent de Manuel comme d'un *gamin*, un garnement ou un fauteur de troubles, mais ses souvenirs à lui divergent. Il préfère garder en mémoire les soirées passées avec son grand-père à la maloca, à chanter des chansons uitoto, à apprendre les applications médicinales et spirituelles des plantes de la forêt.

« Mes grands-parents venaient de la *monte*, dit-il. J'étais très proche de mon grand-père. Il comprenait que, déjà enfant, j'étais fasciné par la langue indigène. Il avait suivi les apprentissages des chamans, et je voulais être comme lui, prendre de l'ambil et distribuer le *caguana* [un jus d'ananas traditionnel], construire une maloca. Je voulais apprendre les mots de la vie, la philosophie de notre culture. »

Mais Manuel était aussi remuant, animé d'un esprit de compétition, et ambitieux. Puerto Sábalo offrait peu d'opportunités à un jeune homme consumé par le désir de s'élever. À 17 ans, il quitta la vereda pour chercher du travail sur les rives du Caquetá.

« Là d'où je viens, les seuls boulots qu'on vous offre sont illégaux, dit-il. Si tu dois transporter de la drogue, ramasser des feuilles de coca ou extraire de l'or, alors c'est ce que tu fais. »

Il accepta le boulot le plus dur et le plus dangereux.

Les barges d'orpaillage qui opèrent sur les affluents de l'Amazone sont des embarcations branlantes. Les plus petites sont composées d'une paire de lanchas attachées ensemble avec des planches et d'une bâche balancée sur une structure en bois pour protéger de la pluie et du soleil. Les plus grandes ressemblent à des péniches d'habitation de deux étages construites avec les mêmes parois en bois et toit de zinc que les maisons sur pilotis au bord du fleuve. Dans ces bateaux, le pont supérieur est alloué aux cabines et aux cuisines et l'équipage peut passer plusieurs semaines de suite sur l'eau.

Les machines sont en bas. Une grosse pompe aspire les alluvions du lit de la rivière par un large tuyau et les dépose dans la barge. Ils passent ensuite dans un broyeur, puis dans une boîte à écluse, chargés de les écraser et de séparer les grains les plus fins. À ce stade, du mercure est appliqué sur ces grains pour former un amalgame avec les paillettes d'or qu'ils contiennent ; la mixture obtenue est alors pressée dans un tissu et chauffée au chalumeau. S'il a de la chance, l'orpailleur se retrouve alors avec quelques petites pépites d'or fondu.

Préalablement à toutes ces opérations, toutefois, il faut enfoncer l'embout du tuyau aspirant dans le limon du fleuve, à dix mètres ou plus de la surface. C'est le travail du plongeur. Manuel se souvient du jour où, encore adolescent, il a dû enfiler la combinaison de plongée rudimentaire pour la première fois, ne comprenant qu'à moitié les consignes que lui donnait en portugais un Brésilien baraqué.

On lui avait attaché une ceinture lestée à la taille et glissé dans la bouche un long tuyau rattaché à un compresseur d'oxygène. Il avait attrapé le large tuyau aspirant dont l'extrémité comportait une grille métallique et sauté à l'eau.

Avec son masque, il ne voyait jamais plus loin qu'à quelques dizaines de centimètres. Il enfonçait l'embout du tuyau dans le limon et attendait de sentir que l'on tirait sur son tuyau d'oxygène. Le Brésilien s'en servait pour le diriger depuis le pont, « comme un âne ». Une chaussette remplie de grandes quantités d'ail écrasé et d'ambil était accrochée à son masque par un fil. Elle était censée éloigner les gros poissons et les boas constrictors.

Manuel travailla comme plongeur pendant quatre ans. Un tour durait généralement deux heures, mais quand il n'y avait pas d'autre plongeur disponible, il pouvait parfois travailler jusqu'à sept heures d'affilée. Au fil des années, des dizaines de jeunes plongeurs indigènes étaient morts à cause d'équipements défectueux, avaient été emportés par des courants ou s'étaient retrouvés coincés sous des formations rocheuses. Mais ça payait bien et Manuel excellait en la matière. Preuve de son talent, l'armée avait une fois fait appel à lui pour retrouver le corps d'un soldat noyé.

Il enchaîna ensuite divers petits boulots sur le río Caquetá: bûcheron, mais aussi d'autres jobs dont il préférait ne pas parler. En 2016, il fut arrêté et balancé dans un hélicoptère Black Hawk durant l'un des raids menés par l'armée contre les orpailleurs clandestins. Il affirme qu'il y avait eu erreur sur la personne et qu'il avait arrêté l'orpaillage à l'époque.

Cette année-là, les autorités colombiennes identifièrent 65 barges d'orpaillage illégales rien que sur le Caquetá. Les médias affirmaient que l'extraction d'or représentait davantage de revenus pour la guérilla que la cocaïne, et les agences environnementales annoncèrent que les rivières et fleuves colombiens faisaient partie des plus pollués au mercure de la planète. Manuel sentait bien que le business de l'or était condamné. Son instinct ne le trompait pas: l'année suivante, l'armée colombienne lança une vaste opération au cours de laquelle elle fit exploser des dizaines de dragues et procéda à des arrestations de masse.

Manuel dit qu'en 2017, il avait déjà l'intention de rentrer à Puerto Sábalo mais qu'avant cela, il avait accepté un dernier boulot sur une barge brésilienne. C'était pour rendre service à un vieux copain qui avait besoin de quelqu'un d'expérimenté. Durant les longues après-midi, quand la chaleur retombait et que les machines se taisaient, il se retrouvait à discuter gaiement avec la fille qui lui servait les bols de poisson, de plantain et de riz.

Il raconta à Magdalena Mucutuy la vie qu'il voulait bâtir à Puerto Sábalo et lui proposa d'en faire partie.

«Je lui ai dit que j'étais prêt à l'aider autant que je le pourrais et que je comptais rentrer dans mon village natal, se souvient Manuel. Je n'avais pas de femme et elle était encore jeune. On s'est mis ensemble.»

Fatima n'avait pas tardé à trouver un travail à sa fille après ses treize années passées à La Chorrera. À Araracuara, les bars étaient pleins et des motos neuves étaient alignées devant. Il était évident que le business de l'or tournait à plein régime. Fatima avait entendu des clients râler parce que l'une des filles uitoto qui faisait la cuisine sur une barge brésilienne était incapable de préparer quoi que ce soit que les blancs arrivent à digérer. Elle avait tiré quelques ficelles et Magdalena avait eu le poste.

«Elle travaillait bien sur la barge, dit Fatima. Avec ce qu'ils la payaient, elle a pu se racheter des vêtements et puis elle s'est remplumée, elle a retrouvé son corps d'avant.»

Trois mois plus tard, les premiers reproches arrivèrent aux oreilles de Fatima. Magdalena passait ses après-midi assise sur la barge à plaisanter avec un des orpailleurs, celui qu'on surnommait Carramán. Le contremaître ne pouvait plus l'ignorer.

«Magdalena était toujours joyeuse, elle avait un grand rire sonore, dit Fatima. Mon ami m'a appelée et m'a dit: "Elle ne veut plus travailler."»

Compte tenu de ses objections à l'égard des conditions de vie de sa fille à La Chorrera, Fatima semblait espérer que Magdalena trouve un compagnon plus aisé dans le secteur de l'or, mais elle maintient qu'elle lui a déconseillé dès le début de fréquenter Manuel. Son penchant pour l'alcool et le cannabis étaient connus de tous.

«Je lui ai dit, "Magdalena, Manuel ne va t'attirer que des problèmes. C'est un drogué et tes deux filles sont fragiles.

Sers-toi de ta tête, Magdalena !" Mais elle ne m'a pas écoutée, elle ne m'obéissait plus. »

Une fois encore, Magdalena défiait sa mère. Manuel était fort et inspirait le respect, voire la peur, chez les autres hommes. Dans un monde violent et incertain, il semblait offrir une promesse de sécurité. Mais il était aussi malin, persuasif et drôle. C'était un homme sûr de lui, aussi à l'aise pour chanter dans sa langue maternelle dans la maloca qu'il le serait plus tard pour s'exprimer en espagnol devant les micros quand l'intérêt médiatique pour la recherche de ses enfants serait à son comble.

Mais, surtout, Manuel était ambitieux. Dans un milieu où le manque de perspective en poussait beaucoup à perdre espoir, il donnait l'impression d'être le genre d'homme à ne jamais baisser les bras. Pour Magdalena, mère célibataire de 27 ans avec deux enfants à charge, ces qualités l'emportaient sur les avertissements de sa mère. En mars 2019, elle donna naissance à Tien, le fils de Manuel, et ils s'installèrent à Puerto Sábalo.

Quatre ans plus tard, quand il la contacta de Bogotá pour lui exposer les détails de son plan, elle était prête à le suivre à nouveau.

Après que Magdalena eut déposé son sac et récupéré la lettre de Manuel, Martha ne la revit pas pendant une semaine. C'était Lesly qui venait chaque jour au comptoir, timide et bien élevée, pour acheter les ingrédients dont la famille avait besoin pour ses repas. Elle vint une fois avec Tien, et ils mangèrent une glace sur la terrasse, au milieu d'un troupeau de soldats qui scrollaient sur leur téléphone, fusil à l'épaule.

La première tentative de Magdalena d'embarquer sur l'avion-cargo avait échoué pour des questions d'argent. Le commissaire Jeison Castro l'avait accompagnée dans l'ombre de l'aile de l'Antonov tandis que des hommes chargeaient de gros sacs remplis de poissons-chats géants dans le ventre de l'appareil. Il se rappelle que le pilote avait dit à Magdalena qu'il ne pouvait pas accepter de passagers qui ne payaient pas plein tarif.

«Je lui ai dit: "Allez mon vieux, laissez-lui quelques sièges par bonté d'âme, c'est une mission humanitaire." Mais il était inflexible», se souvient Castro.

Or, selon Manuel, Magdalena avait de l'argent. Il affirme lui avoir laissé 15 millions de pesos avant de quitter Puerto Sábalo. Il semblerait que, faute d'avoir pu monter dans le vol humanitaire auquel son compagnon lui avait dit qu'elle avait droit, elle ait ensuite été réticente à admettre qu'elle disposait des fonds nécessaires. La somme avancée par Manuel, environ 4 000 dollars, est peut-être exagérée, mais il est clair que lorsque l'avion-cargo revint sept jours plus tard, le 25 avril, Magdalena proposa du liquide pour payer le transport de sa famille.

«Non, elle ne part pas, lui répondit le pilote d'après le témoignage du commissaire Castro. Elle ne peut pas partir, ce sont les ordres.»

Dans d'autres circonstances, dans un milieu moins complexe que celui dans lequel elle vivait, Magdalena serait encore en vie. Sa famille et elle seraient descendues de cet avion-cargo à San José del Guaviare le 25 avril. Les raisons de ce refus apparurent d'abord mystérieuses. Le commissaire Castro, qui n'est pas du genre à sous-estimer l'influence des guérillas sur la ville, supposa qu'elles avaient fait pression sur la compagnie aérienne. Il avait enregistré la déposition de Manuel deux semaines plus tôt et présuma que la famille était aussi une cible.

Manuel, quant à lui, accuse Fatima.

«Sa mère a appelé [la compagnie] pour leur dire de ne pas laisser monter ma nana et les enfants, dit-il. Fatima s'est toujours opposée à ce que sa fille soit avec moi. Elle a condamné sa propre fille. »

Le 30 avril, Martha vit Magdalena pour la dernière fois. Elle portait un tee-shirt blanc et un sac à dos rouge, et semblait optimiste. Un charter, un Cessna 206, devait atterrir à 14 heures et repartir peu après vers San José del Guaviare. Magdalena était convaincue que ce serait sur ce vol qu'elle quitterait la ville. Le moment des adieux était venu mais avant de partir, Martha ouvrit l'application appareil photo de son téléphone. À sa première tentative, Magdalena se cacha le visage avec la main mais Martha insista. La deuxième photo montrait une Magdalena souriante, qui regardait Cristin pendant que le bébé rampait sur le comptoir. Ce fut la dernière photo de Magdalena Mucutuy vivante.

Cette après-midi-là, la famille attendit à l'ombre, devant la base militaire. Le commissaire Castro tendit à Lesly son téléphone pour regarder le film *Super Marío Bros*. Les trois enfants, serrés les uns contre les autres, semblaient captivés par l'écran.

Peu après 17 heures, le minuscule Cessna 206 se posa sur la piste avec trois heures de retard, son train d'atterrissage soulevant des nuages de poussière. Il alla se garer sur le petit carré de béton devant la base militaire. Le pilote ouvrit la porte et abaissa une petite échelle d'un coup de pied. Il avait à peine posé le pied par terre que le commissaire Castro l'aborda pour lui exposer la situation. Mais le pilote secoua la tête en montrant le ciel. Le soleil bas était voilé par le brouillard qui s'élevait de la canopée. Il était trop tard pour décoller.

Magdalena, qui regardait le policier et le pilote discuter de la météo, tournait le dos aux passagers qui descendaient de l'avion. Elle ne vit pas leur air nauséeux, terrifié. Elle ne les vit pas secouer la tête en récupérant leurs bagages dans la soute du Cessna et essuyer les traces de kérozène sur leurs sacs.

Un peu plus d'une heure plus tard, Martha entendit quelqu'un frapper à la porte. Elle découvrit un homme qu'elle n'avait pas vu depuis dix ans. Les cheveux du capitaine Hernando Murcia étaient plus clairsemés, son visage s'était empâté et il avait perdu l'air jovial qu'elle lui connaissait. Il lui demanda si elle pouvait le loger pour la nuit et Martha le conduisit à la chambre à l'arrière du magasin où il posa son sac de pilote. Puis il sortit une savonnette et entreprit de laver sa chemise d'uniforme – blanche avec des épaulettes noires et dorées – qui était trempée et froissée, dans l'évier extérieur.

Ceux qui ont connu Hernando Murcia disent qu'il était fier d'être pilote. Il avait toujours apprécié le prestige et les décorations. Mais cette fierté comptait d'autant plus désormais, à 55 ans, tant il avait craint au cours des dernières années que sa carrière s'achève.

En 2019, Murcia s'était retrouvé contraint de conduire un taxi et de vendre des *empanadas* à la sortie de l'aéroport de Villavicencio. Durant une bonne partie du XXe siècle, la ville de Villavicencio avait été le dernier arrêt sur la route des Andes depuis Bogotá. À l'est, de grandes plaines s'étiraient sur 650 kilomètres, jusqu'à la frontière avec le Venezuela. Au sud s'étendait la forêt amazonienne. Le minuscule aéroport de la ville était le seul lien avec les villages de ces régions reculées, et leur population comptait sur une petite escouade de pilotes de brousse aguerris pour leur livrer biens et nourriture et transporter les malades.

Murcia considérait qu'il s'inscrivait dans cette tradition. Au cours de ses trente années de carrière, il avait accumulé plus de 10 000 heures de vol, principalement aux commandes du Douglas DC-3, l'avion à hélice de la Seconde Guerre mondiale qui avait trouvé une deuxième vie comme appareil de transport de marchandises prisé par l'impécunieux secteur de l'aviation colombien. C'était un métier dangereux. Dans le parc qui bordait l'aéroport, à deux pas du stand d'empanadas de Murcia, sur une large colonne de ciment, surmontée d'ailes dorées, figurent les noms de 230 pilotes disparus. Ce sont les héros anonymes du développement du pays.

Dans les années 2010, le DC-3 fut largement remplacé et Murcia perdit son emploi. Il gagnait à peine de quoi subvenir aux besoins de sa femme et de leurs deux filles avec ce qu'il gagnait sur son stand et au volant de son taxi. Mais en novembre 2019, sa chance finit par tourner. Un ancien collègue le recommanda auprès d'une nouvelle compagnie qui faisait voler quelques vieux Cessna jusqu'au fin fond de l'Amazonie.

La compagnie s'appelait Avianline Charters et son propriétaire, Fredy Ladino, était fier de la mission qu'elle remplissait. Depuis sa fondation en novembre 2018, dit-il, la compagnie avait transporté plus de 20 000 passagers, dont beaucoup en situation d'urgence médicale.

« [Nous avons transporté] des gens avec une main coupée dans un sac en plastique (...), des femmes qui ont accouché dans nos avions parce que les indigènes n'ont pas d'autre moyen de partir. Nous sommes les seuls à aller là-bas. »

Ladino a une quarantaine d'années, un torse puissant, une coupe de militaire et des dents d'un blanc éclatant. Quand je l'ai rencontré dans son bureau, situé dans un hangar de l'aéroport de Villavicencio, il m'a raconté le jour où Murcia, qui cherchait du travail, s'était assis dans le fauteuil que j'occupais.

« On aurait dit un sans-abri, dit Ladino. Mais je savais que c'était un très, très bon pilote. À ce moment-là, il n'y avait que sept pilotes dans toute la Colombie capables d'atterrir sur les pistes les plus coriaces et Murcia était l'un d'eux. »

Murcia reprit du service. Au cours des quatre années suivantes, il pilota sur les trajets les plus difficiles, essuyant régulièrement des orages, improvisant des atterrissages sur des pistes courtes et cahoteuses. Mais, même pour lui, ce 30 avril avait été une journée éprouvante.

Pendant que sa chemise séchait sur le fil, Murcia entra dans la cuisine et s'assit à la table. Il demanda du poisson, si possible le même que celui qu'il avait mangé la dernière fois qu'il avait passé la nuit au magasin, dix ans plus tôt. Il fut dépité d'apprendre que ce poisson se faisait désormais très rare dans les assiettes d'Araracuara. Martha fit glisser devant lui un bol de viande et de plantain.

« Puis il s'est mis à parler sans s'arrêter », dit-elle.

Murcia était parti de chez lui à Villavicencio à l'aube. Il avait emmené cinq passagers à San José del Guaviare, le dernier aéroport commercial avant la jungle, puis fait un trajet de 450 kilomètres dans l'autre sens jusqu'à Cararú, dans l'est de l'Amazonie. À son retour, il avait remis 140 litres de carburant et, à 13 heures, il avait redécollé pour La Chorrera. Jusque-là, pas de problème.

Mais au cours du vol de deux heures en direction du sud, d'épais nuages noirs s'étaient amoncelés : un orage terrible, disait-il, avec de la foudre et des éclairs, sorti de nulle part. Il avait choisi de le contourner, ce qui avait ajouté trente minutes à son trajet et l'avait obligé à consommer davantage de son précieux carburant. Quand il avait atterri enfin à La Chorrera, un autre dilemme l'attendait. Ses trois passagers étaient bien là dans le bâtiment au toit de palme qui bordait la piste, mais pas le kérozène. Les gens du coin lui apprirent que le responsable de l'approvisionnement se remettait encore de sa nuit de beuverie.

Murcia avait encore deux trajets à faire dans la journée : d'abord jusqu'à Araracuara, où il devait récupérer une équipe de consultants qui travaillaient sur des projets forestiers, puis le retour à San José del Guaviare. Il fit ses calculs et estima qu'il avait de quoi faire la première liaison. Il passa quelques coups de fil. Un ami pilote l'autorisa à prendre le carburant qu'il laissait chez Martha pour les urgences. Il prit sa décision et dit aux passagers de monter.

Le vol jusqu'à Araracuara s'avéra terrifiant. Les passagers racontèrent par la suite que le Cessna faisait des bruits étranges et semblait manquer de puissance. Ils arrivèrent, sains et saufs mais secoués, et bien trop tard pour tenter de poursuivre jusqu'à San José del Guaviare. Même Murcia paraissait sous le choc, songea Martha, tandis qu'il finissait lentement son assiette.

Elle écouta son histoire comme un barman écoute les malheurs d'un oiseau de nuit. Quand il eut fini de raconter les tribulations de sa journée, il passa à ses problèmes conjugaux. Sa femme lui en voulait d'avoir dû renoncer à sa carrière pour élever leurs filles. À l'époque où il pilotait des DC-3, l'argent n'était pas un problème, ils avaient même de quoi embaucher une femme de ménage. Piloter des Cessna sur des vols charters impliquait un salaire irrégulier et Murcia voulait que ses filles reçoivent une éducation de qualité. Il fallait se serrer la ceinture.

Il finit par retrouver un peu le sourire. Il commença à exposer à Martha les exploits de son cher DC-3, ses merveilleuses ailes fuselées, le lourd grondement de son bimoteur.

« Il adorait ces avions, ils lui manquaient, déclare Martha. Il disait que piloter ces petits coucous, ce n'était pas la même chose. »

Quand il eut fini de manger, Murcia sortit dans le patio et regarda le ciel. Une canopée d'étoiles brillantes le surplombait. C'était une nuit dégagée.

« Dieu merci, demain sera une belle journée », dit-il à Martha.

La chambre qu'elle lui avait préparée était petite. Au pied du lit, un vélo d'enfant rose était appuyé contre une pile de cartons. Au-dessus de sa tête, une toute petite image de Jésus dans un cadre ovale était le seul élément de décoration sur le mur de bois. Il se déshabilla et se mit au lit. Il s'aperçut alors seulement qu'il avait dérogé à une habitude stricte : il n'avait pas appelé ses filles pour leur souhaiter bonne nuit. Sa batterie était morte et il ne retrouvait plus son chargeur. Il éteignit la lumière en se promettant de les appeler le lendemain matin.

MAYDAY

Le matin du 1er mai, Martha Muñoz se réveilla à 4 h 30 et alla préparer des œufs brouillés et du café à la cuisine. Le capitaine Hernando Murcia la rejoignit peu après. Il était de bonne humeur, fort élégant dans sa chemise blanche et il lui souhaita une bonne fête des travailleurs. Son téléphone s'était éteint dans la nuit et Martha lui prêta un chargeur pour qu'il puisse le brancher pendant qu'il prenait son petit déjeuner. Il pensait à ses filles, se souvient Martha. Il lui expliqua qu'il les appelait toujours avant de décoller.

Aux alentours de 5 h 30, Nestor Andoke, un chasseur, traversa la piste tandis que le soleil se levait. Quelques nuages cotonneux brillaient d'une lueur orangée dans la lumière de l'aube. Sur le carré de béton qui s'étendait devant la base militaire, il croisa le capitaine Murcia qui faisait le tour de son avion pour procéder à toutes les vérifications. Murcia mit des coups de pied dans les pneus, tira sur l'hélice et sortit la longue jauge métallique pour vérifier le niveau de l'huile. Il fit monter et descendre les ailerons puis fit bouger le gouvernail de gauche à droite. Il avait à ses pieds trois bidons de carburant de 50 litres. Nestor regarda Murcia grimper sur un escabeau et en verser le contenu dans le réservoir situé au-dessus de l'aile droite du Cessna.

Au même moment, Santiago Buraglia se réveillait dans son hamac accroché dans la cuisine d'une petite maison à côté de la piste. Alors qu'il se frottait les yeux, il vit Magdalena Mucutuy traverser la pièce avec ses enfants pour les conduire à l'arrière de la bâtisse. Il entendit d'abord le bruit d'un jet d'eau qui s'écoulait dans un seau puis les consignes que Magdalena et Lesly donnaient aux petits, qui faisaient leur toilette.

Buraglia n'avait pas prévu de passer la nuit sur place. Grand et anguleux, avec de longs cheveux et un bouc, il travaillait comme consultant pour Yauto, l'entreprise de conseils spécialisée dans le marché des quotas carbone. La veille, il avait attendu le charter censé ramener son équipe en ville. L'avion était arrivé en retard et un policier aux cheveux gris était venu le voir pour lui expliquer la situation. Il y avait une femme avec quatre enfants qui devaient partir. C'était une mission humanitaire, avait-il ajouté. Il n'y avait donc de la place que pour l'un des quatre employés de chez Yauto sur le manifeste de ce vol, et Buraglia l'avait prise.

Il descendit de son hamac et se redressa péniblement. La veille, il avait passé quatre heures à discuter politique en buvant des bières sur la terrasse avec Herman Mendoza. Herman était un célèbre activiste des droits indigènes, un épais Uitoto de 57 ans avec des cheveux plaqués en arrière et un sourire désarmant. Il parcourait le Caquetá pour conseiller les communautés dans leurs négociations pour les crédits carbone. Il était maintenant pressé de rentrer à Bogotá, car il avait une réunion le lendemain. Alors qu'il vidait sa dernière canette, Buraglia avait finalement accepté de laisser sa place à Herman.

Quand Magdalena et les enfants eurent terminé leur toilette, ils retournèrent à la cuisine, où la propriétaire de la maison, Doña Irís, leur prépara le petit déjeuner. Ce fut à peine s'ils dirent un mot et Buraglia leur trouva l'air anxieux. Il partageait les inquiétudes de Martha quant à leur sort à la capitale.

«Je me suis dit, *ces pauvres gosses sont obligés de quitter leur territoire, de tout plaquer, pour aller vivre dans un quartier chaud de Bogotá*. On voyait sur leur visage qu'ils n'avaient aucune idée de ce qui les attendait.»

Après le petit déjeuner, Magdalena accepta timidement sa proposition de l'aider à porter ses bagages. Il mit le sac à dos rouge sur son épaule et accompagna la famille vers la base militaire. Il prit Herman dans ses bras pour lui dire au revoir et s'assit sur un rocher pour regarder l'avion décoller.

Il observa Magdalena, sous l'aile du Cessna, épeler le nom de ses enfants, que Murcia notait sur un bloc-notes. L'un après l'autre, les passagers prirent leurs bagages et grimpèrent sur la balance électronique. Les trois adultes et les quatre enfants pesaient à eux tous moins de 300 kilos. Il y avait en outre 50 kilos de bagages. Un Cessna 206 est conçu pour pouvoir transporter jusqu'à 500 kilos maximum, le poids n'était donc pas un problème.

Le carburant non plus. Il y avait 200 litres dans le réservoir: plus que nécessaire pour atteindre San José del Guaviare.

Murcia jetait des coups d'œil nerveux à son téléphone, en terminant ses différentes tâches. Il commençait à être en retard. Buraglia se souvient qu'il pressa alors les passagers pour qu'ils montent dans l'avion. Herman se glissa ensuite par la porte du pilote pour s'asseoir dans le siège du copilote. La famille entra par la porte située près de la queue de l'appareil. Magdalena et Lesly prirent place sur les sièges du milieu, juste derrière le pilote. Tien et Soleiny étaient derrière.

«Il leur a demandé de monter rapidement et il a refermé la porte, raconte Buraglia. Mais ils ont ensuite attendu dix minutes avant de décoller. J'ai trouvé ça étrange. Puis j'ai vu le pilote sortir, passer un coup de chiffon sur le pare-brise et commencer à examiner le moteur.»

Il ne put s'empêcher de remarquer l'expression de Murcia tandis qu'il bricolait à l'avant de l'avion. Il semblait fâché ou frustré. Finalement, Buraglia renonça à assister au décollage et il retourna dans la maison, où Doña Irís avait préparé une autre cafetière.

Il se souvient lui avoir alors dit: « Le pilote a vraiment l'air en rogne aujourd'hui. »

Murcia retourna dans le cockpit et mit le contact. L'avion commença à sortir doucement du carré de béton mais il avança de quelques mètres seulement avant de caler.

Le commissaire Jeison Castro entendit Murcia demander de l'aide.

« L'avion était coincé, m'explique-t-il. Il y avait un petit nid-de-poule que Murcia n'avait pas vu. Les roues de ces avions sont assez petites et il n'arrivait pas à ressortir. »

Avec quelques collègues, Castro poussa les supports des ailes jusqu'à ce que le Cessna ressorte du trou. L'opération dura moins de cinq minutes et une fois terminée, il retourna à son poste derrière les sacs de sable.

Le Cessna roula vers l'est sur la piste, en direction de l'ancien emplacement de la base américaine. Murcia fit un demi-tour net dans le gravier. Il emballa le moteur et mit les gaz. Le moteur gronda et l'avion accéléra.

Il n'avait pas parcouru 40 mètres que la roue gauche s'enfonça dans une profonde ornière, faisant virer l'avion sur la gauche, lequel s'arrêta soudain au bord de la piste. Un caporal accourut vers eux.

« Quand je suis arrivé, l'aile droite de l'avion pointait vers le sol. Il avait fait un virage à 90 degrés et il était coincé dans un gros trou, se souvient Buraglia. Il n'avait pas assez de puissance pour ressortir. La roue droite avait l'air d'être de travers. »

Le caporal demanda à Murcia s'il ne valait pas mieux attendre le lendemain pour décoller. Celui-ci lui répondit que ça irait, qu'il avait simplement besoin de quelques hommes pour l'aider à remettre l'avion d'aplomb. Les passagers débarquèrent tandis qu'une demi-douzaine de militaires accoururent pour prêter main-forte. Toute leur musculature et leurs grognements ne furent pas de trop pour sortir l'avion de l'ornière.

Le caporal se tourna vers Magdalena en reprenant son souffle.

« Si un truc pareil arrivait à mon avion, jamais je ne remonterais à bord », lui lança-t-il.

Mais Magdalena balaya ses inquiétudes. Le problème, disait-elle, c'était la piste calamiteuse, l'avion allait très bien.

Juste après 7 heures du matin, à sa deuxième tentative, l'appareil HK-2803 décolla de l'aéroport d'Araracuara. Le caporal le regarda s'éloigner, inquiet.

« Il a pratiquement mangé toute la piste. Normalement, un avion de cette taille quitte le sol à la moitié. »

Au bout de la bande de bitume, près de la gorge peuplée d'aras, une femme lavait son linge. Elle se baissa par réflexe quand l'avion passa au-dessus de sa tête. Il volait trop bas et émettait un *ra-ta-ta* inquiétant. Elle se tourna vers son mari et lui dit : « Celui-là, il va se planter. »

L'intérieur du Cessna 206 de 1982 ressemble à l'habitacle d'un monospace. Les six sièges en cuir sont collés ensemble, le transpondeur ressemble à un autoradio, et le gyrocompas est suspendu à la place du rétroviseur.

Les commandes sont étonnamment analogiques. Trois boutons – un noir, un bleu, un rouge – permettent de contrôler respectivement la puissance, le nombre de tours par minute et le débit de carburant dans le moteur. Un bouton gris ajuste l'angle des ailerons. Il y a moins de composants électroniques que dans une calculatrice. La relation entre un pilote de Cessna et son appareil est plus proche de celle qui unit un cow-boy à sa monture qu'un pilote de ligne à un Boeing 767.

« Murcia volait avec son cul », assure Fredy Ladino, le propriétaire d'Avianline. Dans le jargon de l'aviation, c'est le plus beau compliment que l'on puisse faire à un pilote.

Faute de systèmes d'alerte, le pilote ne peut compter que sur son feeling. Il doit s'appuyer sur tous ses sens : garder les yeux rivés sur les jauges, écouter le bruit du moteur et ouvrir les narines pour guetter une odeur d'essence ou de brûlé. Il doit sentir les vibrations dans son siège.

Au cours de sa longue carrière, Murcia avait développé toute une panoplie de talents nécessaires à un pilote de brousse. Il avait appris à lire la météo – en particulier les nuages. Paradoxalement, ce ne sont pas les plus noirs qu'il faut redouter, mais les gros nuages blancs. À l'approche de sa destination, il survolait parfois la piste en inclinant l'appareil pour voir le soleil se refléter dans d'éventuelles flaques ou bien il observait la formation des troupeaux dans les ranchs voisins pour déterminer le sens du vent. En effet, les vaches tournent toujours le dos aux vents violents.

Il avait aussi en tête l'état de toutes les pistes d'Amazonie. Chacune avait sa réputation. Certaines n'étaient guère plus que des clairières herbeuses où les feuillages pouvaient empêcher de prendre de la vitesse au décollage. D'autres étaient des bandes de terre qui pouvaient devenir grasses sous la pluie et provoquer de l'aquaplaning. D'autres se retrouvaient considérablement raccourcies à cause de nids-de-poule géants laissés par de lourds atterrissages passés. Même les pilotes aguerris rechignaient à faire le vol jusqu'à Tomachipán, où la piste à demi terminée était un périlleux mélange de dalles de béton et d'herbe. Murcia était l'un des rares à assurer cette liaison.

Pourtant, certaines données demeuraient incontrôlables. Sur le tableau de bord d'un Cessna 206, il y a plus d'une vingtaine de cadrans, dont deux sont plus importants que les autres. Quand la température du moteur augmente et que la pression du carburant chute, cela signifie qu'une avarie est imminente. Dix minutes après le décollage, alors qu'ils avaient atteint une altitude de 8 500 pieds, le capitaine Hernando Murcia vit les aiguilles de ces deux cadrans passer dans le rouge. Il saisit l'émetteur radio.

Dans la tour de contrôle de l'aéroport de Villavicencio, le bourdonnement des parasites se fit entendre, suivi d'une voix qui s'efforçait de masquer toute trace de panique.

« Mayday, mayday, mayday, 2803, mayday, mayday, mayday. Le moteur faiblit, je vais chercher un champ où atterrir. »

Les contrôleurs aériens localisèrent le vol HK-2803 sur le radar et moins d'une minute plus tard, ils informèrent Murcia qu'il y avait à proximité deux pistes où il pourrait atterrir d'urgence. Pas de réponse. Le Cessna survolait une zone connue pour être un trou noir radio et la communication avait été coupée. Les contrôleurs contactèrent un autre appareil léger qui volait dans le secteur et lui demandèrent de servir de pont radio entre la tour de contrôle et le HK-2803. Toujours aucune réponse.

Quinze minutes plus tard, la voix de Murcia se fit à nouveau entendre.

« 2803, le moteur est reparti. Je suis à 120 milles marins de San José, je remonte à 8 500 pieds d'altitude... 2803, six personnes à bord et trois heures d'autonomie. »

Les contrôleurs aériens poussèrent un soupir de soulagement. Quand Murcia passa un autre appel quelques minutes plus tard, ils furent certains que la catastrophe avait été évitée.

« Je suis actuellement à 109 milles marins de San José avec de bonnes conditions de visibilité. Demande de maintenir une altitude de 5 500 pieds. »

Le Cessna avait perdu 3 000 pieds d'altitude mais le problème moteur était apparemment résolu.

Or quelques instants plus tard, le capitaine Murcia vit à nouveau l'aiguille du thermomètre et du réservoir passer soudain dans le rouge. Il comprit qu'il n'y avait alors plus qu'une seule solution.

Il existe deux options pour un atterrissage d'urgence en pleine jungle : sur un fleuve ou sur la canopée. Bien qu'un amerrissage risque de retourner l'avion et de noyer les passagers, c'est pourtant la meilleure des deux options. Un atterrissage sur la canopée, les pilotes en parlent quand ils veulent faire de l'humour noir.

Ce genre de blague ne fait plus du tout rire Harry Castañeda, un autre pilote d'Avianline. Moins de deux ans plus tôt, il avait piloté ce même avion, le HK-2803, pour une mission médicale dans l'est de l'Amazonie. Peu après le décollage, avec un docteur et un passager à bord, il avait senti une odeur de brûlé. Il avait fait faire à l'avion un virage sur l'aile et s'était dirigé vers la piste la plus proche, une bande de terre brune qu'il voyait derrière les arbres.

« C'était terrifiant, raconte-t-il. Je volais, je frôlais la canopée, et il y avait une petite colline entre moi et la piste et je savais qu'on ne l'atteindrait pas parce que l'avion perdait de la puissance. »

Alors que l'avion perdait de l'altitude, Castañeda avait essayé de redémarrer le moteur et puis – avec une lucidité impressionnante compte tenu de l'urgence de la situation – il avait pris une photo avec son portable des cadrans du thermomètre et de l'anémomètre. Il s'était ensuite dirigé vers un endroit où la canopée semblait épaisse et plate. Il avait ralenti et relevé le nez de l'appareil, faisant pratiquement décrocher l'avion au-dessus de l'endroit choisi. Au dernier moment, il avait reculé son siège, placé ses jambes dans l'espace entre son siège et celui du copilote et il s'était préparé à l'impact.

Castañeda et ses passagers survécurent au crash. Il avait réussi un atterrissage d'urgence au sommet des arbres quasi parfait. L'avion avait glissé sur la canopée sur près de 50 mètres avant de s'arrêter complètement. Il avait alors basculé vers l'avant et plongé vers la terre ; les épaisses branches qui heurtaient ses ailes avaient ralenti sa chute avant qu'il finisse par s'écraser le nez en avant, 40 mètres plus bas.

Castañeda s'ouvrit largement le front en percutant le tableau de bord mais sa décision de pivoter sur son siège pour avoir les jambes au milieu de l'appareil lui avait permis de ne pas se retrouver coincé. Ses passagers étaient indemnes et, grâce au système GPS présent à bord, Castañeda put les guider à travers la jungle jusqu'au hameau indigène le plus proche, à cinq kilomètres de là.

L'enquête conclut que le crash avait été causé par une panne mécanique. La photo des cadrans permit à Castañeda de ne pas être tenu pour responsable et lui épargna des frais de justice considérables. Le moteur et la carlingue de l'avion avaient subi des dommages importants mais ils étaient trop précieux pour qu'on les laisse pourrir dans la jungle. La semaine suivante, une équipe envoyée sur le lieu de l'accident démonta le Cessna et l'emporta jusqu'à la rivière en pièces détachées. Petit bout par petit bout, le HK-2803 retourna au hangar de Fredy Ladino dans l'aéroport de Villavicencio. Il passa l'inspection des autorités de l'aviation civile avec succès et reprit les vols pour Avianline en mars 2023, deux mois avant que Magdalena et sa famille montent à bord.

En juillet 2023, Manuel Ranoque porta plainte contre Avianline afin de réclamer des dommages et intérêts, avançant que l'appareil HK-2803 n'était pas apte à voler. Ladino, lui, affirme que l'avion était en bon état et rappelle qu'Aerocivil, l'autorité de l'aviation civile colombienne, en avait attesté. Il souligne qu'il est fréquent qu'un avion soit réparé et remis en service après un accident. De plus, il n'avait pas tellement le choix.

Ladino assure qu'il voulait étoffer la flotte d'Avianline mais qu'il s'est heurté à un problème insurmontable. En Colombie, le Cessna était devenu une espèce en voie de disparition. Simple à piloter, dur à détecter sur les radars et capable de se poser sur une piste longue comme un terrain de foot, le Cessna était depuis longtemps le modèle de prédilection des trafiquants de drogue. Les pilotes se voyaient offrir l'équivalent d'un an de salaire pour livrer une seule cargaison de cocaïne vers des ports du Surinam ou du Venezuela, où les avions étaient alors bien souvent abandonnés. Les compagnies aériennes légales ne pouvaient pas concurrencer les dealers sur le petit marché des appareils de seconde main.

Ladino maintient que ses mécaniciens ont fait un excellent boulot de réparation sur le HK-2803. Il soutient que les dommages majeurs subis par l'appareil ont eu lieu sur la piste d'Araracuara. Outre la capacité de savoir « voler avec son cul », un pilote de brousse a impérativement besoin d'une seconde qualité. Dans le métier, on appelle ça des critères.

La vie d'un pilote de Cessna dans la forêt amazonienne est faite d'un nombre incalculable de petites décisions, qu'il lui faut le plus souvent prendre seul. Quand il se réveille, il doit regarder le ciel, le comparer avec les prévisions météorologiques souvent peu fiables et décider s'il est raisonnable ou non de décoller. Lors de son inspection matinale, il doit arbitrer quelles imperfections de son vieil appareil – les pneus de travers, les rivets manquants, les ailerons endommagés – doivent être réparées immédiatement et lesquelles peuvent attendre qu'il soit rentré au hangar. Dans le cockpit, il doit juger s'il peut traverser l'averse qu'il voit devant lui ou s'il vaut mieux la contourner. Il doit estimer quels endroits de la piste d'atterrissage sont moins amochés que les autres.

Mais les pilotes de brousse doivent aussi faire preuve de compétences relationnelles et d'intelligence émotionnelle. Par-dessus tout, ils doivent savoir dire non. Aux patrons dont les revenus – mais pas la survie – dépendent de cette capacité à transporter des personnes et des marchandises d'un point A à un point B à l'heure prévue. Aux passagers qui doivent *à tout prix* rejoindre leur destination. Aux logisticiens qui pèsent les paquets avec des balances peu fiables. Un pilote doit savoir taper du poing sur la table quand la situation n'est pas à la hauteur de ses critères. Un pilote qui a bonne réputation sait qu'il peut le faire sans risquer son boulot.

Mais Hernando Murcia n'avait pas bonne réputation.

Ses collègues affirment qu'il était en bas de la liste des pilotes Avianline, que c'était lui qui volait le moins. Dans le monde clanique des pilotes de brousse, il était un peu à l'écart. Son comportement gênant et ses tentatives de faire de l'humour lui avaient valu le surnom de *Chiste malo*, « mauvaise blague ». Ceux qui prenaient le temps de lui parler enduraient de longs monologues sur les extraterrestres ou Adolf Hitler, ce qui ne l'aidait pas à grimper dans la hiérarchie.

L'argent manquait à la maison. Il avait une femme et deux enfants à nourrir et il ne pouvait pas se permettre de refuser une mission quand elle se présentait. Durant la pandémie de Covid-19, alors que d'autres refusaient de transporter des malades faute d'équipement adéquat, Murcia se portait toujours volontaire, pilotant avec un simple masque chirurgical.

« Il était le remplaçant de tous les pilotes, le plan B, selon José Miguel Calderón, qui avait volé sur des Piper Senecas avec Murcia. Si un pilote ne pouvait pas voler parce que l'avion ou le temps ne le permettaient pas, parce qu'il ne le sentait pas ou qu'il était fatigué, la compagnie appelait [Murcia] et il disait oui à tout. Ses critères étaient très bas.»

La journée d'un pilote est faite de plein de minuscules décisions mais celles-ci sont rarement fatales. Toutefois, de temps à autre, elles peuvent s'accumuler et partir en vrille. Le capitaine Murcia volait depuis trente ans, mais le 1er mai, son manque de critères a eu raison de lui.

Un an après les faits, les enquêteurs de l'Aerocivil n'avaient toujours pas déterminé les raisons du crash de l'HK-2803. Ayant entendu l'histoire du carburant manquant à La Chorrera, relatée par les passagers de l'atroce vol de la veille, de nombreux paisanos d'Araracuara crurent que le Cessna était tout simplement tombé en panne d'essence. Nestor Andoke avait pourtant vu Murcia remplir le réservoir sur la piste, et un pilote témoigna plus tard qu'il avait autorisé Murcia à se servir dans la réserve d'urgence qu'il conservait à Araracuara. Certains disaient que c'était la faute de la piste défoncée, d'autres que c'était l'avion. Fredy Ladino attribuait l'accident à une erreur humaine.

Il me montre sur son ordinateur des photos de l'hélice prises en mai 2023 dans les décombres. Il y a des éraflures blanches au bout de chaque pale. Il maintient qu'elles ne viennent pas du contact avec les arbres, qui aurait plutôt plié les pièces métalliques, mais qu'elles ont été faites plus tôt dans la journée. Il pense que l'hélice est entrée en contact avec le sol quand le Cessna a quitté la piste à la première tentative de décollage. L'impact se serait propagé dans l'arbre d'hélice et aurait abîmé le moteur.

«L'usine dit que si l'hélice touche quoi que ce soit, même une feuille de papier, il faut démonter le moteur pour tout vérifier tellement c'est délicat», déclare Fredy Ladino.

La procédure correcte aurait impliqué de renvoyer le moteur au fabricant pour un contrôle minutieux. Il estime que la décision de son pilote de ne pas suivre le protocole s'explique par l'empathie dont il a fait preuve. Murcia était un pilote de brousse colombien qui prenait très au sérieux son devoir à l'égard de la communauté. Il pensait que Magdalena et sa famille couraient un danger en restant à Araracuara et les embarquer était sa priorité.

« Le pauvre s'est dit, *il faut que je fasse quelque chose*, et c'est son désir d'aider qui a causé son erreur et provoqué l'accident », soutient Ladino.

Le témoignage du caporal présent sur la piste laisse aussi supposer que Magdalena n'avait pas été perturbée par le décollage raté et peut-être Murcia y avait-il vu la force de sa détermination à quitter la jungle. Mais Magdalena ne prenait pas souvent l'avion. Compte tenu des récriminations permanentes en ville contre l'état de la piste, il semble vraisemblable qu'elle ait cru que de tels incidents étaient monnaie courante et qu'elle en ait donc sous-estimé la gravité.

Pourtant, la théorie de Ladino n'explique pas les événements antérieurs. Les passagers du vol La Chorrera-Araracuara avaient déclaré que l'avion semblait manquer de puissance. Plusieurs témoins avaient également vu un Murcia inquiet bricoler le moteur du Cessna bien avant de se déplacer sur la piste. L'avion n'avait pas eu assez de puissance pour s'extraire du petit nid-de-poule à la sortie de la base militaire.

Murcia s'inquiétait peut-être pour le sort de la famille montée à bord, mais il est également possible qu'il ait craint pour son poste. Ce matin-là, il avait reçu des messages WhatsApp de la direction lui demandant les raisons du report de son vol. Aucun pilote ne voulait avoir la réputation de décoller en retard. C'est peut-être la pression de sa hiérarchie qui l'a conduit à sous-estimer la sévérité du problème identifié dans le moteur et à négliger ses propres critères.

Enfin, une dernière cause sans doute plus probable m'a été expliquée par un pilote de Cessna. Sous l'effet des hautes températures amazoniennes, l'essence présente dans le moteur du Cessna se dilate et le trop-plein est évacué par un système de drainage. Il est fréquent qu'une petite quantité de fuel ainsi rejetée s'écoule dans la soute à bagages qui se trouve sous le ventre de l'avion. Mais les passagers du vol de la veille pour Cararú ont témoigné du fait que, lorsqu'ils avaient récupéré leurs bagages, le fond de la soute était inondé de carburant. Il est donc possible qu'il y ait eu une fuite d'essence dans le moteur.

Le fait que le moteur de Murcia ait redémarré après une perte d'altitude brutale conforte cette théorie. À haute altitude, où la température est plus basse, l'essence se contracte. Le moteur est privé d'essence, ce qui le fait caler. Alors que l'avion perdait rapidement de l'altitude, passant de 8 500 pieds à moins de 2 000, le moteur a dû se réchauffer rapidement, l'essence à l'intérieur s'est dilatée et l'a rempli à nouveau, donnant l'impression que le problème était résolu.

Ce jour-là, quand la puissance revint, Murcia survola Cachiporro, une piste difficile au milieu de nulle part, car il visait la deuxième option de secours: une piste en meilleur état dans la ville plus importante de Miraflores. Ce fut là une erreur fatale.

À 7 h 43, la voix du pilote résonna une nouvelle fois dans la tour de contrôle de Villavicencio.

« Mayday, mayday, mayday, 2803, 2803, le moteur s'est encore arrêté... Je vais chercher un fleuve... J'ai un fleuve là à droite. » Une minute plus tard: « À 103 milles de San José, je vais atterrir... »

Le capitaine Murcia cria des ordres aux passagers dans la cabine. Il demanda à Magdalena d'ouvrir la porte arrière droite, à côté de Soleiny. Ils allaient se poser sur le fleuve.

Ils devaient être prêts à évacuer l'appareil dès qu'ils toucheraient la surface : il y aurait une fenêtre de quelques secondes seulement avant que l'eau pénètre dans la cabine et entraîne l'avion vers le fond. La porte arrière serait leur issue de secours, mais Soleiny et Tien ne savaient pas nager.

Selon Ladino, ce fut là l'ultime faute de Murcia. Même à ce stade, après la myriade d'erreurs d'appréciation qui avaient conduit à cette situation désespérée, il avait encore une chance de sauver tout le monde. Si Murcia avait coupé les gaz et tenté d'atterrir sur la canopée, les adultes présents à bord auraient pu survivre, explique Ladino, mais Murcia était déterminé à atteindre le fleuve. L'ouverture de la porte arrière et le fait qu'il n'ait pas tourné ses jambes vers le milieu de l'appareil, comme Castañeda deux ans plus tôt, laissent supposer qu'il n'avait aucunement l'intention de précipiter le ventre de l'avion sur la canopée. Il allait trop vite et l'impact du nez de l'appareil contre les branches fut si violent qu'il fit tomber le moteur, ce qui, toujours selon Ladino, ne serait pas arrivé à une vitesse inférieure.

Magdalena était retournée à son siège. Devant elle, Murcia mettait les gaz et se débattait avec les commandes, mais plus loin, les méandres bruns du fleuve disparaissaient derrière la crête des arbres. Elle regarda par la fenêtre la canopée se rapprocher d'eux à toute vitesse jusqu'à distinguer, dans le tapis verdoyant, chaque arbre et ses branches. Elle entendit la mitraille des feuillages frappant contre les ailes puis un lourd bruit sourd. Le moteur se tut complètement. Le Cessna bascula brusquement et plongea, tête la première, vers le sol.

QUARANTE

JOURS

UN MONDE À L'ENVERS

Quand Lesly Jacobombaire Mucutuy revint à elle, elle sentit le poids de son corps qui l'entraînait vers l'avant et sa ceinture qui lui serrait la taille. Elle entendit un bruit de goutte-à-goutte. Elle ouvrit les yeux.

En dessous d'elle, l'arrière du fauteuil de cuir noir était couvert de sang. Au-dessus de sa tête, à quelques centimètres de son visage, elle vit la boue et la terre de la forêt. Elle porta sa main droite à son front et sentit sous ses doigts une longue plaie ouverte le long de son cuir chevelu.

Elle avait du mal à saisir ce monde à l'envers. Sur sa droite, un triangle de métal blanc transperçait le hublot fracassé. C'était le bord de fuite de l'aile. Quelques éclats de verre s'accrochaient au cadre du hublot de l'autre côté duquel on ne voyait que du vert. Elle tourna la tête et découvrit le toit, enfoncé comme une canette écrasée.

Quand elle se tourna vers la gauche, elle vit sa mère affaissée vers l'avant, un bras pendant vers le sol, ses longs cheveux recouvrant son visage. D'une immobilité terrifiante.

Les souvenirs atroces commencèrent à remonter. Sa mère tendant le bras pour serrer sa ceinture. Le pilote peinant à garder le contrôle, hurlant des consignes. L'homme costaud assis devant elle qui cherchait désespérément – sur le tableau de bord, sur l'encadrement de la porte – quelque chose à quoi s'accrocher. Puis le bruit assourdissant et la chute soudaine qui lui avait retourné l'estomac.

« Mama ? » chuchota-t-elle. Puis elle répéta, plus fort, d'une voix brisée par la peur : « Mama ? »

Mais elle avait déjà compris. Quelque chose dans la posture de Magdalena, son bras terriblement inerte, son menton pointé vers le sol, lui disait que sa mère était morte.

Lesly resta accrochée là, tête en bas, à regarder sa mère. Elle sentit sa poitrine se serrer et, surtout, son estomac remonter dans sa gorge. Les premières vagues de panique et de nausée parcoururent son corps.

Puis elle entendit les pleurs désespérés et étouffés d'un bébé.

La jambe potelée de Cristin, toujours enserrée par le bras rigide de Magdalena, jaillit du corps plié en deux de sa mère.

Lesly eut du mal à défaire la boucle de sa ceinture de sécurité. Quand celle-ci céda enfin, elle tomba sur le sol mais sa jambe gauche ne suivit pas et elle poussa un couinement de douleur. Son siège s'était arraché de ses attaches et elle avait le mollet coincé entre l'armature en métal et le sol. Elle tira sur sa jambe et se tortilla jusqu'à ce qu'elle parvienne à dégager son talon de la chaussure et à libérer son pied. Une douleur fulgurante lui traversa la jambe.

Elle rampa vers sa mère. En dessous d'elle, à côté de l'endroit où reposaient ses mains, la chemise blanche du pilote semblait luire dans la faible lumière. L'arrière du crâne du capitaine saillait dans la boue.

À genoux, Lesly tendit la main et attrapa la cheville de Cristin. Sa petite sœur de 11 mois glissa hors de l'étreinte maternelle, essoufflée et en pleurs. Lesly la serra fort contre sa poitrine. Elle releva la tête. À l'arrière de l'appareil, deux petits visages la regardaient en silence.

Lesly se redressa dans l'allée étroite, effleurant au passage le corps de sa mère. Sa jambe gauche se déroba sous elle et elle s'agrippa à un fauteuil pour ne pas tomber. Tenant Cristin d'une main, elle se hissa et s'assit sur le dossier d'un siège. Tandis qu'elle entreprenait de détacher la ceinture de sécurité de Soleiny et Tien, ceux-ci se mirent à pleurer. Elle les observa l'un après l'autre. Soleiny avait des hématomes sur le visage et le corps mais Tien était indemne.

À côté de Soleiny, la porte arrière du Cessna était ouverte et se balançait doucement sur ses gonds. Lesly passa la première, se suspendant le plus longtemps possible avant une douloureuse réception sur le sol. Elle se releva et s'appuya contre l'aile de l'avion en tendant les bras pour réceptionner Cristin, que Soleiny lui tendit.

Une fois que Soleiny et Tien furent sortis de l'avion, ils s'enfoncèrent de quelques mètres dans la forêt, à l'ombre du gros ventre bleu de l'appareil. À ce moment-là seulement, Lesly put prendre pleinement la mesure de ce qui était arrivé.

Le fuselage du Cessna se dressait à la verticale, aussi droit que les arbres de la forêt, sa queue au bout bleu pareille à un drapeau en haut d'un mât. Le cockpit était totalement enterré et les ailes froissées et couvertes de terre s'étaient repliées. À dix mètres de là, un bloc de métal de la taille d'un réfrigérateur crachait et sifflait dans les feuillages humides. C'était le moteur du Cessna, éjecté par la collision avec la cime des arbres, son anatomie tout en pistons et câbles désormais mise à nu.

Derrière l'avion s'élevait un palmier au tronc épais. Lesly s'assit avec ses frère et sœurs au pied de l'arbre. Tien lui demanda pourquoi leur mère ne se réveillait pas, mais Lesly ne savait pas quoi lui répondre. Soleiny fixait le profil de Lesly, où le sang de sa blessure coulait abondamment. Lesly savait par sa mère que les plaies ouvertes, dans la chaleur et l'humidité de la jungle, devaient être soignées rapidement. Mais cela supposait de retourner dans l'avion.

Elle se servit d'une branche pour maintenir la porte arrière de l'appareil ouverte et se hissa à l'intérieur. Elle se souvenait que les bagages des passagers étaient stockés dans un espace à l'arrière de l'avion. Sur le côté du siège de Tien, elle trouva une petite poignée qui fit avancer le fauteuil. Elle sortit les sacs et les balança hors de l'avion. Derrière eux, fixés à la carlingue, se trouvaient une petite boîte jaune avec une lumière clignotante et, juste à côté, un sac noir carré à fermeture éclair avec une croix rouge que Lesly reconnut aussitôt. Elle l'attrapa.

Alors qu'elle était sur le point de ressortir, elle remarqua, au fond de la cabine, deux bouteilles d'eau en plastique. Elle se faufila jusqu'à l'endroit où reposait le corps de sa mère, et les attrapa. Elle essaya de récupérer sa chaussure sous son siège mais elle était coincée.

Quand elle retrouva ses frère et sœurs, Lesly avait déjà esquissé un plan.

En premier lieu, elle devait stopper son hémorragie. Elle sortit une couche du sac de Cristin et appuya la partie absorbante contre son front. Elle la fixa avec un rouleau de gaze du kit de premiers secours. Elle passa ensuite une serviette par-dessus les branches basses d'un arbre pour faire de l'ombre et y accrocha la moustiquaire qu'elle avait trouvée dans les bagages. Les enfants se tapirent dessous. Lesly savait que quelqu'un viendrait les chercher. Quant à savoir combien de temps cela prendrait, c'était une autre histoire.

Ils attendirent.

Il commença à faire chaud. De là où elle se trouvait, Lesly vit qu'un essaim de mouches avait convergé vers l'avion. Elle comprit ce que cela impliquait et quand Tien s'impatienta et voulut retourner voir sa mère dans l'appareil, Lesly le retint par le poignet. Elle sortit du sac à langer le biberon de Cristin et un sachet de lait en poudre Klim. Elle vida la moitié du sachet dans le biberon et le mélangea à l'eau.

Cristin attrapa le biberon à deux mains et commença à le boire goulûment.

Puis Lesly retrouva les deux *copuazú* que sa mère avait mis dans le sac la veille au soir. Ces fruits bruns et poilus, gros comme des papayes, avaient une chair blanche succulente. Chacun contenait une douzaine de gros grains entourés de chair. Elle donna un grain à Soleiny et à Tien et en mit un dans sa bouche. Il avait un goût de chocolat.

Durant deux jours et deux nuits, les enfants restèrent dans leur abri. Il tombait des trombes d'eau. La nuit, quand la température chutait et que leurs vêtements mouillés leur collaient à la peau, ils se serraient pour se tenir chaud. Lesly s'allongeait sur le dos et mettait Cristin sur sa poitrine pour qu'elle ne reste pas en contact avec le sol froid. Ils mangèrent le deuxième copuazú et finirent les bouteilles d'eau.

Le troisième jour, Lesly fut tirée de son sommeil par un bruissement venu de l'avion. Sans réveiller les petits, elle sortit de sous la moustiquaire et contourna l'appareil en boitant pour aller en inspecter le côté gauche.

Un vautour aux ailes noir de jais, à la tête grise et à la peau plissée, picorait autour de l'avion. Lesly détestait les vautours. L'essaim de mouches avait grossi et elle sentit pour la première fois l'odeur âcre de la pourriture. Elle savait que les jaguars ne tarderaient pas à arriver.

En retournant à l'abri, elle comprit qu'elle devait prendre une décision. Ils avaient attendu deux jours entiers mais aucun secours n'était arrivé. Elle ne pouvait être certaine que les avions qu'elle avait entendus les cherchaient ni que qui que ce soit fût en chemin. Ils ne pouvaient demeurer à côté du Cessna avec l'odeur des cadavres qui empirait.

Lesly décida de partir à la recherche d'un village. La Chorrera, Araracuara et tous les autres hameaux qu'elle connaissait se trouvaient au bord de l'eau. Elle se souvint des paroles paniquées que le pilote avait criées dans sa radio. «Je vais trouver un fleuve.» Elle avait aperçu, par-dessus l'épaule du passager, les méandres bruns à travers le pare-brise.

Lesly observa la position de l'avion. Alors même qu'il était planté dans le sol, il était facile de deviner d'où il était arrivé. Elle contempla l'épaisse forêt qui s'étendait devant elle et sentit la chaleur du soleil sur son visage. Ils allaient marcher vers l'est.

VILLAVICENCIO

Le matin du 1er mai, Andrés Jacobombaire, le mari que Magdalena avait quitté, se trouvait dans un petit parc proche de chez lui à Suba, un quartier populaire de la banlieue nord-ouest de Bogotá. Il faisait ses exercices quotidiens prescrits par son kiné. Accroché à une barre de l'aire de jeu, il étirait lentement sa jambe devant lui et, malgré la douleur, faisait porter son poids dessus.

Autrefois, Suba était le territoire des Muisca, un peuple indigène qui échangeait le maïs et les pommes de terre qu'ils cultivaient dans le sol riche de cette savane d'altitude contre les émeraudes et les métaux précieux extraits par les communautés voisines. Le talent des Muisca en matière d'orfèvrerie attira l'attention des conquistadors espagnols et, en 1538, ils tombèrent sous leur joug. Les survivants furent alors forcés de vivre dans une réserve. Au cours des siècles qui suivirent, Suba fut progressivement engloutie par l'expansion de Bogotá.

C'est aujourd'hui un quartier résidentiel aux petits immeubles de briques rouges bâtis pour absorber les vagues migratoires venues de la campagne. En 1950, les deux tiers des Colombiens vivaient dans des zones rurales. En 2020, les trois quarts habitaient en ville. Au cours de ces décennies, les guérillas, l'armée et les forces paramilitaires obligèrent de nombreux indigènes à fuir leurs terres ancestrales.

Les recensements montrent qu'entre 1993 et 2018, le nombre d'indigènes à Bogotá passa de 1 298 à 19 603. Beaucoup s'installèrent à Suba.

La santé d'Andrés s'était détériorée durant les mois qui avaient suivi le départ de Magdalena de La Chorrera en 2017. Le seul médecin de la ville, un jeune interne qui faisait son année de stage obligatoire en zone rurale, n'avait rien à lui proposer d'autre que des antidouleurs. Au milieu de l'année 2019, Andrés était cloué au lit, incapable de bouger, et en décembre, sa sœur, Rosamira, était parvenue à réunir les fonds et à remplir les documents nécessaires à son transfert pour une prise en charge par des professionnels à la capitale.

Quand il eut terminé ses exercices de rééducation, il rentra à l'appartement qu'il partageait avec Rosamira. En se préparant un sandwich, il consulta son téléphone et vit qu'il avait manqué un appel d'un numéro inconnu. Puis, alors qu'il s'asseyait devant la télévision pour regarder un film, son téléphone sonna à nouveau. Cette fois, il décrocha.

« C'est bien Andrés à l'appareil ? Vous êtes le père de Lesly et Soleiny Jacobombaire ? »

L'accent guindé de Bogotá et le ton sérieux ne pouvaient qu'annoncer de mauvaises nouvelles. Andrés fut immédiatement pris de tremblements. L'agent de l'armée de l'air lui expliqua que ses filles et sa femme étaient en route pour San José del Guaviare quand leur avion avait disparu peu après le décollage. Il était trop tôt pour dire ce qui s'était passé ni si elles étaient encore en vie, mais une opération de secours avait été mise sur pied à Villavicencio. On viendrait le chercher à la première heure le lendemain.

Andrés raccrocha et changea de chaîne. Aux infos, un journaliste parlait en voix off par-dessus une carte montrant la trajectoire du Cessna. Les noms de sa femme et de ses enfants apparurent à l'écran. Il fondit en larmes.

Andrés a 42 ans et, de prime abord, paraît en bonne santé. Quand nous nous rencontrons, il est adossé contre un mur de briques, en baskets, jean et tee-shirt Led Zeppelin. Il a de longs cheveux noirs ramenés en arrière sur le dessus et coupés court sur les côtés. Il donne l'impression d'appartenir à une plus jeune génération de paisanos, ceux qui ont grandi en ville et qui traînent dans les skateparks et les bars rock.

Cette image se fissure lorsqu'il commence à marcher. Il est accompagné de son grand frère, Jairo, qui le tient solidement par le coude et lui murmure des encouragements. Il pose lentement un pied devant l'autre, le visage tendu par l'effort. Une fois assis pour parler, sa diction est lente et heurtée. Il écarquille les yeux par moments, quand les mots lui manquent – Jairo vient alors à son secours et répond à sa place.

Toutefois, Andrés a une mémoire précise et les émotions du passé ne sont jamais loin. Elles se lisent souvent sur son visage avant même que ses mots ne les expriment.

Au moment de l'appel, cela faisait six ans qu'il n'avait pas vu Lesly et Soleiny. Il raconte avec des yeux implorants comment il avait essayé de convaincre Magdalena de revenir. Il avait proposé de payer leurs billets d'avion jusqu'à La Chorrera puis Bogotá.

« Je l'ai appelée vingt, trente fois, dit-il. J'ai fini par en avoir marre de la supplier. »

Quand Magdalena arrêta de lui répondre, il se consola en se disant qu'une fois qu'elles auraient 18 ans, les filles seraient libres de voyager seules et de venir le voir. Alors qu'il attendait au pied de son immeuble, la nuit du 1er mai, en compagnie de Rosamira, il se demanda s'il les reverrait un jour.

À 3 heures du matin, un minivan noir se gara devant l'immeuble. Rosamira aida son frère à descendre l'escalier et à grimper par la porte coulissante. Assis à l'arrière, Andrés sentit une colère brûlante bouillonner en lui. Si Magdalena l'avait écouté, si les filles étaient venues vivre avec lui, rien de tout cela ne serait arrivé. Mais il était aussi en colère contre sa propre infortune, son état de santé qui l'avait empêché d'aller chercher lui-même ses filles à Araracuara, qui l'empêchait de travailler et de leur offrir un environnement stable à Bogotá, et qui le mettait en position de faiblesse à chaque dispute.

Vingt minutes plus tard, la porte du minivan s'ouvrit à nouveau. Un homme à la peau sombre et aux cheveux frisés monta à bord, son pull en laine tendu sur ses solides épaules.

« *Buenos dias* », dit-il à Andrés et Rosamira en leur adressant un signe de tête. Comme ils ne lui répondirent pas, il s'assit plusieurs rangs devant eux. Andrés ne put se retenir.

« C'est toi Manuel Ranoque ? » demanda-t-il. Il voulait paraître dur mais bégaya sa question. L'homme se tourna vers lui et le dévisagea, surpris, avant de comprendre. Il sourit et se retourna.

Rosamira serra la main de son frère. « Reste calme », lui dit-elle. Immobile, Andrés était consumé par différentes émotions : la douleur, la rage, l'humiliation. Mais il y avait également de la peur. Lui aussi connaissait la réputation de Manuel. Il se demandait s'il avait un couteau sur lui. Il regrettait son accès de colère et espérait que Manuel ne lui parlerait pas de tout le reste du trajet.

Ismael et Diana Mendoza, le père et la sœur cadette de Herman Mendoza, attendaient dans la zone des départs de l'aéroport de Bogotá. Ils montèrent en silence dans l'avion de l'armée et arrivèrent à Villavicencio peu après le lever du jour. Ils furent escortés vers un hangar au bout de la piste, passèrent devant un Cessna en cours de maintenance, et entrèrent dans un bureau situé au fond du bâtiment, au rez-de-chaussée. Les murs étaient ornés de photos encadrées de

Fredy Ladino posant devant des appareils légers, lunettes d'aviateur sur le nez et sourire radieux sur le visage.

Ce fut le même homme, quoique plus bronzé, qui vint leur serrer la main. Il avait écourté ses vacances à Aruba pour prendre le commandement de la mission de sauvetage. Arrivés de Chukiki, Fatima et Narciso Mucutuy les rejoignirent bientôt dans le bureau. Fredy les invita tous à s'asseoir sur des chaises en plastique. Andrés et Rosamira prirent soin de s'installer le plus loin possible de Manuel.

Ladino resta debout pour leur exposer les événements des vingt-quatre dernières heures.

Les données des radars montraient que l'avion avait dévié de son plan de vol pour se diriger vers le nord-est à partir de 7 h 44. Les analystes avaient extrapolé la direction qu'il avait prise afin d'identifier une première zone de recherche en forme de croissant s'étirant jusqu'aux berges du río Apaporís.

Quelques heures après le crash, expliqua Ladino, deux pilotes de Cessna avaient entrepris un survol de la zone mais cela n'avait rien donné. Il n'y avait aucune trace de l'avion, pas d'éclat de la carlingue reflétant le soleil, pas de trou dans la canopée : rien qu'un infini tapis vert. Il fallait mener des recherches au sol mais il y avait un problème. Les organisations habituelles – les groupes de secours, la garde civile, la Croix-Rouge – n'étaient pas encore prêtes à intervenir sur les lieux. C'était une zone trop reculée et ils ne pouvaient pas garantir leur propre sécurité, compte tenu de la probable présence des guérillas dans la région. Ce serait donc Avianline qui coordonnerait les recherches. Ladino avait déjà envoyé des hommes et l'armée de l'air enverrait un AC-47 et un hélicoptère Huey dans la journée. Le bureau d'Avianline servirait de QG pour les opérations.

Il existe des versions divergentes au sujet des premiers jours de recherche de l'appareil HK-2803. Andrés et Rosamira, qui demandèrent rapidement à être briefés dans une autre pièce que Manuel, avaient l'impression d'être entre de bonnes mains. « Fredy était très prévenant. Il nous tenait au courant, il nous appelait toutes les deux ou trois heures et nous informait de chaque détail, se souvient Rosamira. Je lui faisais confiance. »

Ce point de vue n'était pas partagé par tous. Le discours de Ladino n'inspirait pas confiance à Diana Mendoza, qui avait mis entre parenthèses ses études d'infirmière pour participer aux opérations de sauvetage. Les familles passèrent la nuit dans un hôtel en ville. Le lendemain, Ladino leur annonça qu'il avait perdu le contact avec l'équipe de recherche. Diana avait des questions. Quelle formation avaient ces secouristes partis dans la jungle sans équipement approprié ? Quelle était l'utilité d'envoyer d'autres avions puisque la végétation était trop dense ? Où étaient les organisations professionnelles, dont l'arrivée était imminente d'après Ladino ? Mais une question la rongeait plus particulièrement. Si une famille de riches Bogotános avait disparu dans la forêt amazonienne, la réaction aurait-elle été aussi lente ?

Manuel, quant à lui, n'était pas un homme habitué à l'inaction. Il exigea d'être emmené en avion dans la jungle pour chercher l'appareil lui-même.

« À Villavicencio, on avait l'impression qu'ils voulaient qu'on reste tranquillement assis dans un bureau, à l'hôtel ou au restaurant pour ne pas les déranger. Mais moi, il était question de mes enfants : je ne pouvais pas rester les bras croisés. »

Ce soir-là, Manuel et Diana Mendoza allèrent frapper aux portes de leurs connaissances. C'étaient des défenseurs des droits humains, des experts de la jungle, des membres de la garde civile : quiconque était susceptible de s'engager dans l'opération ou de la soutenir financièrement. Diana appela ensuite sa cousine Natalya à Araracuara pour qu'elle essaie de monter une équipe de chasseurs et de traqueurs afin de pénétrer dans la jungle. Enfin, elle appela l'OPIAC, l'organisation de défense des droits des indigènes pour laquelle son frère travaillait, afin de leur demander conseil. Et il y avait un nom en haut de leur liste.

Edwin Paky est un ingénieur agricole et cartographe de 36 ans avec une barbe broussailleuse, des lunettes à monture épaisse et un goût prononcé pour les casquettes de base-ball. C'est un Muinane fier de son héritage et, comme son cousin issu de germain Herman Mendoza, un activiste passionné des droits indigènes. Quand je l'ai rencontré à Araracuara, il portait des bottes en caoutchouc et une chemise kaki aux poches bien remplies, et il revenait tout juste d'une expédition de collecte de données pour un projet de crédits carbone.

Le 1er mai, il se trouvait sur la Plaza Bolívar, l'épicentre de la vie politique colombienne. Sur cette place centrale de la capitale, le Sénat, la cathédrale et le palais de justice se font face. Ce matin-là, il manifestait avec 600 membres de la Garde indigène contre la censure au Sénat d'un vaste projet de réformes. La Garde, un groupement de forces de sécurité reconnues officiellement et opérant dans les communautés indigènes, était réunie sur l'esplanade, leurs épaisses cannes en bois, les *bastones de mando*, à l'épaule.

Un an plus tôt, l'ancien guérillero Gustavo Petro avait été élu président. Il était le premier dirigeant de gauche du pays et jouissait du soutien de la vaste majorité des indigènes et des Afro-colombiens. Son parti était toutefois minoritaire à la Chambre et ses projets de réformes des retraites, du système de santé et du Code du travail, favorables aux plus pauvres, avaient brisé sa fragile coalition. La manifestation du 1er mai avait pour but de réitérer le soutien populaire à son mandat. Le drapeau vert et rouge de la Garde indigène fut noué au cou de Simón Bolívar, le héros de la nation dont la statue trône au milieu de la place.

Edwin Paky faisait partie de la nouvelle génération d'indigènes colombiens qui avaient fait des études, exerçaient un métier et possédaient la formation politique nécessaire pour comprendre comment fonctionnaient les leviers du pouvoir dans le pays. Deux jours après la manifestation, alors qu'il était en réunion avec ses compagnons, il reçut un appel de l'OPIAC.

« Ils voulaient que j'aille dans la jungle en qualité d'expert, se souvient-il. Je connais la jungle et je sais me servir de certains équipements de navigation, des GPS, des analyses cartographiques, ce genre de choses. »

Edwin avait grandi à Araracuara, il avait donc la connaissance de la forêt des paisanos mais il était aussi à l'aise avec la technologie. Dans son poste précédent, il avait conduit des équipes de recherche jusqu'à des localisations GPS aléatoires dans le parc national de Chiribiquete, au nord de la zone où l'avion avait disparu. Ce mélange de savoir-faire indigène et d'expertise technologique en faisait le choix naturel pour conduire l'équipe de recherche que Diana était en train de monter en urgence. Ce soir-là, il eut tout juste le temps de mettre des vêtements de rechange, une moustiquaire et un rasoir dans son sac avant d'attraper son vol pour Villavicencio.

Quand il arriva à l'hôtel où étaient logées les familles, Fatima et Narciso étaient dans tous leurs états.

« Ils étaient très inquiets car les recherches n'avaient donné aucun résultat et tout le processus et la logistique évoluaient très lentement. Nous n'avions pas d'informations claires sur ce qui se passait et la famille était désemparée, voire désespérée. »

Delio Mendoza, le petit frère de Herman, était arrivé lui aussi, depuis Leticia, la ville située à la frontière brésilienne.

Avec Manuel, ils décidèrent de partir à la recherche de leurs proches. Sur la piste de Villavicencio, on chargeait des provisions pour les équipes de recherche dans un Cessna. Il n'y avait pas grand-chose : de la nourriture, des bouteilles d'eau et des machettes. Ladino refusa de les laisser embarquer.

« Il y a eu beaucoup d'obstacles au début, se souvient Delio. Ils ne voulaient pas qu'on aille dans la jungle, à cause du danger et d'autres excuses dans le genre, sous prétexte qu'il y avait des protocoles à suivre. Ils n'arrêtaient pas de nous dire que l'armée, les pompiers, la garde civile faisaient tout ce qui était en leur pouvoir mais qu'ils n'obtenaient aucun résultat. Seulement, le 4 mai, des rumeurs ont commencé à circuler selon lesquelles les recherches risquaient d'être suspendues. Nous avions l'impression que si nous n'y allions pas nous-mêmes, ils allaient abandonner mon frère et les autres dans la jungle. »

Au quatrième jour des recherches, l'intérêt médiatique continuait de grandir. Un petit groupe de cameramans et de journalistes campaient devant le bureau d'Avianline, dans l'attente de nouvelles. Manuel était plus que ravi de partager ses opinions. Ce père de famille désespéré, déterminé, qui ne mâchait pas ses mots, devint leur interlocuteur principal.

Le 4 mai, il déclara au magazine *Semana* : « On ne veut plus rester assis ici à Villavicencio à attendre des réponses. Nous voulons être plus près de nos familles, nous voulons qu'ils nous laissent cette opportunité, et nous exigeons qu'ils nous associent aux recherches. »

Il était prêt à risquer tout ce qu'il possédait, disait-il, pour serrer à nouveau sa famille dans ses bras.

Pour le moment, Ladino restait inflexible. Il y avait une raison simple à son refus de laisser les civils pénétrer dans la zone de recherche : l'avion s'était écrasé sur le territoire de l'Estado Mayor Central, la guérilla la mieux organisée et la plus violente du pays. Pénétrer dans cette zone exigeait du tact et des contacts personnels. Or, selon lui, il avait sur ce plan un avantage décisif. Au cours de sa carrière, il avait sympathisé avec une poignée d'hommes qui connaissaient ces recoins de la jungle, il avait créé des relations avec les populations indigènes et il savait comment parler à ces groupes armés.

« Les seuls hommes qui pouvaient travailler dans la zone, c'étaient les miens, dit-il avec une certaine emphase lors de notre entretien. L'armée ne pouvait pas y aller parce qu'ils avaient détecté des unités de guérilleros sur leurs radars. »

Trois mois après le crash, et malgré une poignée de procès potentiellement ruineux auxquels il doit faire face, Ladino conserve son sourire éclatant et ses manières chaleureuses. Après m'avoir exposé ses théories sur les causes de l'accident, il est prêt à détailler les actions et les efforts de l'équipe qu'il avait montée et à m'expliquer à quel point ils avaient été près de réussir. Car, même s'il est aujourd'hui coincé derrière un bureau, Ladino aime à penser qu'il a conservé son instinct de pilote de brousse. Il sait comment faire advenir des choses dans la jungle, dit-il. Il sait qui appeler.

Il entra donc en contact avec les guérillas.

« Ils m'ont dit qu'on pouvait entrer dans la zone pour chercher [l'avion] sans aucun problème. Ils ont autorisé [mes gars] à entrer. »

CASA DUMAR

Perdu dans l'océan de verdure, un unique témoin assista aux derniers instants de l'appareil HK-2803.

Le fleuve vers lequel le capitaine Murcia avait désespérément orienté le Cessna, celui qui se trouvait funestement hors de portée de son moteur fatigué, était le río Apaporís. La Colombie compte des centaines de fleuves et rivières mais le río Apaporís reste nimbé d'une réputation sinistre et mystérieuse. Long d'un millier de kilomètres, il rugit au fond de canyons et se déverse en cascades colossales, quand il ne disparaît pas totalement dans des tunnels rocheux.

Comme il n'était pas navigable, l'Apaporís resta hors d'atteinte des conquistadors espagnols et des explorateurs européens. Quand le biologiste américain Richard Schultes s'aventura dans la région en 1943, à la recherche de caoutchouc naturel pour alimenter l'effort de guerre, le bassin de la rivière était encore une zone blanche sur les cartes. D'après la croyance du Peuple du Centre, les indigènes qui vivent dans cette poche sombre de l'Amazonie possèdent des pouvoirs magiques. Quand une équipe de chercheurs s'y aventura en 2019, elle découvrit trente-six nouvelles espèces.

« C'est une forêt vierge, la région la plus isolée et la moins explorée de toute la Colombie », résume Nicolas Castaño, membre de l'expédition scientifique.

Pourtant, sur les berges de ce fleuve isolé, se dressait une unique maison. Elle avait des murs de bois, quatre pièces et un toit en zinc. Un minuscule panneau solaire était fixé en haut d'un mât dressé dans le jardin. Le propriétaire de la maison y vivait avec sa famille et quelques ouvriers dans un isolement quasi complet, à sept heures de bateau en aval du village indigène le plus proche. Il était connu sous le nom de Dumar et personne parmi ceux qui bénéficièrent de son hospitalité au cours des semaines suivantes ne se souvenait avoir entendu son prénom. La discrétion et un certain degré d'anonymat étaient essentiels dans son métier.

Derrière la maison, une partie de la forêt avait été débroussaillée. Sur une petite parcelle, l'épouse de Dumar faisait pousser du manioc, des plantains et des fruits. La plus grande part du terrain était consacrée à la culture de la seule production économiquement viable de la jungle : la feuille de coca.

Il existe dans toute l'Amazonie des centaines de minuscules exploitations cachées semblables à celle de Dumar. Les feuilles y sont récoltées, mises dans des sacs et vendues à des hommes qui arrivent en lancha et paient cash sans poser de questions.

Il n'en a pas toujours été ainsi. Dans les années 1980, le cartel de Medellín de Pablo Escobar produisait de la cocaïne dans des laboratoires clandestins en Amazonie colombienne, mais le gros de la coca était cultivé dans les vallées humides du Pérou et de la Bolivie puis importé dans des avions légers. Le boom de la production dans la jungle colombienne fut une conséquence involontaire de la « guerre contre la drogue » menée par les États-Unis. Dans les années 1990, la Drug Enforcement Administration collabora avec l'aviation de divers pays sud-américains pour clouer au sol, voire abattre, les avions soupçonnés de transporter de la drogue. La base radar d'Araracuara et l'avion de chasse posé sur la piste faisaient partie de ce programme. Un scandale mit fin aux opérations en 2001, lorsqu'un avion de chasse péruvien abattit un hydravion civil qui transportait une famille de missionnaires américains. Quoi qu'il en soit, la géographie du trafic de drogue avait déjà changé.

La culture de la coca se déplaça vers la forêt amazonienne, plus près des labos, et elle obéissait à de nouveaux patrons : les FARC. Les taxes que la guérilla récoltait sur le trafic améliora ses finances et enhardit ses chefs. En 1996, les FARC prirent d'assaut la base militaire de Las Delicias, qui se trouvait au bord du río Caquetá, à 200 kilomètres en amont d'Araracuara. Au bout d'une semaine, la centaine de soldats américains qui s'y trouvaient abandonnèrent la base radar, laissant la plupart de leur équipement pourrir au soleil.

Un an plus tard, la Colombie dépassait le Pérou et la Bolivie pour devenir le premier pays producteur de coca du monde, et on estimait en 2022 que le pays contrôlait les deux tiers de la production mondiale. Les agences internationales de lutte contre le trafic de drogue supposent que la moitié de cette production a lieu sur les territoires indigènes.

Le matin du 1er mai, Dumar était en train de ramasser des feuilles en haut de son terrain quand il entendit un bourdonnement au-dessus de sa tête. En levant les yeux, il aperçut un petit avion bleu et blanc qui se dirigeait vers l'est et qui volait à 50 mètres à peine au-dessus de la canopée. Il le perdit de vue. Il retourna à la maison et décida de ne pas en parler à sa femme.

Deux jours plus tard, quand une lancha s'amarra au petit ponton à côté de chez lui, ses occupants serrés sous une bâche pour se protéger de la pluie, Dumar les salua et les accueillit. Mais il ne leur parla pas de l'avion.

Les premières recherches chaotiques de l'épave du HK-2803 furent menées par trois groupes distincts peu coordonnés.

Des commandos d'élite descendirent plus tard en rappel de leurs hélicoptères. Ils finirent enfin par allier leurs efforts à ceux de dizaines de volontaires indigènes. Mais au cours des cinq premiers jours, les opérations furent coordonnées par Fredy Ladino et menées par ses amis.

Le premier groupe à arriver à la Casa Dumar, comme fut bientôt surnommée la maison au bord de la rivière, était conduit par Ferney Garzón. C'était un entrepreneur spécialisé dans le transport de matériaux de chantier par-delà les rapides infranchissables du río Apaporís. L'après-midi du 1er mai, il se rendit en avion dans le petit village indigène de Cachiporro, le hameau le plus proche du lieu supposé du crash. Il était connu des habitants, moins d'une quarantaine de personnes au total, qui le considéraient comme un ami. Il n'eut aucun mal à recruter six hommes pour l'aider dans les recherches et le lendemain matin, ils partirent en lancha vers l'amont du fleuve.

Garzón avait répondu à l'appel à l'aide de Ladino et avait quitté précipitamment sa maison située dans la partie orientale de la jungle. Il n'avait emporté aucun équipement de communication professionnel. Dès que son équipe eut quitté Cachiporro, elle perdit tout contact avec le centre des opérations de Villavicencio. Fredy Ladino décrocha donc une nouvelle fois son téléphone.

À Mitú, une ville située à 40 kilomètres seulement de la frontière brésilienne, Andrés Londoño prit l'appel. C'était un homme dur et compétent qui jouerait par la suite un rôle capital dans le recherche du Cessna. Je l'ai interviewé en 2023 dans un café de l'aéroport de Villavicencio alors qu'il rentrait d'un voyage d'affaires. Solidement bâti, il portait un polo blanc impeccable, soit la tenue la plus formelle que l'on puisse arborer dans la jungle.

À ce jour, son entreprise de transport fluvial compte quatorze bateaux et fournit un service vital pour les villages les plus reculés de l'Amazonie colombienne. Mais lorsqu'il a commencé avec une seule lancha il y a sept ans, il emmenait les touristes sur le río Apaporís voir les immenses chutes de Jirijirimo. C'est à cette époque qu'il a noué des relations professionnelles avec Fredy Ladino.

« Andrés, il faut que tu nous aides, lui dit Ladino ce jour de mai 2023. Tu connais le terrain, tu connais les gens, tu sais gérer les situations délicates. »

Londoño ne se fit pas prier. Il savait que les chances de retrouver des survivants étaient maigres, mais il était habitué à ce que l'on fasse appel à lui pour des missions sinistres. Quand quelqu'un se noyait ou se faisait attaquer par un alligator, les autorités locales le chargeaient souvent de retrouver le corps. Durant la pandémie, il avait refermé la housse mortuaire d'innombrables victimes du Covid-19. Durant ses années passées à naviguer sur les cours d'eau du sud de la Colombie, il avait vu suffisamment de morts pour que cela instille en lui un respect de la jungle et une profonde admiration pour ceux qui y vivaient.

Londoño n'est pas indigène – ses parents se sont installés en Amazonie dans les années 1980 après avoir quitté la région vallonnée où l'on produit le café de Colombie –, mais il est marié à une Uitoto et il entretient des liens étroits avec les tribus et les clans de la forêt. Leur culture a déteint sur lui. Il voit la jungle avec les yeux d'un paisano, et quand Ladino l'a appelé pour participer aux recherches, il a tout de suite su qu'il devrait prendre des précautions. Il a répondu à Ladino de lui réserver deux places dans le Cessna à destination de Cachiporro.

« La jungle recèle beaucoup de mystères, me dit-il d'un ton neutre. Je suis parti avec un chaman : quelqu'un qui pouvait m'aider à m'orienter et me fournir sa protection culturelle. »

Le chaman s'appelait Hector. Londoño l'avait rencontré pour la première fois à l'époque où il était guide touristique et il avait été autant impressionné par sa connexion spirituelle avec la jungle que par son sens de l'orientation et sa capacité à trouver de la nourriture et de l'eau. Le 3 mai, en début d'après-midi, les deux hommes s'assirent côte à côte dans le Cessna, entourés de colis de nourriture, de bouteilles d'essence et d'un moteur de hors-bord. Ils prirent des notes sur le terrain et la forme du río Apaporís tandis que l'avion survolait la zone de recherche.

Quand ils atterrirent à Cachiporro, ils ne trouvèrent que des femmes, des enfants et des vieillards. Les jeunes hommes étaient partis avec le groupe de Garzón. Londoño fixa le moteur qu'ils avaient apporté sur la dernière lancha utilisable et ils se mirent en route pour le trajet de sept heures vers l'amont. Ils arrivèrent à la Casa Dumar à 1 h 30 du matin, le 4 mai et tombèrent sur l'équipe de Garzón.

À l'aube, les hommes se réunirent dans la plus grande pièce de la maison. La femme de Dumar leur servit des casabes et du café. Ils étaient une demi-douzaine d'indigènes de Cachiporro, dont un ancien guérillero démobilisé depuis 2016. Il y avait aussi Garzón et Londoño, respectivement entrepreneur et pilote de lancha, et Hector, le chaman venu d'une communauté lointaine. Le fils de Dumar et deux ouvriers qui travaillaient avec lui dans les champs de coca rejoignirent le groupe. Cette équipe disparate fut la première à pénétrer dans la jungle, à la recherche du HK-2803.

Londoño disposa les cartes qu'il avait emportées sur le plancher poussiéreux. Dumar les observait par-dessus son épaule pour l'aider à s'orienter. Il aligna les cartes avec les cours d'eaux et les monts qu'il connaissait si bien. Puis il énuméra calmement la liste des prédateurs qu'ils risquaient de croiser : jaguars, anacondas, sangliers, frelons. Sans oublier les moustiques et les mouches qui transmettaient la malaria, la fièvre jaune et la leishmaniose, une maladie parasitaire qui vous rongeait la peau. L'équipe de recherche écouta en silence. « Il y a peut-être des mines aussi », ajouta l'ex-guérillero de Cachiporro, qui avait une idée approximative de la zone où les FARC avaient déployé leurs munitions.

Forts de ces informations peu rassurantes, les hommes préparèrent leur sac. Ils n'emportèrent pas grand-chose : des plantains et de la *fariña*, une sorte de granola à base de manioc préparé par la femme de Dumar, du poisson fumé, et une demi-douzaine de vieilles machettes retrouvées à Cachiporro. Cette fois, en revanche, ils avaient un système de communication. Londoño avait un GPS Garmin qui non seulement donnait sa position mais qui lui permettait en outre d'échanger des messages avec le QG d'Avianline à Villavicencio. Ils avaient également un objectif. Fredy Ladino avait envoyé les coordonnées d'un lieu situé à une demi-journée de marche de la Casa Dumar. C'était leur meilleure chance de retrouver l'avion.

La boîte jaune que Lesly avait vue derrière les sièges à l'arrière du Cessna était une balise de détresse. Activée par un impact violent, comme celui d'un crash, la balise émet un signal radio à 406 Hz toutes les douze heures avec l'immatriculation de l'appareil et sa localisation approximative. Les balises modernes incorporent des coordonnées GPS et sont fiables à 120 mètres près. Mais celle du HK-2803 était un vieux modèle. Elle envoya trois signaux au cours des trente-six premières heures, tous distants de plusieurs kilomètres.

À 7 heures du matin, les hommes partirent en lancha vers le sud et débarquèrent ensuite sur la rive ouest du fleuve. Ils attendirent sur le rivage tandis que Hector s'approchait des arbres, la tête baissée, pour accomplir un rituel silencieux. Le Peuple du Centre a le plus profond respect et une grande vénération pour la jungle. Avant toute expédition dans la *monte*, il faut obtenir la permission des esprits qui y résident.

Pour un chasseur indigène, pénétrer dans la jungle pour y chercher de la nourriture n'est pas un droit mais un processus diplomatique qui requiert une négociation. Ainsi, il est préférable d'approcher avec tact et humilité. Une expédition réussie en dit plus sur la générosité des esprits que sur le talent du chasseur.

Hector demanda aux esprits de la jungle de les autoriser à entrer et d'écarter les dangereux prédateurs de leur chemin. Quand il revint parmi les autres, les hommes de Cachiporro dégainèrent leur machette. Une végétation épaisse s'entremêlait aux arbres : des buissons, des fougères, des plantes grimpantes. Se frayant un chemin par coups obliques, les hommes pénétrèrent dans la jungle.

Au bout de quelques minutes, leurs tee-shirts trempés de sueur leur collaient à la peau. Beaucoup d'arbres mesuraient plus de 50 mètres de haut et leur frondaison était si dense qu'elle masquait le ciel. Au niveau du sol, la végétation était impénétrable. Les hommes avançaient péniblement dans la pénombre. Chaque coup de machette, chaque pas, était une lutte et bientôt des essaims de guêpes fondirent sur eux, attirés par l'odeur de leur sueur.

« Là-bas, la jungle vous avale, elle vous jaunit, raconte Londoño, en se remémorant ce premier jour. Il faisait noir, on était épuisés mais l'esprit a pris le dessus sur le corps. On savait qu'à chaque heure qui passait, les chances de les retrouver vivants s'amenuisaient. »

À 14 heures, ils entendirent le bourdonnement d'un avion. Garzón se mit en tête de démarrer un feu pour alerter l'appareil de leur présence. Certains membres du groupe protestèrent mais il l'alluma quand même, embrasant du petit bois avant de jeter des branches humides dans les flammes. Un panache de fumée froide et humide s'éleva vers la canopée.

Ils poursuivirent leur avancée et en fin d'après-midi ils approchèrent des coordonnées qu'on leur avait indiquées.

Florencio Tamborrero, l'un des hommes de Cachiporro, fut le premier à la sentir : par-dessus le musc fétide de la forêt, l'odeur acide de la chair en décomposition. Elle se mêlait à une autre odeur : celle du fioul.

Londoño sortit son briquet de sa poche et l'alluma. La flamme pencha légèrement vers le sud, poussée par une brise à peine perceptible. Ils partirent vers le nord en pressant le pas. Cinquante mètres plus loin, il alluma à nouveau son briquet. Cette fois, la flamme vacilla dans toutes les directions.

« On ne savait pas où aller, se souvient Tamborrero. Le vent n'arrêtait pas de tourner comme un chien fou. »

Alors que les hommes cherchaient désespérément des signes de l'avion ou la trouée qu'il avait pu faire dans les feuillages, ils entendirent les premiers grondements du tonnerre. La pluie frappa doucement les feuilles puis se mit à tomber à verse. L'odeur disparut totalement. Londoño consulta sa montre. Il était pratiquement 17 heures. Dans la forêt, l'obscurité tombe brusquement et cela augmentait donc drastiquement le risque de perdre les autres membres de l'équipe. Il entra les coordonnées de la Casa Dumar et l'équipe se resserra, chacun posant la main sur l'épaule de l'homme devant lui, grimaçant et détournant le visage pour se protéger du rideau de pluie.

Cette nuit-là, alors que les gouttes frappaient le toit de zinc sans discontinuer et que les hommes préparaient leur couche sur le sol de la Casa Dumar, Londoño consulta les données de son GPS. Ils avaient couvert quinze kilomètres mais son corps lui donnait l'impression d'en avoir parcouru trois fois plus. Sur l'une des cartes, il repéra la zone où l'odeur s'était faite la plus forte. Il constata qu'ils pouvaient réduire leur temps de marche en descendant un peu plus loin en bateau.

Ils embarquèrent dans la lancha le lendemain matin. Le ciel était d'un gris terne, avec d'épais nuages qu'éclairait le pâle soleil du matin, mais depuis le milieu de l'Apaporís, ils avaient une vue dégagée sur les cimes. Et quelques kilomètres plus loin, au sud, ils virent des formes noires tournoyer au-dessus de la canopée. Elles plongeaient, disparaissaient et remontaient : des vautours.

Ils attachèrent la lancha sur la rive d'en face. L'un des hommes de Cachiporro essaya de grimper à un arbre dans l'espoir d'avoir une meilleure vue sur la zone que les charognards survolaient, mais la pluie avait déjà commencé à tomber. Ils n'avaient pas de corde et l'écorce était glissante. Pendant ce temps, Fredy Ladino leur envoyait de nouvelles coordonnées à aller vérifier. Londoño était partagé quant à ces nouvelles indications. Son intuition lui disait que les vautours planaient au-dessus du point où il avait senti l'odeur de décomposition la veille. Ça ne voulait pas forcément dire que l'avion était là – ça pouvait être le cadavre d'un tapir ou d'un jaguar – mais il était certain d'avoir perçu une odeur d'essence.

Il s'en tint aux ordres. L'équipe retourna à la Casa Dumar sous le déluge. Londoño remarqua que beaucoup d'hommes de l'équipe toussaient et certains se plaignaient d'intenses maux de tête. Il craignait que ce soit la dengue. Si les conditions s'amélioraient, se disait Londoño, il pourrait conduire une équipe vers la zone indiquée dès le lendemain.

Mais le samedi 6 mai, l'équipe de recherche d'Avianline fut dissoute. Fredy Ladino leur apprit que les Forces spéciales colombiennes se préparaient à pénétrer dans la jungle. Ses membres étaient sur le pied de guerre et s'attendaient à rencontrer la guérilla, or le moindre quiproquo pourrait se révéler fatal. La responsabilité de l'équipe était désormais de participer au débroussaillage d'une partie de la jungle pour créer un héliport de fortune.

Ladino savait bien que les hommes de Cachiporro, notamment l'ancien guérillero, ne resteraient pas jusqu'à l'arrivée des militaires. Sept années de « paix » n'avaient pas suffi à leur faire revoir leur jugement sur l'armée.

« Il y a eu quelques jours tendus au cours desquels mes gars ont dû s'enfuir, prendre une lancha et disparaître, se souvient Ladino. Les Forces spéciales arrivaient : ils venaient pour nettoyer la zone. »

Londoño embarqua sur la lancha qui repartait à Cachiporro. Les yeux perdus sur le fleuve, il sentait que les espoirs de ses compagnons s'étaient émoussés. Chaque jour écoulé réduisait les chances de retrouver des survivants. Alors qu'ils passaient devant la zone de recherche, il regarda le ciel. Pas de vautour. Il se demanda s'il s'était trompé.

Le lendemain, Londoño rentra en avion à Mitú mais il revint quelques jours plus tard pour aider à préparer l'héliport. Quand le Cessna fut retrouvé la semaine suivante et qu'il compara les coordonnées du site avec les enregistrements de son GPS, il sentit son cœur se serrer. Durant leur première journée dans la jungle, au moment où il avait allumé son briquet pour déterminer d'où venait l'odeur, ils étaient passés à moins de 300 mètres de la carlingue déglinguée du Cessna HK-2803.

LE RÍO APAPORÍS

Dans l'après-midi, alors que les enfants se reposaient contre un arbre, Lesly releva le bas boueux de son pantalon pour découvrir son tibia gauche. Sa cheville était salement enflée et les ecchymoses violettes s'étaient propagées le long de son mollet. Ce matin-là, elle avait abandonné la chaussure qui lui restait près de l'avion et elle marchait désormais en chaussettes. Elle portait Cristin sur son bras droit. Dans son sac à dos se trouvaient les objets qui lui paraissaient essentiels pour leur marche jusqu'au fleuve.

Le sac contenait ainsi le biberon et le lait en poudre, les couches de Cristin, une lampe de poche à piles et une paire de ciseaux. Il y avait aussi des bouteilles d'eau en plastique, deux téléphones portables, des rouleaux de gaze et une enveloppe renfermant les papiers des enfants. Leur mère avait beaucoup parlé de cette enveloppe avant leur départ et elle supposait donc qu'elle était importante. Et puis elle ne pesait pas lourd. C'était le poids de la serviette et de la moustiquaire, toutes deux trempées par la pluie, qui faisait que les fines bretelles du sac lui sciaient les épaules.

La douleur dans sa jambe gauche avait empiré au cours de la matinée, tandis qu'elle conduisait Soleiny et Tien vers l'est. Elle devait de plus en plus souvent s'appuyer contre les arbres. Elle posait les mains sur le tronc, attrapait les branches basses et appuyait la hanche sur les racines les plus hautes.

Quand il n'y avait rien pour s'accrocher, elle confiait Cristin à Soleiny et avançait à quatre pattes.

Alors qu'elle inspectait ses hématomes, elle sentit le regard de sa sœur posé sur elle. Sur le visage d'ordinaire si gai et animé de Soleiny, elle lisait de la peur et de l'inquiétude. Lesly lui fit signe de venir s'asseoir entre ses jambes. Elle tira sur ses chouchous bleus et passa les mains dans les cheveux de sa sœur pour essayer d'en retirer la boue. Tout en refaisant ses couettes, elle lui dit de ne pas s'inquiéter. La rivière n'était pas loin.

Une heure plus tard, Lesly entendit le bruit du courant et elle aperçut les eaux brunes du río Apaporís entre les arbres. Elle pressa le pas, oubliant sa douleur. Il y avait à peine plus de trois kilomètres entre le site du crash et la berge mais ils avaient mis pratiquement toute la journée pour les parcourir. Le soleil était bas maintenant.

Lesly regarda vers l'amont, puis vers l'aval. Sur les deux rives, il n'y avait que la jungle, à perte de vue. Aucune trouée dans les arbres qui pourrait laisser supposer la présence d'un village, aucun sentier qui montait de la berge vers le sommet des collines, aucun poteau de bois pour amarrer une lancha. Des nuages s'accumulaient dans le ciel et s'assombrissaient dans la lumière déclinante. Il n'y avait aucun bruit, aucun signe de vie.

Elle boitilla jusqu'au bord de l'eau et s'assit sur un rocher qui affleurait. Elle sortit les bouteilles en plastique de son sac à dos et les remplit là où l'eau semblait la plus claire. Alors que des bulles remontaient à la surface, un miroitement argenté attira son regard. Immobile, elle scruta le courant. Une *sabaleta*, un poisson d'une dizaine de centimètres de long, dansait devant elle.

Depuis la berge, Tien et Soleiny regardaient leur grande sœur, qui fixait l'eau sans bouger. Lesly connaissait différentes façons d'attraper un poisson. À Puerto Sábalo, elle avait passé de longues après-midi allongée dans des canoës avec ses amies. Munie d'une simple canne et d'un fil, d'un plomb et d'un hameçon sur lequel était accrochée de la peau de poulet, elle attrapait quantité de sabaletas. Mais il n'y avait pas d'hameçon dans son sac et rien qui pût servir d'appât.

Elle se souvint d'un jour, quand elle avait cinq ou six ans, où elle était allée au bord des longs lagons qui s'étiraient derrière la chagra familiale de La Chorrera, en compagnie de son grand-père et de sa sœur Angie. Son grand-père avait emporté un seau de *barbasco*, la racine d'une plante endémique réduite en pulpe fibreuse à coups de bâton. Il était entré dans l'eau en répandant le barbasco et un grand nuage laiteux s'était formé autour de lui. Les poissons, anesthésiés, étaient remontés à la surface, où le grand-père les avait attrapés de ses doigts agiles. Lesly se souvenait que le barbasco était un buisson épais avec de longues feuilles ovales et des baies jaunes. Elle essaya de se rappeler si elle en avait vu un au cours de la journée. Ça ne lui disait rien.

Elle pensa ensuite aux hommes qui chassaient les poissons-chats dans les rapides d'Araracuara. Ils marchaient de long en large sur de longues plateformes en bambou aménagées au-dessus des eaux, attendaient patiemment qu'un poisson-chat passe sous leurs pieds puis ils lançaient leur harpon.

Lesly chercha une branche brisée suffisamment longue et fine pour ce qu'elle comptait entreprendre. Quand elle l'eut trouvée, elle en arracha l'écorce à une extrémité jusqu'à ce que la pointe ressemble à un tesson. Elle n'était pas aussi acérée qu'une flèche mais cela ferait l'affaire. Assise un peu plus haut sur un rocher, Soleiny donnait son biberon à Cristin. Tien regardait sa sœur se tenir sur un pied dans l'eau peu profonde, comme un échassier.

Lesly lança plusieurs fois son harpon, sans succès. Mais elle était patiente et apprit bientôt à ajuster son angle pour tenir compte de la réfraction de la surface. Au bout d'une demi-heure, Soleiny et Tien la virent sortir sa lance de l'eau, sur laquelle était empalé un poisson argenté qui battait la queue dans la lumière mourante.

Quand elle eut attrapé trois petits poissons, les enfants s'assirent ensemble sur les rochers. Lesly aurait voulu allumer un feu pour les griller mais elle n'avait trouvé ni briquet, ni allumettes dans les décombres de l'avion. Ils durent donc détacher des morceaux à mains nues. Lesly prit une bouchée. La chair visqueuse et amère lui retourna l'estomac. Elle regarda Tien grimacer et cracher. Soleiny secoua la tête. Mais Lesly insista pour qu'ils mangent tous les deux jusqu'à ce qu'il ne reste plus rien sur les arêtes.

Cette nuit-là, alors qu'elle était étendue sous la moustiquaire avec Cristin posée sur sa poitrine et Soleiny et Tien pelotonnés contre elle pour se tenir chaud, Lesly entendit un grognement qu'elle reconnut aussitôt : un tapir qui venait boire au fleuve.

Pendant que ses frères et sœurs dormaient, Lesly repensa à Puerto Sábalo. Elle revit la petite école perchée en haut de la colline, avec ses deux salles de classe, ses quelques manuels et le squelette dans un coin. Le vendredi après-midi, elle terminait son travail le plus vite possible et réclamait à son institutrice de pouvoir sortir en avance.

Derrière l'école s'étirait la *monte*. Lesly et ses amis allaient se rafraîchir dans les eaux d'un petit canyon situé à une demi-heure de marche, au bout d'un sentier. Elle impressionnait ses camarades car elle arrivait à nager à contre-courant. Un jour, les enfants avaient été surpris par l'arrivée d'une horde de cochons sauvages. Ils s'étaient cachés dans l'eau, parmi les troncs flottants, en attendant que les bestioles aient fini de renifler et de grogner et repartent.

Elle adorait le canyon et les après-midi qu'elle y passait avec ses amis. C'était là qu'ils allaient quand ils voulaient s'éloigner un peu de leurs parents. Le lieu était entouré d'arbres fruitiers. Il y avait le juan soco, le camu-camu, l'açaï. Les enfants cherchaient les fruits sur le tapis de feuilles. Parfois, les garçons grimpaient aux arbres pour les faire tomber des branches.

Son plan consistant à atteindre le fleuve pour chercher de l'aide n'avait pas marché. Lesly devait maintenant chercher de la nourriture pour maintenir sa famille en vie. Mais dans cette nouvelle jungle inconnue, elle n'avait retrouvé aucune des plantes de son enfance. Elle finit par s'endormir, bercée par l'Apaporís.

Le lendemain matin, Lesly donna à Cristin le dernier sachet de lait en poudre. Elle se fit un bandage autour de la tête avec le rouleau de gaze de la trousse de secours. Se servant d'une branche comme d'une béquille, elle longea la berge jusqu'à dépasser un méandre du fleuve. Une fois encore, en regardant vers l'amont, elle ne vit aucun signe d'habitation, rien qui puisse lui faire espérer une aide quelconque sur ces rivages sauvages.

Elle se souvint de ce que lui avait dit un jour son grand-père, à moins que ce ne soit son institutrice : les paisanos de l'Apaporís n'étaient pas comme le Peuple du Centre. Ils adoraient d'autres dieux et vivaient au milieu de la *monte*, dans la forêt épaisse.

C'était son seul espoir. Elle réunit leurs affaires et conduisit ses frère et sœurs dans la jungle.

Si les enfants avaient attendu un peu plus longtemps au bord de l'eau, ils auraient vu arriver la lancha.

LE GÉNÉRAL

Le 6 mai à 11 heures du matin, deux hélicoptères Black Hawks décollèrent de la base aérienne de San José del Guaviare. Dans le premier, des membres du commando Dragon 4 inspectaient leur M-16, faisaient coulisser le chargeur et regardaient par la lunette. Puis ils sortirent leur pistolet italien de leur holster et le chargèrent. Au bout de l'appareil, un sergent chauve et large d'épaules fixait un lance-grenades au canon de sa lourde mitrailleuse. Quand ils eurent fini, sept visages enserrés dans un casque en kevlar et une épaisse mentonnière se tournèrent vers leur capitaine.

Ces visages auraient pu être ceux de chauffeurs de taxi, de coiffeurs, d'ouvriers du bâtiment. Le genre de visages sur lesquels on ne se retournerait pas dans la rue. Contrairement au stéréotype tatoué et musculeux véhiculé par les forces spéciales américaines, aucun des hommes du Commando combiné des opérations spéciales (CCOES pour l'acronyme colombien) n'a une apparence particulièrement remarquable. Ils sont pourtant le commando d'élite le plus renommé d'Amérique latine, aguerri par des combats menés dans les climats les plus hostiles de la planète.

« Les Forces spéciales, ce sont des gars avec la capacité d'aller plus loin et de pénétrer plus profondément dans un environnement hautement menaçant, explique le général

Pedro Sánchez. Non seulement ils savent faire face aux menaces, mais ils savent aussi assurer eux-mêmes leur ravitaillement, leur communication et leur logistique. »

Quand je l'ai rencontré en septembre 2023, il commandait le CCOES depuis un peu moins d'un an. C'est un homme de 51 ans avec un séduisant visage juvénile et un physique entretenu à coups de séances de crossfit à 5 heures du matin. C'est le premier général de l'armée de l'air colombienne à diriger cette unité d'élite et il en est fier : dans son bureau de Bogotá, il porte la veste d'aviateur marron de son ancien régiment. Mais il y a aussi une humilité, presque une timidité, dans son attitude. Il s'interrompt pour réfléchir à mes questions et parle d'une voix douce et lente.

Au cours des trois premiers jours qui avaient suivi la disparition du Cessna, les militaires étaient restés en standby. On pouvait économiser un déploiement coûteux si la reconnaissance aérienne arrivait à trouver le site du crash ou si l'équipe au sol d'Avianline y parvenait de son côté. Toutefois, le 4 mai, peu avant minuit, le général Sánchez fut réveillé par un appel.

« Préparez plusieurs unités, lui ordonna le général Elder Giraldo Bonillo, major des forces armées colombiennes. Vous rejoignez les recherches pour retrouver l'avion. »

Sánchez pressentait depuis la disparition du Cessna que l'on ferait appel à ses hommes. L'isolement du site de l'accident et la présence connue de guérillas dans la région rendaient l'opération trop dangereuse pour des soldats réguliers, sans même parler d'équipes de recherche civiles. Ne restait que le CCOES et il était persuadé que ses hommes seraient à la hauteur. Ce serait une opération simple : on entre et on ressort. Un changement bienvenu par rapport à ses missions habituelles : « mort ou vif ».

Les bureaux du CCOES à Bogotá évoquent le siège social d'une entreprise peu glamour. Murs en placo, lino imitation parquet et portes vitrées. Derrières celles-ci, des fauteuils de bureau vides font face à d'immenses tableaux blancs méticuleusement nettoyés. La seule chose qui rompt cette atmosphère d'entreprise désincarnée, c'est une vitrine qui s'étire le long d'un couloir.

Elle est remplie de photos de groupes encadrées où des hommes en uniforme boueux se tiennent par les épaules ou s'agenouillent comme une équipe de foot. Au bas de la vitrine sont exposés divers souvenirs et prises de guerre : de vieilles boîtes de cartouches, des épaulettes ornées de l'insigne des FARC, un béret avec un pin's Che Guevara et ce qui ressemble à une poupée vaudou en feutre marron. Dans la dernière partie de la vitrine, la photo la plus récente est celle d'un homme costaud et chauve, un côté du visage enfoncé dans la boue et les feuilles. C'est l'armoire à trophées du CCOES.

Pendant des décennies, les forces spéciales colombiennes se sont rendues célèbres en démantelant des groupes armés et en secourant des otages.

« Le CCOES a été créé pour poursuivre des cibles stratégiques comme les chefs des FARC et d'autres groupes armés, rappelle Sánchez. Nous avons neutralisé les principaux leaders et nous avons forcé les FARC à rejoindre la table des négociations. »

Dans les années 2000, quand la menace des FARC était au plus haut, les forces armées colombiennes jouissaient du respect et de l'admiration d'une grande partie de la population. En 2011, un sondage Gallup a révélé que 85 % des Colombiens avaient une bonne image des forces armées, ce qui en faisait l'institution la plus appréciée de Colombie. Soutenu par des financements américains et équipé depuis peu de Black Hawks, le CCOES éliminait les principaux chefs de la guérilla dans d'audacieux raids au cours desquels elle parachutait des hommes dans les coins les plus reculés du pays.

La très populaire série *Hombres de Honor* (*Hommes d'honneur*) mettait en scène des escouades fictives qui combattaient les guérillas et les narcos, libéraient des *campesinos* reconnaissants et secouraient de belles journalistes retenues en otage. Beaucoup d'hommes ayant rejoint le CCOES admettent que la série les a influencés.

Pourtant, en 2023, la cote de popularité de l'armée avait touché le fond. À la suite des accords de paix de 2016, la Juridiction spéciale pour la paix (JEP en colombien) chargée d'enquêter sur les crimes commis lors du conflit mit au jour les atrocités commises par l'armée.

Elles comprenaient notamment le viol en réunion d'une indigène de 13 ans, la vente d'armes à des gangs et le bombardement indiscriminé de positions ennemies, qui tua des dizaines d'enfants. Les détails les plus choquants furent révélés dans le scandale des *falsos positivos* (faux positifs). En février 2021, la JEP démontra que l'armée avait tué au moins 6 402 civils et qu'elle avait disposé leurs corps de façon à les faire passer pour des combattants, afin de toucher des primes en liquide. En mai 2023, alors que les commandos s'apprêtaient à entrer dans la jungle, Salvatore Mancuso, le chef d'un escadron de la mort désormais détenu dans une prison américaine, était sur le point de témoigner à propos de la collusion entre son groupe paramilitaire et l'armée, qui avait conduit au massacre d'innocents dans les années 1990.

Après son élection en juin 2022, Gustavo Petro chercha rapidement à faire le ménage dans l'armée. Il nomma un avocat spécialiste des droits humains comme ministre de la Défense et il renvoya quarante généraux impliqués dans le scandale des *falsos positivos* et dans d'autres faits de corruption. Le général Sánchez faisait partie des nouvelles têtes appelées à les remplacer.

« Le concept de sécurité humaine ne repose pas sur le nombre de morts mais sur la réduction drastique des morts et des massacres et l'amélioration substantielle des libertés et des droits humains », a déclaré le président.

Que faire d'une armée confite dans des privilèges étendus sous le mandat de ses prédécesseurs ? Pour Petro, la réponse était claire. Il fallait qu'elle soit déployée sur des missions humanitaires.

Toutefois, quand Sánchez se réveilla le 5 mai, rien ne laissait présager que la recherche du HK-2803 et de ses passagers deviendrait bientôt la mission de sauvetage de civils la plus vaste et la plus médiatisée de l'histoire du pays. Ce jour-là, il convoqua une réunion. Les représentants de l'armée de l'air firent état des vaines tentatives de localisation de l'avion par des survols. Les services de renseignement l'informèrent des derniers mouvements connus de guérilleros dans la zone de recherche. L'équipe de météorologues lui donna les prévisions : pluies incessantes. Les experts en logistique proposèrent des stratégies pour le déploiement et le ravitaillement de troupes. Puis Sánchez fit son sac et s'envola pour San José del Guaviare, où le poste de commandement militaire pour la recherche du vol HK-2803 était en cours d'installation.

« Je me disais que nous allions retrouver [l'avion] rapidement, admet-il au moment d'évoquer son trajet vers l'aéroport. Nous avions la position fournie par la balise d'urgence et nous disposions d'outils technologiques de pointe. »

Il ne ressentait pas encore la pression, le poids de la responsabilité qui pesait sur ses épaules. Ce n'était qu'une question de temps.

San José del Guaviare se trouve à 200 kilomètres au sud de Villavicencio. C'est la dernière ville importante avant la jungle. En septembre 2023, sur la base militaire qui se trouve au bord d'un vaste méandre du Guaviare, j'ai rencontré le premier soldat à s'être engagé dans la jungle à la recherche de l'avion disparu. Le capitaine Edwin Montiel avait un visage rond, rasé de près et une carrure moyenne qui semblait se noyer dans son uniforme camouflage gris. Il approchait de la quarantaine et était entré au CCOES à la dure. Après avoir échoué à intégrer l'école des officiers, il avait passé dix ans dans l'infanterie dans l'est de la Colombie, combattant les guérillas et les groupes armés des narcotrafiquants dans les plaines et les marais, avant de passer par les terribles épreuves de sélection pour rejoindre, en 2014, les rangs du CCOES.

« J'ai été frustré pendant longtemps mais j'avais choisi cette vie et j'ai fini par y arriver », dit-il.

Le 4 mai, le capitaine Montiel et son commando Dragon 4 sautaient en parachute au-dessus des montagnes luxuriantes au sud de Bogotá. La topographie variée de la Colombie oblige les commandos à se préparer pour des interventions dans divers environnements extrêmes. Ils campent dans la brume des Andes par des températures négatives, marchent dans les dunes dans la chaleur sèche du désert du Nord ou s'engagent dans les étouffants combats rapprochés de la guérilla urbaine.

C'est cependant dans la jungle qu'un commando colombien gagne ses galons. La jungle est le théâtre des plus grandes victoires et des plus amères défaites. Quand Montiel atterrit et alla déjeuner au mess de la base aérienne de Tolemaida, il reçut une tape sur l'épaule d'un officier supérieur.

« On ne te dit jamais rien, explique-t-il. On ne te dit pas où tu pars, ni qui tu vas combattre. La sécurité des opérations est renforcée. »

La seule question pertinente était de savoir s'il fallait prévoir un sac pour temps chaud ou froid. Temps chaud, apprit-il. Un véhicule de transport Hercules attendait déjà sur le tarmac.

Le lendemain, alors qu'il prenait place avec son équipe dans la salle des opérations de San José del Guaviare, Montiel sentit l'excitation monter. Depuis qu'il avait rejoint les forces spéciales, il avait accès à des armes de pointe et s'était entraîné à être parachuté en haute altitude ou à mener l'assaut en combinaison d'homme-grenouille. Mais ce n'était pas ce qui faisait l'attrait principal du CCOES à ses yeux.

« Je suis fasciné par le déploiement sur des théâtres d'opération, tout ce qui a trait à la préparation, dit-il. Dans les forces spéciales, un officier se démarque par sa capacité à planifier et développer des missions. »

Dans la principale salle des opérations, des hommes en uniforme accrochaient des cartes aux murs puis ils apportèrent des ordinateurs et des moniteurs. Dans la pièce adjacente, on préparait et branchait toute une série d'appareils : systèmes GPS, téléphones satellites, radios ondes courtes, détecteurs de mouvement et de chaleur. Dans les hangars de la piste d'atterrissage, les équipes de maintenance s'affairaient autour de deux Black Hawks.

Dans l'après-midi, le général Pedro Sánchez briefa les vingt-sept soldats des forces spéciales et leurs équipes logistiques. D'une voix calme et précise, il désigna différents points sur la carte.

Un Cessna 206 avait disparu à 150 kilomètres au nord d'Araracuara, approximativement à la moitié de son vol vers San José del Guaviare. Trois signaux de la balise d'urgence plaçaient le site de l'accident dans une zone située à deux ou trois kilomètres à l'ouest d'un méandre serré de l'Apaporís. On ignorait si les passagers ou le pilote étaient encore en vie, mais les vols de reconnaissance de l'aviation avaient détecté de la fumée s'élevant depuis un point proche de la berge.

La zone de recherche mesurait un peu plus de dix kilomètres carrés et elle avait été divisée en quadrants. Deux équipes de huit hommes se déploieraient d'abord.

Le commando Dragon 4, dirigé par le capitaine Montiel, serait parachuté à quelques kilomètres au nord des coordonnées fournies par la balise. Le commando Destroyer 1 atterrirait, quant à lui, à l'est de la zone de recherche, près de l'Apaporís, pour enquêter sur la source de la fumée. Une troisième équipe se déploierait plus tard dans la journée, au sud. Le commando Ares 3 était un commando d'action composé de onze hommes, certains armés de lourdes mitrailleuses, et de deux bergers belges renifleurs nommés Wilson et Ulises. Leur mission était de donner l'assaut si les premières équipes rencontraient un ennemi.

Une fois au sol, les différentes équipes avanceraient vers les coordonnées de la balise, situées au centre de la zone, en fouillant chaque carré de la grille. Cette stratégie avait deux objectifs: si des survivants s'étaient éloignés de la carcasse de l'avion, ils seraient plus faciles à intercepter et, surtout, en atterrissant en différents points, les commandos auraient moins de risques de se faire encercler par des individus hostiles.

Sánchez partagea les dernières informations obtenues sur les mouvements de la guérilla dans la région et énonça les règles. Ses hommes voulaient savoir s'ils pénétraient dans la jungle sur le pied de guerre ou en mission humanitaire.

« Je leur ai répondu que c'était les deux, se souvient Sánchez. Je leur ai dit de ne pas hésiter à riposter en cas de contact avec l'ennemi ou de menace, mais aussi d'agir avec prudence, parce que la vie des passagers était de la plus haute importance. »

Ainsi, dès le départ, les détails de cette mission étaient nébuleux. Les troupes ne savaient pas si elles devaient s'attendre à un combat ou à retrouver des survivants. Elles ne pensaient pas passer des semaines dans la jungle. Et elles ne se doutaient pas que le pays tout entier scruterait bientôt leurs moindres faits et gestes.

Une demi-heure après avoir décollé de San José del Guaviare, le Black Hawk des Dragon 4 s'arrêta pour prendre du carburant à la base militaire de Calamar, à 60 kilomètres au sud. Cette garnison avait été choisie comme camp de base intermédiaire pour la mission. Des cageots de provisions y étaient entassés et une équipe de démineurs n'allait pas tarder à arriver. Si le commando se retrouvait confronté à l'ennemi, c'est à Calamar qu'il serait évacué.

Une fois son réservoir plein, le Black Hawk s'éleva à nouveau et se dirigea vers le sud.

« À partir de là, c'était la jungle et rien d'autre. La forêt vierge. »

Ils volèrent sous un ciel bleu dégagé mais tandis qu'ils approchaient de la zone d'atterrissage, de gros nuages apparurent au-dessus de leur destination.

« C'était curieux, remarque Montiel. L'endroit où nous allions était couvert de nuages noirs chargés de pluie, alors que le ciel autour de nous était totalement dégagé. Il n'y avait nulle part ailleurs de nuages aussi épais. »

Comme un mauvais présage.

Le Black Hawk passa en vol stationnaire au-dessus de la jungle, ballotté par le vent et la pluie. Les hommes du commando Dragon 4 lancèrent leurs cordes depuis la porte latérale et accrochèrent leurs mousquetons. Les premiers instants de toute opération dans la jungle sont déterminants. Descendre en rappel à travers la canopée est une entreprise dangereuse, les cordes humides peuvent vous glisser des doigts, les hommes et leur équipement peuvent se prendre dans les branches mais, surtout, un hélicoptère en vol stationnaire trahit sa position auprès de tous les ennemis à la ronde.

Ce jour-là, les huit hommes de Dragon 4 touchèrent le sol sans encombre. Accroupis, ils attendirent en silence sous la pluie, ne communiquant que par gestes. Quand ils furent convaincus que la voie était libre, ils avancèrent en file indienne vers leur premier point GPS, en gardant leur arme à l'épaule.

Au bout de quelques minutes, il apparut sans le moindre doute que le terrain était exceptionnellement difficile.

« C'était la forêt vierge, une jungle inhospitalière, une jungle où personne n'avait jamais posé le pied », résume Montiel.

La végétation était épaisse au sol. Les soldats n'avaient pas de machette, puisque le fait d'ouvrir un chemin risquait de les faire repérer par les guérilleros. Ils devaient donc avancer avec précaution, enjamber les plantes rampantes et les fougères, écarter doucement les buissons et les branches. La visibilité dépassait rarement les dix mètres, ce qui compliquait la tâche pour savoir où étaient leurs compagnons. Le sol était presque intégralement tapissé de feuilles, les empreintes de pas seraient donc pratiquement impossibles à trouver.

Montiel demanda au navigateur de conduire l'équipe au centre du premier quadrant qu'ils devaient inspecter. Une fois sur place, il resta avec trois hommes pour monter la garde. Les quatre autres posèrent leur lourd équipement et commencèrent à patrouiller. Ils avancèrent en diagonale vers les coins du carré. Ils parcoururent ensuite la base, longue d'un kilomètre, et revinrent au centre. Puis ils prirent le rôle de sentinelle et Montiel et ses compagnons inspectèrent l'autre partie du carré.

Ils réitérèrent l'opération, avançant lentement vers le centre de la zone de recherche, jusqu'à ce qu'il n'y ait plus assez de luminosité.

« À partir de 17 heures, il faisait pratiquement nuit à cause de la forêt, qui était si immense, si épaisse, que pas un rayon de soleil ne passait », précise Montiel.

Il posta une sentinelle et monta le camp. Les soldats firent bouillir de l'eau sur de petits réchauds et la versèrent dans leurs sachets de nourriture lyophilisée.

Montiel appela San José del Guaviare pour transmettre le rapport de leurs mouvements et recevoir les ordres pour le lendemain. Il entendit ensuite la voix du lieutenant Montoya, chef du groupe Destroyer 1. Ils avaient atteint l'emplacement d'où provenait la fumée mais n'avaient trouvé aucune trace de l'avion ou de survivants. Ils n'apprirent que plus tard que c'était l'équipe de recherche d'Avianline qui avait allumé le feu.

Les hommes de Dragon 4 accrochèrent leur hamac et leur moustiquaire et s'abritèrent de la pluie et des insectes. Ils étaient déçus mais pas découragés. Ce n'était que la première journée. Le lendemain, à coup sûr, ils auraient plus de chance.

LA FILLE EN ROBE BLEUE

Le río Apaporís est un fleuve aux eaux noires. Alimentées par le ruissellement des sols de la jungle, ses eaux sont pauvres en minéraux et sont tellement acides qu'elles sont comme stérilisées. Elles sont néanmoins potables et plusieurs espèces de poissons se sont adaptées à cet environnement pauvre en nutriments. Mais les indigènes donnent un autre nom aux cours d'eau noirs. Ils les appellent les Rivières de la Faim.

Les sols acides qui entourent le río Apaporís limitent les variétés d'arbres susceptibles d'y pousser. La végétation y est moins variée et moins nombreuse que dans les bassins des fleuves aux eaux blanches comme le Caquetá. La culture du manioc requiert bien plus de nutriments et de soins.

Le 8 mai, tandis que les soldats du commando Dragon 4 avançaient silencieusement dans le sous-bois, l'équipe indigène conduite par Manuel Roque et Edwin Paky se frayait un chemin en coupant branches et lianes à plusieurs kilomètres au nord. Manuel était perturbé par cette jungle nouvelle, plus hostile, à laquelle ils devaient faire face.

« Là d'où je viens, on peut trouver toutes sortes de fruits sauvages, souligne-t-il, mais cette *monte* était pauvre. Nous ne voyions que quelques graines, généralement toxiques, et nous ne trouvions pas grand-chose à manger. »

Au bout de plusieurs jours, Fredy Ladino avait cédé et accepté d'emmener les familles indigènes à Cachiporro.

Manuel Ranoque, Edwin Paky et Delio Mendoza posèrent le pied sur la piste de terre le matin du 7 mai. Le Cessna qui les avait emmenés redécolla presque aussitôt et revint trois heures plus tard avec cinq hommes d'Araracuara qui avaient répondu à l'appel de Diana Mendoza.

Ce groupe était dirigé par Henry Guerrero. Petit et costaud, avec une fine moustache et d'épais cheveux noirs, il avait un visage qui pouvait passer en un instant d'un froncement de sourcils sérieux à un immense sourire. Il comptait parmi son équipe Nestor Andoque, l'homme qui avait vu le capitaine Murcia faire le plein de son avion le matin de l'accident.

Andrés Londoño était lui aussi à Cachiporro. Même si son équipe s'était dispersée, il demeurait déterminé à retrouver l'avion. Au bord de la piste poussiéreuse, il montra aux nouveaux arrivants les zones qu'ils avaient fouillées et dessina une croix à l'endroit où son équipe avait senti une odeur de décomposition. Alors qu'il s'apprêtait à grimper dans le Cessna, Manuel le prit à part. Il était convaincu que sa compagne et ses enfants étaient encore en vie, il le savait.

Entre ses différents passages à Villavicencio pour rameuter des renforts, Manuel était allé voir une voyante. Les *videntes*, comme on les appelle en espagnol, font depuis longtemps partie de la culture colombienne. Rares sont les coupures pub à la radio lors desquelles on n'entend pas un spot pour des philtres d'amour ou des sortilèges de vengeance. Les sportifs, les parrains de la cocaïne et les présidents de la République les consultent. Dans une pièce sombre, une vidente répondant au nom de Jeimy avait pris la main de Manuel et établi une connexion avec les âmes perdues de la jungle. Le pilote était mort, lui avait-elle dit, mais les autres passagers s'en étaient tirés. La nouvelle avait renforcé la détermination de Manuel et, compte tenu de sa force de caractère, Ladino comprit qu'il était inutile d'essayer de le tenir à l'écart des recherches.

Ladino fournit donc à Edwin Paky une série de coordonnées. Elles avaient été envoyées par les pilotes de l'armée de l'air qui, durant leur survol, avaient repéré un trou dans la canopée à sept kilomètres au nord-ouest de la zone que les militaires arpentaient. Il semblait assez gros pour avoir été causé par un avion.

À Cachiporro, l'équipe de recherche négocia quelques machettes rouillées, de la fariña et un moteur hors-bord décrépit. Celui-ci tomba en panne tandis qu'ils remontaient le fleuve et ils mirent huit heures à atteindre la Casa Dumar. Ils arrivèrent épuisés et dormirent sous une bâche, dans la lancha, pour fuir les nuages de moustiques autour de la maison.

Le lendemain, ils partirent de bonne heure, vers l'amont, avec deux fils de Dumar. Nestor Andoke observa les environs depuis le fleuve. Il avait la réputation d'être l'un des chasseurs et traqueurs les plus prolifiques d'Araracuara, un homme qui connaissait la *monte* mieux que personne. Pour un œil averti, chaque jungle est différente, et il remarqua que c'était un environnement plus sauvage que sa Caquetá natale.

« Le fleuve avait la couleur du café, et regorgeait de rapides et de poissons. C'était une *monte* vierge : il n'y avait aucune communauté, elle n'avait pas été exploitée. »

Au bout d'une demi-heure, ils accostèrent et tirèrent la lancha sur la rive boueuse. Une heure plus tard, ils avaient bravé la jungle et trouvé les coordonnées indiquées. Ils ne virent rien de plus que quelques arbres arrachés par une tempête. Ils levèrent la tête et observèrent les nuages gris par la trouée dans la canopée. Puis ils se regardèrent. Delio était déçu et épuisé, il s'adossa contre un des arbres tombés. Manuel tournait en rond et attaquait le sous-bois à la machette.

Edwin vérifia son GPS. Ils étaient au bon endroit. Ils devaient faire un choix. Faire part de ce qu'ils avaient trouvé et rentrer à la Casa Dumar ? Ou poursuivre les recherches ?

La décision fut unanime.

Si les commandos étaient motivés par un sens du devoir, renforcé par des années d'entraînement aux opérations dans la jungle, l'équipe indigène, quant à elle, était poussée par quelque chose de plus personnel : la recherche désespérée de leurs proches.

Manuel était le moteur du groupe. Sa certitude que sa famille était en vie était inébranlable. Si un autre membre de l'équipe avait dans l'idée de remettre en question cette hypothèse, un simple regard suffisait à l'en dissuader. Manuel raconta aux hommes comment, l'année précédente, sa sœur sourde et muette avait disparu de Puerto Sábalo. Il l'avait cherchée dans la *monte* pendant un mois avant qu'elle finisse par réapparaître après s'être nourrie de graines et de fruits. L'avion qui transportait sa famille ne s'était écrasé qu'une semaine plus tôt : ils avaient encore du temps.

Ils atteignirent le camp et décidèrent d'un autre plan. Si Herman avait survécu au crash, comme le soutenait Manuel, il avait logiquement conduit les survivants vers le fleuve. Les soldats cherchaient au sud, il tombait donc sous le sens pour eux de partir vers le nord, le long de l'Apaporís, vers les rapides d'El Tigre.

Durant les trois jours qui suivirent, répartis en quatre équipes de trois, ils ratissèrent la rive ouest du fleuve. Celui de devant ouvrait la voie à la machette, le deuxième était en charge de la navigation et le dernier portait le gros des vivres et de l'équipement. Dès les premiers instants, leur avancée s'avéra compliquée. Ils devaient franchir des rivières et des marais et le bruit souvent assourdissant de l'eau les obligeait à se serrer pour communiquer entre eux.

« Il y avait beaucoup de collines, et c'était la saison des pluies : les eaux montaient et tous les cours d'eau débordaient, rappelle Henry Guerrero. Ce qui compliquait encore les choses, c'est que la végétation était très dense, bien plus que ce à quoi nous étions habitués à Caquetá. »

Henry était un ami de la famille de Manuel et Magdalena, fils d'un cacique d'Araracuara. Pendant un temps, il avait enseigné à l'école de Puerto Sábalo que fréquentait Lesly. Il se souvenait d'elle comme d'une fillette timide et effacée, et d'une élève observatrice et intelligente. Il avait de l'affection pour elle et Lesly avait fini par l'appeler *tio*, tonton. Quand l'appel à l'aide de la famille lui était parvenu, il avait joué un rôle déterminant dans la composition de l'équipe. Mais maintenant qu'il regardait ses baskets détrempées, il se demandait s'ils ne s'étaient pas un peu précipités.

Delio Mendoza était à la traîne. C'était le petit frère de Herman et il lui ressemblait, à ceci près qu'il avait des traits plus doux, un corps plus rond et qu'il ne possédait pas son sourire carnassier d'homme politique. Il souffrait de tendinite aux coudes et aux genoux et il prenait un antidouleur chaque fois que le groupe s'arrêtait pour boire.

« On a beaucoup souffert là-bas, m'a-t-il dit plus tard. Chaque journée était une torture. »

Pendant que la pluie collait sa chemise à sa peau et que les plantes rampantes lui éraflaient les tibias, Delio se retrouvait seul avec ses pensées.

Il se remémora un épisode, alors qu'il était âgé de 6 ans, où il s'était retrouvé en rang avec les autres élèves dans le cloître du pensionnat d'Araracuara, tandis qu'un prêtre capucin faisait défiler Herman devant eux. Son grand frère avait baissé son pantalon et reçu plusieurs coups de pagaie en bois comme punition pour avoir volé des mangues dans le verger personnel du prêtre. Delio se souvenait de la pointe d'admiration qu'il avait ressentie à cet instant.

Son frère avait toujours été celui qui s'élevait contre les injustices de l'autorité. Dans les années 1990, les deux garçons firent partie des premiers enfants uitoto à étudier à l'université de Bogotá. Sociable et énergique, Herman ne tarda pas à rejoindre le tout jeune mouvement pour les droits des indigènes. À partir de là, sa carrière décolla. Il devint un activiste influent, aussi à l'aise pour frayer avec des politiques que pour organiser des assemblées générales dans des malocas amazoniennes.

Delio avait suivi un chemin différent. Je l'ai rencontré à Leticia, où il travaillait pour le Sinchi Institute, une institution scientifique. C'était un poste confortable dans un bureau climatisé. Il donnait l'impression d'avoir vécu dans l'ombre de son frère et, désormais quinquagénaire, il avouait se demander s'il n'avait pas perdu son lien avec la *monte*, sa culture indigène et le garçon qu'il avait été.

Il était nerveux en pénétrant dans la jungle. Il n'avait pas la condition physique de Manuel, le sens de l'orientation d'Edwin ni la connexion que Henry et Nestor entretenaient depuis longtemps avec la forêt. Mais leur conviction était contagieuse et leur expérience lui donna confiance.

« Manuel ne semblait pas inquiet : il donnait l'impression de savoir ce qu'il faisait et il était tout le temps concentré sur les recherches. »

Il savait que la vie de son frère dépendait d'eux, ce qui le poussait à oublier ses articulations douloureuses.

Il se souvenait d'une fois, durant la saison des pluies, quand les rivières gonflaient, où Herman et lui avaient volé un canoë et observé les poissons qui nageaient sous la coque. « Quand je repensais à cela, j'avais envie de revenir à ces moments, de pêcher, de marcher dans la *monte*, d'explorer, dit-il. C'est peut-être ça, être indigène : rechercher ce qu'il y a à trouver. »

La jungle lui semblait familière en ce temps-là. Il s'aperçut que la vie à Bogotá et Leticia avait émoussé ses instincts, lui avait fait oublier ce qui lui venait autrefois naturellement. Tout en suivant le chemin tracé dans la forêt par ses compagnons plus expérimentés, Delio s'efforçait de retrouver l'esprit de cet enfant au fond de son corps de quinquagénaire usé.

Ce premier soir, après s'être changés et avoir déroulé leur bâche sur le sol, les hommes piochèrent dans leur réserve de fariña en discutant du terrain qu'ils avaient couvert. Ils le comparèrent aux histoires que leurs grands-pères leur racontaient. Chez le Peuple du Centre, les jungles au nord du río Caquetá avaient une sinistre réputation. On disait que les rapides de l'Apaporís dévoraient quiconque essayait de les franchir, tandis que les segments plus paisibles regorgeaient de boas mangeurs d'hommes. Les jaguars se tapissaient sur les branches des arbres.

Les communautés qui habitaient cette jungle sombre et infertile étaient aussi source de fascination. Leur culture était très différente de celle du Peuple du Centre. Elles adoraient un héros nommé Yuruparí et leurs chamans absorbaient régulièrement du *yagé*, le jus d'une plante hallucinogène, pour converser avec les esprits tutélaires de la jungle. C'étaient les ennemis historiques du Peuple du Centre.

« Par le passé, les Uitoto et ces peuples se sont affrontés à de nombreuses reprises, dit Manuel. Nous respectons leur culture, bien sûr, mais ils vénèrent d'autres dieux. Ils savent se métamorphoser en jaguars et en boas. »

Même les communautés qui vivaient près du confluent du río Apaporís et du río Caquetá conservaient une peur ancestrale des peuples qui habitaient près des sources. Les Makuna, qui vivent en aval de l'Apaporís, croient que ses rapides et ses gorges spectaculaires ont été créés par des esprits de la jungle sous l'égide d'un ancien chaman pour les protéger des attaques des guerriers cannibales de l'amont.

Cette discussion nocturne ne contribua pas à calmer leurs nerfs. Toute la nuit, les bruits de la jungle – hurlements lointains, craquements de branches, bruissements dans les fourrés – parurent de plus en plus sinistres. Peu après le lever du jour, Edwin Paky fut réveillé par un coup contre sa jambe. Relevant la tête, il se retrouva à fixer les yeux et la langue fourchue d'un serpent long de deux mètres, dangereux quoique assommé, qui venait de tomber d'une branche. Il attendit, immobile comme une statue, jusqu'à ce que le visiteur impromptu retrouve ses esprits et reparte en rampant dans le sous-bois.

Ce matin-là, comme ceux qui suivirent, Manuel fut le premier levé. Tandis que ses compagnons remettaient leurs vêtements humides de la veille et mâchonnaient des casabes froids et humides, c'était sa voix, tour à tour encourageante et autoritaire, qui accompagnait leurs préparatifs.

Le 13 mai, ils atteignirent un coude du fleuve où de petites poches d'eau vive clapotaient sur des rochers. Durant la saison sèche, les rapides d'El Tigre constituaient l'un des fameux obstacles réputés infranchissables de l'Apaporís, mais à ce moment-là le fleuve était haut et large à cause des pluies torrentielles.

Edwin consulta son GPS, ôta sa casquette et essuya ses cheveux pleins de sueur. Henry retira ses baskets et vida l'eau boueuse qu'elles contenaient. Ils fouillèrent leur sac à la recherche des quelques saucisses et poignées de fariña qu'il leur restait. Les rapides marquaient la frontière logique de leur zone de recherche, un obstacle que les survivants du crash n'auraient sans doute pas cherché à franchir. Ils n'avaient nulle part où aller. Ils étaient dans une impasse. Ils accrochèrent leur hamac en silence, désespérant de trouver un indice.

Cette nuit-là, Edwin fit un rêve. Il était au bord d'une lancha sur les eaux tumultueuses d'El Tigre, le moteur hors-bord crachant et toussant contre le courant. Les eaux vives repoussaient son bateau et le faisaient tournoyer jusqu'à ce que, épuisé, il soit pris dans un tourbillon et s'échoue sur un rocher.

Tandis qu'il se reposait, il aperçut une maison sur une colline. Les pentes étaient pleines de gens habillés en blanc qui mangeaient, buvaient, riaient. Parmi les joyeux convives, une belle adolescente en robe bleue se détachait. Edwin supposa que c'était sa *quinciñera*, la grande fête que l'on organise traditionnellement pour les quinze ans des jeunes filles. Elle lui souriait et lui faisait signe et, alors qu'il commençait à marcher vers elle sur la rive herbeuse, il se retournait et découvrait que la lancha avait été emportée par le courant.

« C'est un bon rêve, lui dit Nestor Andoke au petit déjeuner. Chaque fois que tu fais un rêve comme lui-là, ça veut dire que les recherches se passent bien. »

Le Peuple du Centre accorde une grande importance au pouvoir des rêves et à leur signification. Du point de vue de Nestor, partagé par tous, c'était un signe que les enfants étaient encore vivants. Plus question de faire demi-tour : ils allaient retrouver l'avion et ses passagers.

La prémonition d'Edwin mise à part, il n'était en rien évident que les recherches avançaient. Ils se trouvaient à des kilomètres en amont de la zone que parcouraient les militaires et ils n'avaient aucun moyen de revenir facilement.

Ils passèrent la matinée à pêcher, attrapant une douzaine de *palometas*, un poisson au corps étroit de la famille du piranha, dépourvu toutefois de la terrifiante mâchoire de son cousin. Alors qu'ils cuisinaient cette réjouissante prise sur un feu de camp, ils entendirent une lancha approcher.

« Je n'apporte pas de vivres, lança une voix depuis le bateau, mais des informations. »

C'était Andrés Londoño. Le chef de l'équipe de recherche d'Avianline était revenu aider. Il avait atterri la veille à la Casa Dumar par hélicoptère, accompagné de pompiers. Ces derniers avaient jeté un coup d'œil à l'épaisse forêt et aux pluies diluviennes, avant de repartir dans l'autre sens le lendemain. Mais cette après-midi-là, Dumar avait livré son secret.

Il avait emmené Londoño dans la plantation de coca et lui avait montré l'endroit où il avait vu le Cessna voler en rase-mottes le matin du 1er mai. Londoño avait retracé sa trajectoire de vol et s'était aperçu qu'elle conduisait à la zone qu'il avait fouillée lors de sa première journée dans la jungle. De plus, il avait sur son téléphone une vidéo envoyée par un des pilotes qui avaient effectué les premiers vols d'observation. On entendait dans le fond un bip régulier qui augmentait en fréquence jusqu'à devenir une seule note aiguë. C'était le son de la balise. Le pilote avait survolé le Cessna.

Les hommes passèrent une heure autour du téléphone, à observer les boucles de l'Apaporís filmées depuis le cockpit, les comparant avec leurs cartes. Ils arrivèrent tous à la même conclusion : ils avaient cherché à des kilomètres de l'endroit où l'avion s'était écrasé.

Edwin sentit la colère le gagner. À cet instant, il aurait étranglé Fredy Ladino. Il avait l'impression que l'équipe de recherche indigène avait été mise sur la touche par Avianline et les militaires. En apparence, ils avaient été encouragés à participer, mais, comme des enfants, on avait pris soin de les éloigner pour qu'ils ne traînent pas dans leurs pattes. Ils bravaient la faim, les pluies et les moustiques pour une chasse au dahu.

Edwin envoya un message à Avianline avec le GPS de Londoño.

«Je me suis fâché et j'ai dit à Fredy de nous envoyer les vraies coordonnées du site, explique Edwin. Rien à faire des militaires, de la guérilla ou du reste, c'était là qu'on irait.»

Sur la lancha qui les ramenait à la Casa Dumar, les hommes firent un pacte. Quand ils retrouveraient l'avion, ils ne diraient rien aux militaires et se chargeraient eux-mêmes de l'annonce. On ne pouvait pas faire confiance à l'armée. Alors que l'écume qui s'envolait à la proue du bateau se teintait d'or dans le soleil couchant, Edwin Paky repensa à la jeune fille en robe bleue.

MILPESOS

Le jour où les enfants quittèrent les rives du río Apaporís, ils ne mangèrent pas. Ils avancèrent sans but sous des trombes d'eau, lestés de leurs vêtements trempés. Lesly ouvrait la marche. Derrière elle, ses jeunes frère et sœurs essayaient de mettre les pieds dans ses traces. Tien, qui fermait la marche, s'arrêtait sans cesse pour taper les mottes de boue accrochées à la semelle de ses baskets. Ils zigzaguèrent et tournèrent en rond tandis que Lesly, aux aguets, cherchait la moindre trace d'un chemin. On ne pouvait pas aller très loin dans la jungle autour de La Chorrera et Puerto Sábalo sans croiser un sentier boueux qui menait au village, mais elle ne voyait rien d'autre ici que des feuilles mortes pourrissantes.

Quand l'obscurité tomba, Soleiny prit Cristin et ce fut Tien qui tint la lampe de poche pendant que Lesly découpait des feuilles de palmier aux ciseaux. Les épaisses tiges fibreuses résistaient aux lames émoussées mais elle persévéra. Quand elle eut terminé, elle tissa les quatre palmes ensemble pour créer un toit. Elle l'appuya contre un arbre, étala la serviette sur le sol boueux et les enfants se blottirent sous l'abri.

Le lendemain, Lesly reconnut un arbre à l'écorce blanche. Son regard remonta le long du tronc, elle vit l'immense frondaison qui s'ouvrait comme un cône et, à la base des feuilles, deux grosses grappes de fibres noires qui pendaient comme des nattes hirsutes. C'était un palmier milpesos.

Lesly vit au milieu des grappes de fibres les fruits pourpres dont la peau luisait dans l'humidité de la jungle.

Le palmier milpesos était l'un des arbres favoris de la culture uitoto. Il mettait des années à atteindre sa maturité, mais il avait une multitude d'utilisations. Ses palmes étaient un matériau de choix pour couvrir les malocas. Une fois abattu, son tronc était parfait pour élever le *mojojoy*, cette larve de la jungle, délicieuse une fois frite et salée. La chair brune du fruit était dure mais on pouvait la ramollir dans l'eau chaude. Lesly revoyait sa mère, les mains dans un bol d'eau, appuyant sur le fruit pour en détacher les graines, malaxant la mixture entre ses doigts jusqu'à ce qu'elle se transforme en une soupe couleur thé au lait. Le jus était plein d'énergie et de protéines, les mères en donnaient parfois aux bébés à la place du lait.

Les enfants s'accroupirent au pied du palmier, écartèrent les palmes tombées et ramassèrent des poignées de fruits violets. Lesly connaissait un autre moyen de les manger : si vous gardiez le fruit assez longtemps dans la bouche, la chaleur et l'humidité finissaient par le faire céder. Elle donna un fruit à sucer à Soleiny et à Tien et en mit deux dans sa bouche. Puis elle rangea le reste de leur récolte dans son sac à dos. Quand elle sentit que le premier fruit commençait à ramollir, elle ajouta un peu d'eau, l'écrasa entre ses paumes et le donna à Cristin. Le bébé lui suçota gaiement les doigts.

Lesly ouvrit le sac à dos et regarda la douzaine de fruits qu'il contenait. Elle se demanda combien de temps ils tiendraient. Combien de temps il faudrait qu'ils tiennent.

Le lendemain, alors que les enfants remontaient le long d'un cours d'eau, Tien fit la grimace. Il demanda ce qui sentait comme ça. Lesly renifla l'odeur familière et écœurante. C'était celle qu'elle avait sentie le jour où ils avaient laissé l'avion.

Elle lui rappela l'image de sa mère, les cheveux pendants, la position étrange de son corps.

Dans les épais feuillages, elle aperçut un éclat de peinture blanche. Sans le vouloir, les enfants étaient revenus à la carcasse du HK-2803.

Les vautours, les mouches et le corps de sa mère l'y attendaient mais Lesly savait qu'elle devait y retourner. Quelqu'un avait peut-être retrouvé l'avion. Au pire, elle pourrait changer les petits, dont les vêtements tombaient déjà en lambeaux.

Tandis que Tien et Soleiny gardaient Cristin, Lesly avança prudemment vers l'avion. Les vautours étaient plus nombreux à présent. Ils déployaient leurs ailes, perchés sur la carlingue. Ils se battaient et s'attaquaient sur le sol. Lesly resta sur le côté droit de l'avion, loin du corps de sa mère. La zone autour de l'appareil n'avait pas changé. Rien n'indiquait que quelqu'un était passé par là.

Lesly retrouva le sac de sa mère à l'endroit où elle avait improvisé un abri le premier soir. Elle l'ouvrit, sortit une tenue de rechange pour chacun des enfants et roula les vêtements en boule. Alors qu'elle s'apprêtait à retrouver ses frère et sœurs, elle regarda à nouveau l'avion. Dans l'ombre de l'aile gauche, elle remarqua quelque chose. C'était une bretelle noire.

Retenant son souffle, elle s'approcha et tira dessus. C'était le sac à dos de Herman Mendoza. Elle recula de quelques mètres et l'ouvrit. Sous les vêtements et la trousse de toilette, elle trouva une boîte de thon et un sachet rempli de graines jaunes : de la fariña. Elle frappa la boîte contre une grosse racine. Elle parvint à la bosseler mais elle ne céda pas. De colère, elle la jeta par terre.

Quand les enfants se changèrent, Lesly remarqua qu'ils avaient des piqûres d'insectes rouges sur les jambes et sur les bras. Sur le poignet gauche de Soleiny, elle vit des nodules rouge vif dans lesquels elle reconnut les premiers signes d'une leishmaniose. Elle savait qu'ils ne tarderaient pas à éclater et à former des ulcères et que la plaie s'ouvrirait encore davantage. Elle découpa un morceau de gaze et banda le poignet de sa sœur.

Cristin aussi était malade. Elle avait le nez bouché et respirait par la bouche. Son front était chaud. Elle était grippée, se dit Lesly, et elle pria pour que le bébé ne fasse pas de fièvre. Lesly versa de l'eau dans le biberon et la mélangea à une petite poignée de fariña. Elle fit tourner le biberon jusqu'à ce qu'elle obtienne une mixture crémeuse, puis elle introduisit la tétine entre les lèvres de Cristin.

Lesly sentait que le temps était compté. La fariña allait les aider à tenir encore un peu mais elle s'inquiétait des maladies. Il fallait qu'elle trouve un endroit où ses sœurs pourraient se faire soigner. Elle avait essayé d'attendre près de l'avion mais, une semaine après le crash, personne n'était venu et elle se demandait même si on les cherchait réellement. Elle avait essayé de rejoindre les berges de la rivière mais ils étaient déserts.

La dernière option, c'était de partir vers l'ouest. Ils tombèrent sur un palmier juan soco. Au pied de celui-ci, dans les feuilles, reposait un fruit jaune et rond. Lesly l'ouvrit et suça sa chair sucrée. Alors qu'elle donnait le fruit à Tien, les enfants entendirent un avion passer au-dessus de leur tête. Mais quand ils levèrent les yeux, ils ne virent que l'impénétrable dôme vert de la canopée.

LES DÉCOMBRES

Le capitaine Edwin Montiel était accroupi près de la radio. Depuis huit jours, il communiquait le même rapport désolant à la base de San José del Guaviare. *R.A.S. R.A.S. R.A.S.*

Ils n'avaient rien trouvé. Aucune trace de l'avion. Aucune trace des survivants. Quand la pluie s'arrêtait, la jungle se nimbait d'un silence étrange. Ce fut un soulagement, quand une famille de singes Humboldt se mit un jour à leur jeter des déjections dessus depuis les arbres. Au moins un signe de vie.

Le seul rapport digne de ce nom provenait du commando Ares 3 lors du troisième jour des recherches. Ils avaient traversé une zone où les arbres avaient été écartés pour former une clairière. Le sol était jonché de vieilles bâches noires, de traces de nourriture et de deux chemises avec un insigne de l'EMC. C'était un camp de guérilleros et, à en juger par son état de délabrement, il devait être abandonné depuis au moins un an. En dehors de ça, il n'y avait pas le moindre signe de ses anciens occupants, pas même une empreinte de pas.

Cette découverte semblait confirmer que la guérilla avait depuis longtemps quitté le secteur. Comme la menace d'une embuscade s'atténuait, les commandos changèrent de tactique. Ils se mirent à travailler par équipe de deux et non plus de quatre, divisant ainsi par deux le temps nécessaire à l'exploration de chaque quadrant de la grille de recherche. Simplement, ils commençaient à manquer de quadrants à explorer. Chaque homme avait couvert plus de 150 kilomètres et le commando Dragon 4 tombait maintenant sur des zones déjà inspectées par Destroyer 1 et Ares 3.

Ça n'avait aucun sens. Comment était-il possible que trois commandos aient pu passer une semaine à fouiller méticuleusement la zone autour du signal de la balise sans trouver l'avion ? Ils commencèrent à douter de leur équipement, de leur commandement, de leurs propres capacités. Ils cherchèrent d'autres explications.

Était-il envisageable que la balise soit tombée de l'avion quelque temps avant le crash ? Le pilote avait-il en fait atteint la rivière et les décombres du Cessna se trouvaient-ils maintenant au fond du río Apaporís ? Toute cette histoire était-elle un canular ? L'avion avait-il été détourné par un passager qui voulait livrer de la cocaïne sur une piste perdue au fin fond de la jungle ?

Cette nuit-là, allongé dans son hamac et entouré par le bourdonnement des insectes se heurtant à sa moustiquaire, Montiel ne parvenait pas à trouver le sommeil. Il avait le pressentiment d'un échec imminent, mais il était aussi animé, lui qui s'enorgueillissait de ses capacités de planification et de ses qualités de stratège, par une insatiable curiosité.

« Nous avions des hommes entraînés et équipés des meilleurs moyens de communication, des technologies les plus récentes, un énorme soutien logistique, dit Montiel. Mais malgré tout ça, je continuais de me demander : "Qu'est-il arrivé à cet avion ?" »

Le lendemain matin, le 15 mai, le moral était au plus bas. À 6 heures du matin, les soldats firent leur paquetage et se mirent en marche. Le sergent Wilmer Miranda menait les hommes en file indienne.

À 400 mètres du camp, son œil aiguisé aperçut quelque chose : plusieurs branches retournées, d'autres brisées, qui jonchaient le sol, comme si elles avaient été dérangées par le passage d'un animal. Il leva une main moite. Les soldats s'immobilisèrent.

Miranda avança, sans bruit, dans le sous-bois. Vingt mètres plus loin, il vit un petit objet rose vif sur le sol devant lui. Il s'accroupit et tendit l'oreille, redoutant une embuscade. Puis il s'approcha.

C'était un biberon en forme de sablier avec deux poignées roses et une tétine. Ses compagnons le rejoignirent au pas de course, peinant à contenir leur excitation.

« Ça a été un moment très émouvant, se souvient-il, parce que nous n'avions rien trouvé jusqu'alors. Nous n'avions pas la moindre piste, nous avions passé neuf jours sans la moindre information. »

Le biberon était à moitié rempli d'une eau trouble et des sédiments s'étaient déposés au fond. C'était l'eau d'un cours d'eau. Le biberon n'avait pas été éjecté de l'avion, il avait été utilisé ici même, dans la jungle. Montiel prit une photo et l'envoya au camp de base pour que les familles puissent confirmer qu'il appartenait aux enfants. Mais Montiel sentait dans ses tripes que c'était le biberon du bébé du vol HK-2803.

Deux cents mètres plus loin, son intuition fut confirmée. Il trouva sur le sol les restes d'un fruit de juan soco entamé. Il remarqua des traces de petites dents dans l'enveloppe jaune. Il conclut que ce n'étaient pas les marques d'un animal mais bien celles d'un humain : d'un enfant. Ce matin-là, si les hommes du Dragon 4 avaient eu l'impression que leurs recherches étaient vaines, ils débordaient maintenant d'une énergie et d'un empressement renouvelés.

« Le jour où nous avons retrouvé le biberon a été une grande journée qui nous a remplis d'espoir, confirme Montiel. La plupart des membres de l'équipe ont des enfants, une femme. D'une façon ou d'une autre, ça nous a motivés à poursuivre les recherches.»

Les enfants avaient survécu au crash. Mais si le biberon fournissait une sorte de réponse, les soldats du Dragon 4 n'eurent pas tellement le temps de ressasser ses implications. L'après-midi même, une nouvelle série de questions allait émerger.

Ce matin-là, Edwin Paky se balançait dans son hamac à la Casa Dumar. Le propriétaire des lieux le lui avait prêté la veille et, après cinq nuits à dormir par terre dans la forêt, cela avait été une bénédiction. L'air était maintenant rempli de moustiques. Certains avaient réussi à se glisser sous la moustiquaire et lui dévoraient les chevilles.

«Je me suis dit: "Il est 10 heures du matin, qu'est-ce que je fiche allongé là toute la journée? Je suis venu ici pour faire des recherches."»

Il se tourna vers Nestor, qui écartait des insectes de son visage. Edwin s'approcha de lui.

«Il y en a marre, sortons d'ici», lui dit-il.

Nestor et les quatre hommes d'Araracuara, ainsi qu'un garçon de 16 ans de Cachiporro nommé Alejandro, acceptèrent de suivre Edwin; Manuel et Delio restèrent à la maison. Ils prévoyaient de retourner à Cachiporro le lendemain pour tenir leur famille au courant et rapporter des vivres.

Edwin était convaincu que l'avion s'était écrasé au sud de la Casa Dumar. Le récit de Londoño concernant leur première journée de recherche, le témoignage tardif de Dumar sur le Cessna qui volait bas, les bips de la balise sur la vidéo du pilote: tous les indices convergeaient dans cette direction.

Ils repartirent dans la jungle et vers 14 heures, ils entendirent le rugissement d'une tronçonneuse. Un groupe de soldats coupaient des arbres pour dégager une clairière qui servirait d'héliport. Edwin s'approcha du capitaine qui semblait superviser les opérations. Il savait que les militaires essaieraient de les dissuader d'entrer dans la zone de recherche, mais il avait pris sa décision et il ne mâcha pas ses mots.

« On y va, annonça-t-il au capitaine. Personne ne se débarrassera de nous tant qu'on n'aura pas retrouvé notre ami. »

Le capitaine était embêté. Il voyait bien à l'expression d'Edwin qu'il se montrerait inflexible, mais il avait reçu l'ordre de ne laisser aucun civil pénétrer dans la zone de recherche. Il décida de les orienter vers un secteur situé à quelques kilomètres au nord-ouest de l'héliport. C'étaient les parties de la grille que l'armée avait déjà fouillées, les indigènes avaient donc peu de chances d'y croiser la route des commandos.

Les hommes partirent d'un bon pas. Ils tombèrent sur un chemin que s'était frayé l'équipe de recherche d'Avianline et couvrirent la distance en une heure. Ils savaient maintenant qu'ils cherchaient au bon endroit et ils se sentirent animés d'une énergie et d'une détermination nouvelles. Mais, une fois encore, le temps jouait contre eux.

À 17 heures, ils n'avaient rien trouvé. Les hommes n'avaient pas très envie de passer une nouvelle nuit dans des hamacs sous la pluie, à cinq kilomètres seulement de la Casa Dumar. Edwin entra les coordonnées de la maison et les hommes se déployèrent, jouant une nouvelle fois de la machette pour se frayer un chemin direct. L'image du toit en tôle et la perspective de manger du poisson frit accompagné de riz cuisiné par la femme de Dumar les faisaient avancer. Ils entendirent un cri.

« Regardez ! Une maison bleue ! »

C'était Alejandro, le garçon de Cachiporro. Edwin accourut.

« C'est l'avion », dit-il.

Le Cessna était à la verticale, son ventre bleu tourné vers eux. Alejandro avait pris l'avion pour une habitation. Edwin le contourna rapidement pour regarder les numéros inscrits sur la queue : HK-2803.

« C'était comme si mon corps décollait du sol, se souvient Edwin. Il y avait eu des jours d'espoir, de doute, d'inquiétude, mais enfin nous avions rempli notre mission. »

Toutefois, lorsqu'il s'approcha, il sentit son estomac se nouer. Des vautours étendirent leurs ailes et s'envolèrent. Un épais nuage de mouches bourdonnait autour de la carcasse de l'appareil. Le nez du Cessna était si enfoncé dans la terre que l'on voyait à peine le cockpit dépasser du sol.

« Au moment où j'ai vu ça, je me suis dit que personne n'avait pu s'en tirer. Pour moi, ils étaient tous morts. »

Dans la lumière déclinante, il passa du côté gauche de l'avion. Il vit les cheveux sombres d'une femme qui pendaient. Son corps atrocement décomposé était avachi vers l'avant, le dossier de son siège avait été repoussé vers le bas. En dessous d'elle, il remarqua la chemise blanche du pilote qui se détachait sur le sol de la forêt. L'autre côté de l'avion était encore plus endommagé. Dans l'obscurité grandissante, il ne put distinguer le corps de Herman.

Les autres membres de l'équipe de recherche avaient rejoint Edwin. En observant les alentours de l'avion, leur impression se confirma. Ce qui ressemblait au départ à des débris éparpillés lors du crash avait en fait été manipulé. Une chemise blanche était accrochée à une branche. Le sac à langer était ouvert et vidé. Une boîte de thon avait été bosselée par de multiples impacts et deux bouteilles d'eau vides gisaient à côté. Les enfants avaient survécu. Edwin espérait que Herman était avec eux, quelque part dans la jungle.

Les hommes se rassemblèrent. Toujours indignés de la façon dont ils avaient été écartés du véritable site de recherche, toujours méfiants à l'égard des soldats, ils se souvenaient qu'ils s'étaient engagés à annoncer la découverte eux-mêmes, de peur que l'armée ne s'en attribue le crédit. Toutefois, les difficultés logistiques de ce plan commençaient à leur sauter aux yeux. Ils n'avaient pas de housses mortuaires, pas de gants ni de masques pour évacuer les corps jusqu'à la rivière qui, à en croire le GPS, se trouvait à quatre kilomètres. Il leur faudrait au moins quatre heures pour se frayer un chemin à la machette et il faisait déjà sombre.

En fin de compte, ils décidèrent de retourner à l'héliport, où ils prévinrent les militaires. Manuel et Delio les attendaient à la Casa Dumar. Ils leur racontèrent ce qu'ils avaient découvert autour d'un plat de poisson frit. Ils ne savaient pas si le frère de Delio était vivant ou mort, mais les enfants avaient apparemment survécu au crash.

Le lendemain matin, le commando Dragon 4 d'Edwin Montiel se hâta vers le site du crash, à trois kilomètres et demi environ à l'est de l'endroit où ils avaient trouvé le biberon. Sur le chemin, ils firent une autre découverte : un abri de fortune fabriqué avec plusieurs larges palmes. À côté de l'abri, ils virent une paire de ciseaux à bouts ronds pour enfant avec une poignée violette.

Les soldats observèrent les tiges des palmes, qui semblaient avoir été découpées avec les ciseaux et paraissaient relativement fraîches. Ils estimèrent que l'abri avait été monté cinq jours plus tôt. Ils prirent des photos, transmirent les informations par radio et repartirent.

Quand ils atteignirent leur destination, rien n'indiqua d'abord qu'ils approchaient du site d'un crash.

« Nous étions persuadés que nous allions trouver des arbres abattus un peu partout et qu'il y aurait une odeur, dit Montiel. Mais alors que le GPS indiquait que nous nous trouvions à 50 mètres des décombres, on ne voyait toujours pas l'avion et il n'y avait pas de mauvaise odeur. On s'est approchés – trente mètres, vingt, quinze – et puis quand on est arrivés à dix mètres, on l'a vu. Il était totalement perpendiculaire au sol (...) il était relevé comme un mât de drapeau. C'est pour ça que les pilotes n'avaient pas pu le voir : il était totalement masqué par les grands arbres. »

Conformément à son entraînement, le commando Ares 3 commença par installer un périmètre de défense. L'équipe de Montiel entreprit de dégager la zone autour de l'avion. Accrochant des poulies et des cordes aux branches des arbres, ils soulevèrent l'appareil en le tirant par la queue. Sous la carcasse, côté pilote, ils identifièrent le corps du capitaine Hernando Murcia. Ils retrouvèrent aussi la dépouille de Herman Mendoza, dont le corps avait été enfoncé dans le sol. Sa tête gisait quelques dizaines de centimètres plus loin, sous des morceaux de l'avion.

L'équipe indigène apprit les sinistres nouvelles par radio depuis la Casa Dumar. Ils se tournèrent vers Delio qui fixait le sol, prostré.

« J'avais toujours espéré qu'on retrouve Herman vivant, m'a-t-il confié trois mois plus tard. J'avais prié pour qu'il trouve quelque chose à manger, qu'il parvienne à se mettre à l'abri. Quand j'ai reçu la nouvelle, ça a été douloureux bien sûr, et j'ai pensé à ce qu'il avait dû endurer, à ses dernières paroles. C'était vraiment triste, l'état dans lequel ils l'ont retrouvé, sa tête détachée de son corps, sans parler des vers. »

Ce matin-là, les hommes entourèrent Delio. Ils le prirent dans leurs bras et lui donnèrent de l'ambil pour le soutenir durant le trajet. Quand il découvrit ce qui restait de son frère, il tomba à genoux, tête baissée, en répétant doucement « *Hermanito* », ce qui signifie à la fois « petit Herman » et « petit frère ».

Manuel aussi était désespéré. La prédiction de la voyante lui assurant que sa famille avait survécu au crash l'avait mené jusque-là. Il était choqué de découvrir le corps de Magdalena, replié dans son fauteuil, et dont il ne restait guère plus que les cheveux et les os.

Quand il repense à ce moment, sa voix se brise et ses yeux se remplissent de larmes.

« C'était terrible, souffle-t-il. Jusqu'à ce moment, j'ai cru qu'ils étaient tous encore en vie. »

Le plan de Manuel pour aider Magdalena et les petits à fuir la jungle avait connu une issue tragique. Sa compagne, la mère de ses deux enfants, était morte. Quand il s'éloigna de l'avion, le souffle lourd, s'efforçant de maîtriser ses émotions, quelque chose attira son regard. Dans les feuilles qui tapissaient le sol, il vit la gangue d'un copuazú. Il enterra alors son chagrin sous une détermination renouvelée.

« J'ai vu qu'ils avaient dormi là, il y avait les traces de ce qu'ils avaient mangé. Les soldats avaient aussi retrouvé le biberon. Ça nous a donné de la force, ça nous a rechargés, ça a soigné nos blessures. Nous avions trouvé l'avion : il fallait maintenant retrouver les enfants. »

De l'avis des indigènes, ils n'avaient pas pu aller bien loin, et cette après-midi là, les prières de Manuel furent exaucées. À 15 h 30, ils apprirent par transmission radio que les enfants avaient été retrouvés. Un pilote d'Avianline était arrivé avec des provisions à Cachiporro, où des habitants lui avaient dit que les enfants avaient été vus sur une lancha qui voguait vers l'aval. Ils arriveraient à Cachiporro avant 17 heures.

Les soldats voulaient vérifier cette information, mais les nouvelles allaient vite. L'OPIAC, l'organisation de défense des droits des indigènes à laquelle appartenait Herman Mendoza, l'annonça dans son émission de radio.

« Nous pouvons aujourd'hui confirmer que les enfants ont été retrouvés par l'équipe de recherche indigène », déclara l'un des directeurs de l'organisation. Puis, signe de l'animosité que générait encore la conduite des opérations, il ajouta : « C'est un immense accomplissement qu'a réussi l'équipe indigène. Cependant, les médias et certaines institutions cherchent à escamoter son travail. »

À 16 h 43, le président Gustavo Petro posta une publication sur X à destination de ses 7 millions de followers.

« Après un intense travail de recherche mené par nos forces armées, nous avons retrouvé vivants les quatre enfants qui avaient disparu lors de l'accident aérien dans le Guaviare. C'est une joie immense pour tout le pays », écrivait-il.

Mais ce n'était pas terminé. Ça ne faisait que commencer. À 17 heures, les enfants n'étaient toujours pas là. Les ténèbres tombèrent sur la jungle et sur les espoirs de l'équipe de secours.

LA VORÁGINE

La jungle les avala.

Jusqu'à l'émergence de Gabriel García Márquez, les derniers mots de *La Vorágine*, le roman de José Eustasio Rivera publié en 1924, demeurèrent les plus célèbres de la littérature colombienne. Le récit se présente comme le journal d'un jeune poète urbain qui s'aventure en Amazonie à la recherche de son amour disparu. Il se retrouve toutefois rapidement désorienté par « une incessante monotonie de vert ». Dans cette « prison d'émeraude », il commence à perdre la raison et les marques de la folie s'insinuent dans son écriture comme un virulent champignon de la jungle.

Bien que Rivera ait d'abord conçu *La Vorágine* comme une critique du commerce du caoutchouc, ce sont bien ses descriptions fleuries d'une jungle terrifiante qui ont marqué des générations d'élèves colombiens. Le roman conforta la grande majorité des habitants des vallées andines ou de la côte caribéenne dans l'idée que la jungle du sud du pays était un enfer vert, un lieu exceptionnellement hostile pour l'intégrité physique et psychologique de quiconque s'y aventurait.

Ainsi, quand la découverte du Cessna et des différents indices indiquant que les enfants avaient survécu fut rendue publique, les journalistes en quête d'inspiration ressortirent leurs exemplaires poussiéreux de *La Vorágine*. « La jungle les a-t-elle avalés ? » titra un journal.

La nouvelle du sauvetage des enfants s'était révélée fausse. Le lendemain de son annonce, le président Petro effaça son message. Les médias locaux et internationaux corrigèrent hâtivement les versions web de leurs articles.

La source de la fausse nouvelle ne fut jamais identifiée. D'après Fredy Ladino, les habitants de Cachiporro avaient entendu sur les ondes courtes que les enfants avaient été vus sur une lancha. Quand ils en informèrent un pilote d'Avianline et que celui-ci mit à son tour la compagnie au courant, un militaire présent dans la salle des opérations fit fuiter l'information à la presse. Qui était responsable du message radio initial ? Était-ce une simple erreur ou un canular ? Ces questions restèrent sans réponses et tombèrent bientôt dans l'oubli tandis que le pays se passionnait pour la disparition des enfants.

Deux semaines s'étaient écoulées depuis l'accident du Cessna et rares étaient les Colombiens qui croyaient encore que l'on retrouverait des survivants. Le pays a une longue histoire de catastrophes aériennes. Outre les pilotes auxquels rend hommage le monument de Villavicencio, on compte d'innombrables accidents restés dans les mémoires. En 1989, un Boeing 727 fut abattu sur les ordres de Pablo Escobar. Six ans plus tard, un 757 s'écrasa dans les montagnes près de la ville de Cali. En 2016, un charter tomba en panne d'essence et s'écrasa dans les forêts autour de Medellín, tuant toute une équipe de football brésilienne. Mais, dans le cas du Cessna disparu, on semblait soudain entrapercevoir l'espoir d'une fin heureuse.

C'était devenu le plus gros sujet de l'année. Quand ils écoutaient les infos, les Colombiens espéraient entendre des nouvelles des recherches ou découvrir de nouveaux indices. Sur Internet, des groupes échangeaient des théories sur ce qui avait pu arriver aux enfants. Le centre de commandement de San José del Guaviare fut inondé d'appels de médiums donnant des instructions sur de nouvelles zones à fouiller. Les médias internationaux intensifiaient leur couverture.

La pression montait pour le général Pedro Sánchez. Les familles des enfants étaient furieuses qu'on leur ait fait miroiter de faux espoirs. Elles publièrent un communiqué de presse dans lequel elles condamnaient la désinformation et rappelaient aux médias que « leur santé physique et mentale n'[était] pas un jeu ». Pendant ce temps, les groupes indigènes ne décoléraient pas que la découverte de l'avion ait été attribuée aux militaires. Le président Petro, embarrassé par sa publication prématurée, avait plus que jamais besoin d'une issue heureuse.

Or s'il avait déjà été difficile de retrouver l'avion, localiser quatre enfants errant dans la jungle serait infiniment plus dur. Une nouvelle étape, plus intense, venait de commencer. Sánchez la baptisa Opération Espoir.

« Il nous fallait des renforts, dit Sánchez. Pour moi, c'était le moment ou jamais. Nous avions cinq jours tout au plus pour les retrouver. »

Le 18 mai, trois autres commandos furent parachutés dans la jungle et d'autres équipes furent mobilisées pour les rejoindre. Quand arriva le mois de juin, le camp de base intermédiaire de Calamar abritait seize équipes et son hélicoptère Huey faisait des allers et retours jour et nuit pour livrer en rappel de la nourriture lyophilisée, des bombonnes de gaz pour réchaud et des bombes antimoustiques. La zone de recherche fut étendue et mesurait désormais dix-sept kilomètres sur dix-neuf afin de tenir compte du fait que les enfants avaient pu s'aventurer au-delà de la zone initiale.

En plus des renforts, une nouvelle approche était nécessaire. L'équipe d'Edwin Paky avait découvert l'avion dans un quadrant préalablement fouillé par les militaires. Compte tenu de l'épaisseur de la végétation et de la visibilité limitée, les itinéraires de patrouille en forme de X n'étaient visiblement pas efficaces. Il restait bien trop de terrain au milieu du quadrant qui échappait à leurs recherches.

Un nouveau motif en zigzag fut adopté. Les militaires traversaient donc chaque quadrant en faisant des allers et retours espacés de vingt mètres. Cela impliquait que chaque soldat marche maintenant douze kilomètres, faisant passer le temps de fouille d'un quadrant de trois à quatorze heures. Un commando ne pouvait plus couvrir qu'un kilomètre carré par jour, les obligeant à poursuivre de nuit, équipés de lunettes à infrarouge. L'idée d'opérer furtivement avait été abandonnée. Les soldats criaient maintenant le nom de Lesly.

L'armée de l'air largua des centaines de kits de survie contenant des sachets de nourriture et des solutions de réhydratation. Dix mille prospectus demandant aux enfants de rester où ils étaient voletèrent parmi les arbres. Le Huey fut équipé d'une énorme enceinte ronde qui sortait de sa porte latérale. Tandis que l'hélicoptère tournoyait au-dessus de la jungle, il diffusait un message assourdissant enregistré par la grand-mère des enfants, qui disait à Lesly de rester où elle était car les soldats les cherchaient.

Au centre opérationnel de San José del Guaviare, la centaine d'agents du renseignement, navigateurs et logisticiens étaient à pied d'œuvre seize heures par jour. Ils avaient troqué leurs uniformes militaires pour des tenues civiles et semblaient fatigués et usés. Des assiettes sales et des canettes traînaient sur les bureaux. Ils ressemblaient à des étudiants bûchant pour leurs examens.

Le 20 mai, la base reçut un visiteur inattendu. Petit, il portait une ample chemise blanche avec un col brodé de formes géométriques sur son torse puissant et un chapeau rond à larges bords en palme. Alors que la nouvelle de son arrivée se propageait dans les couloirs, les équipes échangèrent des regards entendus. Voilà qui promettait d'être gênant.

La réputation de Giovani Yule le précédait. Il était membre des Nasa, un peuple du sud des Andes colombiennes, où l'État et les groupes indigènes étaient en conflit depuis des générations. Âgé de 55 ans, il s'était fait un nom en organisant des grèves, des marches et des manifestations contre l'État. C'était aussi un allié du président Petro, qui l'avait intégré à son gouvernement afin de mener une politique de restitution des terres aux Colombiens déplacés à cause de violences. Il était inflexible et pugnace, et il ne cachait pas son antipathie à l'égard des forces armées.

« Historiquement, chaque fois que les indigènes se sont battus pour leurs droits, c'est aux forces de l'ordre qu'ils ont dû faire face, m'a-t-il expliqué plus tard. C'étaient eux qui nous gazaient et nous frappaient dans les manifs. Les forces de l'ordre ont tué beaucoup de mes compagnons. Quand je suis arrivé [sur la base militaire], c'était avec une profonde méfiance. »

Yule était accompagné d'une douzaine de membres de la Garde indigène. Le général Sánchez les accueillit, serra la main de Yule et les conduisit dans la salle des opérations. Une grande carte était accrochée au mur ; elle était presque totalement verte à l'exception des boucles bleues du río Apaporís, en haut à droite. Des photos du biberon, des traces de pas des enfants et des fruits mâchés étaient punaisées à côté des emplacements où ils avaient été retrouvés. Des dizaines de petits carrés rouges marquaient les lieux où les soldats avaient passé la nuit. Sur la grille, les quadrants qui avaient été fouillés étaient hachurés en noir. Ces carrés s'étendaient maintenant sur huit kilomètres à l'ouest et au sud-ouest du lieu où l'avion s'était écrasé.

Sánchez proposa un café à Yule. Celui-ci préféra prendre de l'eau et alla droit au but. Il était venu porter des directives présidentielles. Il était là pour sécuriser l'entrée dans la jungle de nouvelles équipes de recherche indigènes.

Le général Sánchez se trouvait dans une position inconfortable. Un général colombien à l'ancienne aurait perçu cette intrusion comme une mise en cause de son autorité opérationnelle, avec l'aval de la présidence. Les forces armées avaient traditionnellement une très mauvaise opinion de la légitimité et des pratiques des forces de sécurité de la Garde indigène que Yule représentait. Deux mois plus tôt, les forces de l'ordre colombiennes avaient été choquées par le meurtre brutal d'un policier à Caquetá. Les coupables étaient des membres de la Garde Campesino, une organisation sœur composée de membres non indigènes de la classe ouvrière rurale. Pour les opposants de Petro, il était évident que ses attaques politiques contre les militaires avaient sapé l'autorité de l'armée, fragilisé la sécurité des zones rurales et encouragé ceux qui étaient prêts à se liguer en milices afin de commettre des crimes aussi choquants. Si Sánchez ne partageait pas cette opinion, il savait que c'était le cas de beaucoup de ses collègues et il était tout à fait conscient de l'image que tout cela renverrait.

«Je me suis dit: "Si un militaire, actif ou à la retraite, me voyait, il se dirait que je suis un indigène en train de recevoir les ordres de tueurs de policiers", admet-il a posteríori. Mais j'ai décidé de lui donner toutes les informations dont nous disposions pour bâtir une relation de confiance et lui prouver que nous faisions les choses comme il le fallait.»

Il informa Yule et ses compagnons des nouvelles mesures mises en place dans le cadre de l'Opération Espoir. Mais pour ce qui était des demandes du leader indigène, le général savait qu'il devait se montrer prudent. Les équipes de recherche civiles avaient déjà fait leurs preuves sur le terrain, mais l'arrivée de dizaines de personnes supplémentaires risquait de mettre en péril l'intégrité opérationnelle de la mission et de mettre des vies en danger.

« Je leur ai dit que le plus important était de rechercher les enfants, mais que la deuxième priorité était que chacun connaisse sa place. Je leur ai rappelé que nous étions la force légitime de l'État et que nous avions le monopole des armes. Mais nous savions aussi qu'ils possédaient d'immenses connaissances et qu'ils étaient là pour aider, et qu'il serait donc plus facile de retrouver les enfants en unissant nos forces et en travaillant ensemble. »

Il avait visé juste. Yule semblait trouver ces termes raisonnables. Pour finir, Sánchez lui raconta un peu son histoire. Il venait d'un milieu modeste, avec un père maçon et une mère institutrice dans une petite ville au nord de Bogotá, et il avait gravi les échelons dans le milieu élitiste de l'armée colombienne grâce à son propre mérite. Il avait aussi du sang indigène. Ses grands-parents étaient des Guane, un peuple qui avait été pratiquement éradiqué pendant la conquête espagnole.

Yule se leva de son fauteuil et traversa la pièce. Il ouvrit grand les bras et étreignit Sánchez.

« C'est la première fois de ma vie que je prends dans mes bras un général de l'armée colombienne », lui souffla-t-il à l'oreille.

Ce simple geste, cette étreinte, marqua les débuts d'un nouvel esprit de coopération entre l'armée et les équipes indigènes sans lequel les enfants n'auraient peut-être jamais été retrouvés.

Au cours des semaines suivantes, la recherche de Lesly et de ses frère et sœurs prit un tour résolument indigène. Yule fit circuler des messages à travers son réseau de communautés, qui s'étendait sur tout le pays. Il leur demandait d'accomplir une « *minga* spirituelle ».

Dans les communautés indigènes, une minga est un processus par lequel différents clans et groupes se rassemblent pour poursuivre un but commun. Grâce aux mingas, on déboise des parcelles pour les cultures et on bâtit des maisons, on organise des manifestations. En l'occurrence, Yule demanda aux divers groupes indigènes du pays de se rendre sur leurs sites sacrés et d'accomplir leurs rituels pour implorer les esprits et Mère Nature de ramener les enfants sains et saufs.

Durant les jours qui suivirent, il reçut des messages et des vidéos de rituels envoyés par les Wayuu des déserts du Nord, les Kogi des montagnes enneigées et de nombreuses communautés amazoniennes.

« Ils m'appelaient pour me dire qu'ils avaient ouvert une voie spirituelle sur laquelle nous pourríons avancer en sécurité, raconte-t-il. Ils disaient que les enfants étaient encore en vie, qu'ils étaient faibles mais que nous allions les retrouver. »

Le 21 mai, cinquante hommes se tournèrent vers la jungle, au sud, formant un demi-cercle dans l'herbe de la base militaire. Soldats et indigènes – dont Sánchez et Yule – se tenaient par les épaules. Yule mena le rituel, priant les esprits de la jungle de les autoriser à passer en sécurité. Puis les renforts indigènes grimpèrent dans les hélicoptères qui attendaient sur le tarmac.

Une fois qu'ils furent partis, Sánchez franchit les grilles de la base pour se confronter à une forêt de micros et à une tempête de questions. Les enfants étaient-ils toujours vivants ? Comment se faisait-il que les bataillons d'élite du pays n'arrivent pas à retrouver quatre enfants dans la jungle ? Quelle était son opinion quant à l'intégration de nouvelles équipes indigènes ?

Sánchez répondit avec une autorité calme. Les enfants étaient encore en vie, assura-t-il.

La triste vérité était que les chiens renifleurs, qui étaient déjà sur les lieux depuis plusieurs jours, auraient facilement retrouvé leur corps s'ils étaient morts. Le problème, c'était que les enfants se déplaçaient et il était même possible qu'ils se cachent des sauveteurs.

« Il ne s'agit pas ici de chercher une aiguille dans une botte de foin. Il faut retrouver une minuscule puce sur une grande moquette car ils sont tout le temps en mouvement », dit-il.

Les journalistes le pressèrent de questions. Le général promit que les enfants seraient retrouvés d'ici quelques jours. L'opération de sauvetage durait depuis trois semaines. Alors qu'il exposait les complexités du terrain et du climat, la voix de Sánchez sembla se briser. Ça ne dura qu'une seconde. Il déglutit, cligna des yeux et poursuivit. Mais tout le monde perçut cette fêlure dans l'armure du stoïque militaire. Un an plus tard, je lui ai demandé ce qu'il avait ressenti à cet instant.

« De l'impuissance, m'a-t-il répondu. De l'impuissance et une terrible douleur. »

PROSPECTUS

«… Grand-mère Fatima, tu me comprends. Tu dois rester… »

Les enfants regardèrent tout autour d'eux, paniqués. La voix de leur grand-mère semblait sortir des arbres et gonfler aussi soudainement que le vent avant de s'évanouir, couverte par un bourdonnement cadencé.

Soleiny et Tien jetèrent un regard autour d'eux puis se tournèrent vers leur sœur dans l'attente d'une explication. Lesly n'en avait pas mais elle se dirigea dans la direction du bruit. La douleur dans sa jambe commençait à se calmer et elle marchait plus vite, même si elle glissait en chaussettes dans la boue.

«… vous cherchent… Lesly. C'est ta grand-mère Fatima, tu… »

Cette fois-ci, la voix de leur grand-mère sembla passer devant eux avant de disparaître dans la forêt, sur leur droite. Lesly changea de direction et se mit à courir à travers le sous-bois, les fougères et les branches fouettant son jean. Mais la voix se fit alors entendre derrière elle.

« C'était Mamie ? » demanda Soleiny. Lesly ne savait pas quoi lui répondre.

Au cours de la semaine écoulée, la *monte* était devenue plus mystérieuse encore. Les enfants étaient désorientés et tournaient en rond, essayant de trouver des signes d'une présence humaine. Ils commençaient à perdre les objets dont ils avaient le plus besoin.

Ce fut d'abord Tien qui, bien décidé à continuer en chaussettes comme Lesly, abandonna ses baskets boueuses. Mais il eut vite des ampoules et des coupures aux pieds et Lesly dut découper avec les ciseaux des bandes de tissu sur les vêtements qu'ils transportaient afin de lui envelopper les pieds. Ils perdirent ensuite les ciseaux, en même temps que l'une des bouteilles d'eau. Quand vint la nuit, Lesly dut tirer et tordre les palmes à mains nues et finit par mordre la tige fibreuse pour détacher la grande palme de l'arbre.

Un soir, alors qu'elle voulait mélanger la fin de la fariña avec de l'eau pour le repas de Cristin, Soleiny lui avoua qu'elle avait oublié le biberon quelque part dans la forêt. Pour la première fois depuis leur accident, Lesly perdit patience avec sa sœur. Comment était-elle censée nourrir Cristin sans le biberon ? Elle regarda autour d'elle et ramassa une large feuille ronde. Elle en replia les bords pour en faire un creuset dans lequel elle mélangea de la fariña et de l'eau. Elle versa délicatement la mixture dans la bouche de Cristin.

Alors qu'ils se reposaient contre un arbre tombé, ils entendirent des voix d'hommes qui criaient le nom de Lesly. Comme ils approchaient, elle distingua leur uniforme vert et le fusil qu'ils portaient à l'épaule. Soudain apeurée, Lesly prit Tien et Soleiny par le bras et les tira sous le tronc d'arbre. Les hommes s'approchèrent encore, jusqu'à ce que l'appel de son nom recouvre tous les autres bruits de la jungle. Ils passèrent à dix mètres du tronc d'arbre. Lesly plaqua la main sur la bouche de Cristin pour l'empêcher de crier.

Quelques jours plus tard, le 30 mai, Lesly conduisit les enfants à une petite clairière. Elle vit sur le sol un morceau de papier rouge vif. Elle le ramassa et lut le message qu'il comportait, rédigé en espagnol et dans sa langue maternelle.

Nous vous cherchons
Ne vous déplacez plus, restez près d'un fleuve ou d'une rivière
Faites du bruit
Faites de la fumée
Nous allons vous sauver. Nous sommes tout près. Votre grand-mère Fatima et la famille vous cherchent.

Lesly sortit la moustiquaire de son sac à dos et l'accrocha à un arbre. Les enfants vinrent se placer en dessous. Ils attendirent.

UNE ALLIANCE IMPROBABLE

Juan Felipe Montoya était issu d'une lignée de militaires. Son père était dans l'armée colombienne, comme son grand-père avant lui. Il avait grandi entouré d'hommes en uniforme, s'imprégnant de leur profond sens du devoir à l'égard de leur pays et jamais il n'avait envisagé une autre carrière. Il entra à l'école militaire à 16 ans et, après deux ans de service actif seulement, ses supérieurs furent convaincus qu'il avait le potentiel pour rejoindre les forces spéciales.

Quand je l'ai rencontré en août 2023, dans un petit appartement sur une base militaire située dans le nord de Bogotá, il rentrait tout juste d'une autre mission dont il ne pouvait rien me dire. Le salon était jonché de jouets. Sur un mur, il y avait des traits de feutre à hauteur du genou, œuvre de sa fille de 2 ans. Le cri d'un nourrisson s'échappait de temps à autre de la chambre voisine.

Avec sa mâchoire carrée, ses avant-bras saillants et ses cheveux coupés court qui ne pouvaient dissimuler un début de calvitie, Montoya avait hérité d'un surnom inévitable. Les hommes de Destroyer 1 appelaient leur lieutenant de 24 ans « Popeye ». Il peut être difficile pour un jeune officier de gagner le respect des vétérans chevronnés sous son commandement, mais Montoya avait déjà prouvé son courage au combat et, surtout, avait la réputation de posséder un très bon instinct.

« Popeye faisait toujours preuve d'une grande acuité et d'une forte capacité d'écoute, témoigne le sergent Juan Carlos Rojas, son second, âgé de 34 ans. Ça ne sert à rien de jouer les durs si vous n'avez pas le talent pour coordonner les opérations et prendre les bonnes décisions. Nous lui faisions pleinement confiance. »

L'après-midi du 17 mai, Montoya avait mis cette confiance à l'épreuve. Deux des hommes de Destroyer 1 patrouillaient sur leur quadrant quand ils repérèrent des silhouettes noires qui se déplaçaient dans les fourrés. Ils s'accroupirent, levèrent leur fusil et pressèrent leur œil contre la lunette.

« C'était un moment critique, se souvient Montoya. Mes hommes étaient préparés au combat et ils étaient prêts à presser la détente. »

Les soldats restèrent immobiles. Impossible de voir à travers l'épais feuillage si les inconnus étaient armés. Quand les silhouettes furent à moins de 30 mètres, ils leur crièrent de lever les mains au-dessus de la tête et d'avancer doucement. Les visages éberlués de Manuel Ranoque, Henry Guerrero et du reste de l'équipe de recherche d'Araracuara émergèrent entre les arbres.

Les soldats transmirent la nouvelle de leur rencontre à Montoya, resté à la base située au centre du quadrant. Le lieutenant savait qu'il ne pouvait pas laisser ces hommes se promener dans la zone de recherche. S'ils croisaient une autre escouade, les choses ne se régleraient peut-être pas aussi pacifiquement. Il dit aux deux soldats de revenir avec ces hommes.

Quand ils arrivèrent, la première chose qui frappa Montoya fut leur manque d'équipement. Ils avaient des machettes mais pas de hamac et à peine de quoi manger. Manuel portait le même tee-shirt noir imbibé de sueur depuis plus d'une semaine. Henry Guerrero était chaussé d'une paire de baskets à moitié défoncées. L'un des soldats alluma le réchaud et ouvrit une ration. Bientôt, les hommes d'Araracuara s'assirent en cercle pour dévorer les pâtes Alfredo dans leur sachet en aluminium fumant.

Manuel demanda à utiliser le téléphone satellite pour appeler sa voyante. Ils l'observèrent prononcer quelques mots dans le combiné, hocher la tête plusieurs fois et raccrocher. Il se tourna vers les soldats et leur dit qu'à 250 mètres à l'ouest de l'endroit où ils avaient ramassé le biberon, ils trouveraient d'autres traces du passage des enfants.

Rojas, le fusilier mitrailleur sombre et élancé, regarda son commandant sortir son GPS, rentrer des coordonnées et partir dans la pénombre, flanqué de Manuel et de deux secouristes indigènes. *Comment est-ce qu'on est censés expliquer à la base qu'on a lancé une expédition sur les ordres d'une voyante ?* se demanda-t-il. *Ils vont se dire qu'on est devenus fous, on n'est pas censés faire ça.*

Deux heures plus tard, il vit revenir Montoya, une drôle d'expression sur le visage. Celui-ci prit directement le téléphone satellite et appela San José del Guaviare. Ils avaient retrouvé des traces de pas des enfants près d'une rivière. « Grande nouvelle, soldat, poursuivez, continuez de travailler main dans la main avec les indigènes », lui répondit-on.

Rojas prenait conscience que cette mission ne ressemblerait à aucune autre.

Au fil de la conversation avec les indigènes ce soir-là, la pitié qu'éprouvait Montoya pour leur condition se mua peu à peu en admiration. C'était une bande d'hommes robustes, déterminés, unis par une cause commune, mais il y avait quelque chose chez Manuel – l'intensité de son regard, l'énergie refoulée que trahissait son langage corporel – qu'il trouvait particulièrement frappant. Il promit à Montoya qu'il ne quitterait pas la jungle avant d'avoir retrouvé ses enfants. « Il avait l'air d'un homme qui n'a rien à perdre, résume le soldat, en pensant à ses propres enfants, qu'il avait laissés à Bogotá.

Je suis père moi aussi et je savais qu'à sa place, j'aurais pris la même décision.»

Ce fut un moment de fraternité et d'empathie entre des équipes de recherche jusqu'alors concurrentes. Le lieutenant Montoya se demanda s'ils pourraient être un atout pour les recherches. Il décida de laisser passer la nuit avant de répondre à cette question.

Alors que l'obscurité s'épaississait, il invita les indigènes à passer la nuit au camp. C'était une sérieuse entorse au règlement. Les commandos n'autorisent jamais des étrangers à dormir parmi eux et le sergent Rojas était méfiant.

Cette nuit-là, il ordonna à ses hommes de rester en alerte et de tenir ces nouveaux venus à l'œil.

«Nous avons gardé nos armes dans nos sacs de couchage et nous avons pris soin de ne rien laisser traîner dans le camp», reconnaît Rojas.

Quand vint son tour de monter la garde, il suivit attentivement du regard Henry Guerrero quand celui-ci se leva au milieu de la nuit et gagna les abords du camp pour soulager sa vessie avec un soupir satisfait.

Le lendemain matin, Montoya proposa aux indigènes de rejoindre l'équipe de recherche Destroyer 1. Durant la journée, les hommes d'Araracuara patrouillaient avec les soldats à travers les différents quadrants. Le soir, Manuel Ranoque était invité à écouter sur la radio les rapports des différents groupes. Nul n'était plus impatient de recevoir des nouvelles et de comprendre comment l'ensemble de l'opération progressait. Les indigènes furent surpris de l'accueil que leur réservèrent les membres du commando, de la quantité de nourriture et de médicaments qu'ils partagèrent avec eux, des informations que les militaires leur fournirent.

«C'étaient des mecs super, dit Manuel. Ils nous ont mis en sécurité, nous ont nourris, aidés. On marchait ensemble toute la journée et nous sommes pratiquement devenus des amis. »

Les soldats remarquèrent que, malgré leurs vêtements rapiécés et leur manque de vivres, l'équipe de recherche indigène obéissait à une organisation assez similaire à la leur. Ils avaient un ordre de marche, un navigateur, un soigneur. La différence tenait au fait que le navigateur observait le soleil plutôt qu'un GPS et que le soigneur avait recours aux plantes de la forêt plutôt qu'à des pilules et des pansements.

Les soldats mirent leurs compétences à l'épreuve. Ils demandaient aux indigènes de trouver, par exemple, un endroit situé à 300 mètres au nord-est. Ils regardaient alors les Uitoto et les Muinane prendre leurs repères par rapport au soleil, choisir un arbre comme point de référence et mesurer la distance en marchant. Quand les soldats les rejoignaient à l'endroit où ils s'étaient arrêtés et qu'ils consultaient leur GPS, ils découvraient que les hommes se trompaient rarement de plus de dix mètres.

Henry Guerrero était particulièrement enthousiaste à l'idée d'exposer le savoir-faire paisano. Il identifiait des plantes rampantes riches en eau et montrait aux soldats comment en extraire le liquide, il leur montra aussi comment tisser des palmes pour se faire un abri quasiment étanche. Un jour, il se dirigea vers un ruisseau peu prometteur et en revint les bras chargés de sabaletas, que les deux équipes cuisinèrent et partagèrent ce soir-là.

La plus grande révélation fut toutefois le mambé. Les soldats, dont le métier consistait à traquer les trafiquants de cocaïne, étaient invités à goûter les feuilles de coca réduites en poudre. Les indigènes leur montrèrent comment humidifier le mambé avec de la salive et le pousser entre la gencive et la joue avec sa langue. C'était un signe de respect et d'acceptation. Dans toute l'Amazonie et parmi les communautés uitoto des grandes villes, un bon sachet de mambé est une source de fierté et l'un des meilleurs cadeaux que l'on puisse offrir.

À partir de ce moment-là, les soldats se mirent à patrouiller les joues pleines. Les chiques de mambé tenaient à la fois lieu de coupe-faim et de stimulants.

« Ça donne vraiment une impression de puissance, admet Montoya en attrapant un sachet de poudre verte sur un rayon de sa bibliothèque à Bogotá. Ça marchait vraiment bien dans la jungle. »

Le lieutenant surnommé Popeye carburait désormais à la version uitoto des épinards.

Le soir, pendant que les soldats se reposaient dans leur hamac, les indigènes allumaient un feu, distribuaient le mambé et discutaient dans leur langue maternelle. Une nuit, la voix de Manuel s'éleva par-dessus les autres, triste et cadencée, comme s'il priait. Le lendemain, Montoya demanda à Henry Guerrero de quoi ils avaient discuté. Manuel avait parlé d'un combat avec les esprits de la jungle qui avaient dévoré ses enfants. Il demandait maintenant leur retour.

Le 23 mai, 92 nouveaux volontaires indigènes, dont des renforts venus d'Araracuara, des Nasa de la région du Cauca et un groupe de dix Nukak, la dernière communauté nomade du pays, pénétrèrent dans la jungle. Ils furent assignés à différents commandos et leur impact se fit immédiatement ressentir. À 17 heures, dans une zone située à 500 mètres seulement de l'épave, les Nukak repérèrent deux couches, un étui de téléphone portable, un autre abri en palmes et une paire de petites baskets bleues.

Le lendemain était le jour du premier anniversaire de Cristin. À l'initiative de Manuel, les soldats et les indigènes chantèrent « Joyeux anniversaire » en son honneur.

Trois jours plus tard, alors qu'une équipe mixte patrouillait dans une zone à un kilomètre à l'ouest de l'endroit où le biberon avait été retrouvé, l'un des hommes d'Araracuara appela tout le monde. Juste à côté, sur les berges molles d'un ruisseau, il y avait deux traces de pas: l'une laissée par un enfant, l'autre par un animal, peut-être un chien. Elles semblaient fraîches, vieilles de quelques jours à peine, et n'avaient pas été effacées par la pluie. Les soldats étaient passés devant sans les remarquer, mais elles n'avaient pas échappé à l'œil d'un Uitoto. Montoya était admiratif des talents de traqueur de ses nouveaux compagnons.

« On a compris que ces gars étaient très forts, dit-il. Ils nous ont démontré qu'il y avait d'autres techniques de survie dans la jungle que celles enseignées dans les forces spéciales. »

Les empreintes ajoutaient de nouveaux éléments à une carte parsemée d'indices confus. Les preuves de la survie des enfants étaient regroupées en deux ensembles distincts. Le premier se trouvait autour du site de l'accident, là où les Nukak avaient identifié les couches et les baskets. Le deuxième était à deux kilomètres à l'ouest, là où le commando Dragon 4 avait retrouvé le biberon le 15 mai. L'abri, les ciseaux et le juan soco mâché avaient été découverts à proximité. Il y avait aussi des indices isolés au nord et à l'ouest de ce groupe-ci: un autre abri et l'un des kits alimentaires largués dans la jungle, qui avait été ouvert mais dont le contenu était intact.

D'autres empreintes avaient été retrouvées à deux kilomètres au nord. Il semblait impossible que les enfants aient couvert de telles distances alors que la zone grouillait d'équipes de recherche. L'épais tapis de feuilles et la pluie masquaient les empreintes, mais l'idée que les traqueurs aguerris n'aient pas trouvé davantage de traces du passage des enfants dans la jungle défiait l'entendement.

Henry Guerrero avait une explication. À différentes reprises, ils avaient débouché sur d'étranges clairières au milieu d'une végétation très dense. Pour Henry, il s'agissait de maisons spirituelles, plus exactement les malocas des esprits de la jungle. Lui et d'autres membres de l'équipe indigène sentaient leur présence, l'énergie sombre qu'ils dégageaient. Il en était arrivé à une conclusion déplaisante. Les enfants avaient été enlevé par un *duende*.

La mythologie amazonienne regorge de créatures mystiques et d'esprits malfaisants. Les gardiens de la forêt nichés dans les arbres punissent les chasseurs trop zélés. Les hommes reptiliens des rivières provoquent des crues soudaines ou attirent des jeunes filles vers la mort dans les eaux des cours d'eau. Bien que le terme « duende » vienne du folklore espagnol, il fait référence en Amazonie à un esprit polymorphe, qui sympathise avec ceux qui sont perdus dans la jungle et propose de les aider, pour mieux les attirer au fond de la *monte*. Parfois, il prend la forme d'un animal, d'autres fois celle d'un ami ou de l'être aimé.

Henry fit part de son inquiétante théorie aux militaires. Les enfants avaient réchappé du crash et avaient atteint le lieu où le biberon avait été retrouvé. C'était là qu'ils avaient été capturés par le duende, qui avait probablement pris la forme d'un tapir et les avait emportés sur son dos. Il les menait d'un point à un autre, leur permettant de boire l'eau des rivières, ce qui expliquait que des empreintes aient été retrouvées à des endroits éloignés les uns des autres. Le duende nourrissait et protégeait les enfants, mais il empoisonnait aussi leur esprit, les poussant à abandonner leurs objets et les empêchant d'appeler au secours.

Le commando Dragon 4 patrouillait quelques kilomètres plus loin quand la théorie du duende fut diffusée sur les radios des différentes escouades. Montiel se tourna vers l'un de ses hommes, qui avait grandi dans les jungles du Caquetá, pour lui demander s'il croyait qu'une telle bête pouvait réellement exister. « Je sais qu'elle existe », répondit-il, à sa grande surprise.

Sur un ton qui était de moins en moins celui de la plaisanterie, les soldats du groupe de Montiel se mirent à attribuer les événements étranges qui se produisaient dans la forêt au duende. Il y eut la fois où les aiguilles de leurs boussoles se mirent à tourner pendant une heure sans s'arrêter, leur faisant perdre leurs repères et les obligeant à mettre une heure pour parcourir 100 mètres. Un soldat avait beau faire des doubles nœuds à ses rangers, il les retrouvait chaque fois délacées, comme si une main facétieuse avait tiré dessus.

D'autres commandos faisaient part d'événements similaires. Des hommes se retrouvaient soudain incapables de faire un pas, comme s'ils étaient retenus par une force invisible. Des branches se décrochaient des arbres sans raison. La nuit, leur hamac se mettait à se balancer tout seul, et les bruits de fond de la jungle – les chants des oiseaux et les grognements des animaux – se fondaient en un sinistre rire humain. Les soldats contractaient la malaria ou ressentaient le picotement caractéristique d'une leishmaniose.

« Je suis catholique et je ne crois pas à ce genre de choses, dit prudemment Montiel. Mais après ce qu'on a vécu là-bas, si vous me demandiez si le diable existe, je vous dirais que, oui, il existe. »

Quelque chose, le duende ou autre, voulait apparemment empêcher les soldats d'accomplir leur mission.

Une après-midi, Montiel reçut l'ordre de réceptionner un colis à l'héliport. Le carton contenait quatre bouteilles de Cristal, une eau-de-vie anisée. Ce n'était pas une invitation à faire la fête. Les soldats devaient emporter les bouteilles à un kilomètre de là, à la confluence de deux cours d'eau qui formaient un Y. À minuit, ils devaient disposer les bouteilles pour former une croix. Selon la croyance indigène, désormais validée par l'état-major, le duende allait se soûler avec l'aguardiente et relâcher les enfants.

Ce soir-là, le commando Dragon 4 partit confiant : ils s'étaient déjà rendus sur ce site et avaient rentré les coordonnées dans le GPS.

« On avait identifié le lieu mais, croyez-le ou non, on n'a pas réussi à le retrouver cette nuit-là », raconte Montiel, toujours déconcerté plusieurs mois plus tard. En fin de compte, ils disposèrent les bouteilles au bord d'une rivière, sans effet perceptible sur la suite des opérations.

La seule victime à déplorer dans l'Opération Espoir allait par la suite être attribuée aux actions du duende. Une semaine plus tôt, Wilson, l'un des bergers belges renifleurs, s'était échappé pendant un violent orage qui avait fait tomber les branches des arbres. Le maître-chien ne fut d'abord pas très inquiet. Wilson était l'un des chiens les mieux entraînés de l'armée et il avait l'habitude de la jungle. Il savait détecter des mines antipersonnel, descendre d'un hélicoptère accroché à un harnais, et rester calme et silencieux en situation de combat. Il s'était déjà enfui mais il revenait toujours, essoufflé et les pattes boueuses.

Cette fois-ci, Wilson ne revenait pas. Il fut repéré deux fois par des soldats au cours des dix jours suivants, d'abord dans le coin sud-est de la zone, puis au centre, à un kilomètre au nord-ouest de l'épave. La deuxième fois, il avait la peau sur les os, ses côtes saillaient sous son pelage et il semblait extrêmement agité. Quand un soldat essaya de s'approcher de lui, il détala dans la direction opposée. Pendant que les hommes d'Ares 3 faisaient cuire des saucisses dans l'espoir d'attirer leur compagnon vers le camp, ils se demandèrent ce qui avait pu causer ce soudain changement de caractère chez Wilson. L'orage ? Une morsure de serpent ? Une rencontre avec un jaguar ? Ou quelque chose d'entièrement différent ?

Dans le cadre du nouvel afflux de volontaires annoncé par Yule, l'escouade de Montoya devait être rejointe par cinq hommes de Puerto Leguízamo, une ville située au bord du río Putumayo. Parmi eux se trouvait Eliécer Muñoz.

Je l'ai rencontré sur un marché de Suba, profitant de sa venue à Bogotá alors qu'il allait remplir une demande de statut de *desplazado*. Âgé de 48 ans, il avait une fine moustache et des joues rondes. Il était petit et costaud et, plus jeune, avait été conscrit dans l'armée colombienne, une expérience qui n'avait pas tellement renforcé sa sympathie à l'égard de l'institution. Il était désormais membre de la Garde indigène locale.

Quand il avait entendu parler de la disparition du HK-2803, il n'y avait d'abord par prêté grande attention. Les passagers étaient indigènes et, d'expérience, il savait que le gouvernement se souciait peu du sort des populations autochtones. Dans les années 2000, son père et son unique frère avaient été « portés disparus » par des groupes armés. Pendant trois ans, il les avait cherchés dans les rivières et les villages autour de Puerto Leguízamo, à la frontière avec le Pérou. L'État ne lui avait fourni aucune aide. Il n'avait jamais retrouvé leur corps et n'avait pas pu leur offrir une cérémonie funéraire.

Toutefois, à la mi-mai, alors que l'Opération Espoir patinait et que les journalistes interloqués essayaient d'expliquer chaque soir à la télévision la mystérieuse disparition des enfants, Eliécer comprit que l'explication n'entrait pas dans le champ de l'expertise militaire.

« Quand nous avons vu aux infos qu'il n'y avait pas de signe des enfants, nous avons commencé à nous inquiéter, raconte-t-il. Nous savions déjà qu'ils avaient été emportés par la Mère de la jungle. »

Lorsqu'il entendit l'histoire du biberon, sa décision fut prise. L'armée de l'air avait envoyé un avion pour transporter les volontaires de Puerto Leguízamo à San José del Guaviare. Quatre places étaient réservées aux membres de la Garde indigène. Eliécer annonça à sa femme qu'il devait se joindre aux recherches. Il sentait au fond de lui que seule une équipe de recherche indigène serait capable d'arracher les enfants aux griffes des esprits de la jungle.

Le soir du 28 mai, le général Pedro Sánchez était de retour dans les bureaux du CCOES. Les rapports des troupes sur le terrain indiquaient que l'intégration des volontaires indigènes progressait bien. Près de deux cents hommes patrouillaient désormais dans la zone de recherche, mais les objets qu'ils avaient trouvés ne leur avait pas permis de retrouver leur trace. Les vols d'observation ne donnaient rien. Aucun bip sur les détecteurs de mouvement. Les bergers belges n'avaient flairé aucune piste.

Jamais les autorités colombiennes n'avaient consacré autant de moyens financiers, technologiques et humains à une mission de sauvetage de civils. Personne ne le lui avait dit explicitement, mais Sánchez sentait bien que l'état-major commençait à perdre patience. Quand il avait révélé à un collègue le coût total de l'opération à ce stade (information qui n'a jamais été rendue publique), celui-ci avait ouvert des yeux ronds. Sánchez refusait de réduire la voilure mais il avait le sentiment que les financements pouvaient être coupés à tout instant.

Pendant ce temps, la fascination du public pour l'affaire continuait de grandir. Fatima déclara au journal télévisé qu'elle avait le sentiment que les enfants étaient encore en vie, elle partageait la théorie dominante avec la nation colombienne. « Ce ne sont plus les enfants qui marchent. Des animaux de la *monte* doivent les porter : c'est pour ça qu'ils ne restent pas en place, expliquait-elle à RNC. L'animal qui les transporte et qui les fait tourner en rond est un duende, et ça m'inquiète beaucoup.»

Sánchez éteignit la télévision et emprunta le couloir jusqu'à la petite chapelle du régiment nichée dans un coin du bâtiment: des fenêtres qui montaient jusqu'au plafond, quatre rangées de bancs étroits et un petit pupitre. Il venait dans ce lieu paisible de plus en plus fréquemment depuis le début des recherches. Entre ses hommes qui comptaient sur ses directives et l'œil des caméras si souvent braqué sur lui, c'était son refuge pour une méditation solitaire et le lieu où il laissait parfois couler des larmes de frustration et de désespoir.

Cette semaine-là, son fils de 10 ans avait eu pour devoir de dessiner son héros et il avait dessiné son père, l'homme qui allait retrouver les enfants perdus dans la jungle. «Je me suis dit que je ne pouvais pas décevoir ces enfants, ni l'enfant qui avait fait ce dessin», me raconte-t-il.

Mais, assis sur un banc de la chapelle, ses prières étaient teintées de désespoir. «On imagine parfois que Dieu va vous envoyer un signe. Mais ce jour-là, j'ai lu la Bible, j'ai regardé sous les bancs, vers le plafond et par les fenêtres. Je lui ai demandé: "Qu'est-ce que j'ai fait de travers? Où ai-je échoué?"»

Puis, les mains jointes, il demanda aux enfants de lui pardonner.

Dans l'avion pour San José del Guaviare, Eliécer était inquiet. Comme il était le plus ancien des quatre hommes venus de Puerto Leguízamo, il lui incomberait d'accomplir les rituels pour entrer en contact avec les esprits et ouvrir la jungle à l'équipe de recherche. La veille, il avait reçu des instructions d'un ancien du village sur les prières à réciter, les mots à prononcer dans cette jungle de l'Apaporís qu'il connaissait si peu. Les yeux perdus vers la forêt en contrebas, il sentait tout le poids de sa responsabilité. Il aurait aimé avoir quelqu'un avec qui partager ce fardeau.

Quand l'avion atterrit et que les passagers débarquèrent, Eliécer reconnut une silhouette près de l'hélicoptère. Il ressentit un grand soulagement, comme si ses prières avaient été entendues. Cet homme avait une connexion spirituelle avec la jungle qui avait fait de lui une légende locale.

« Don Rubio ! » s'écria Eliécer.

LA LIANE DE L'ÂME

Lorsque José Rubio Rodríguez avait 9 ans, son grand-père l'avait emmené dans une grotte souterraine dans un endroit reculé de la jungle. Une colonie de chauves-souris étaient accrochées au plafond. Le pépiement aigu des *guácharos*, oiseaux amazoniens troglodytes, rebondissait sur les parois humides. Son grand-père l'avait fait asseoir, avant de poser sur le sol les plantes et lianes qu'il avait apportées. L'apprentissage du jeune Rubio venait de commencer.

Quand nous nous rencontrons en septembre 2023, Rubio est âgé de 55 ans, il a une allure athlétique et de longs membres, de petits yeux pénétrants et des oreilles pointues. Il accompagne ses arguments de mouvements souples de ses larges mains. Il a toujours la voix rauque du fait de son passage dans la jungle, ce qui renforce son charisme. Les Uitoto évoquent sa connaissance incomparable de la jungle avec un profond respect. Ils l'appellent Don Rubio, formule de déférence réservée aux personnes jouissant d'une position prestigieuse. Il avait rejoint l'équipe de recherche à la demande de Manuel Ranoque et des parents de Magdalena. Nul n'était plus à même de s'occuper du duende. Don Rubio avait passé sa vie à communiquer avec les esprits sombres de la jungle. Tout avait commencé dans cette grotte, aux pieds de son grand-père.

Bartolo Rodríguez était un homme solitaire et mélancolique. Enfant, lui et son clan uitoto avaient été réduits en esclavage par les barons du caoutchouc. Il avait vu des membres de sa famille torturés parce qu'ils n'avaient pas réussi à récolter leur quota de latex, des femmes violées et des hommes exécutés avec un garrot. Bartolo s'était rebellé, il avait tué plusieurs de ses geôliers avant de s'enfuir dans la jungle sous le feu des gardiens. Une balle l'avait atteint à l'abdomen mais Bartolo, tel que le raconte Rubio, avait « le corps en forme de 8 ». La balle l'avait traversé sans toucher d'organe vital, ne lui laissant qu'une cicatrice et une phobie des armes à feu. Il avait atteint les rives du río Caquetá et fomenté sa revanche. Mais la vengeance n'eut jamais lieu. Il vieillit, ses deux fils devinrent des hommes et quittèrent la jungle. Il avait vu son peuple massacré et sa culture au bord de l'extinction. Seul demeurait son petit-fils.

« Il m'a dit qu'il n'avait pas de vie jusqu'à ce que je naisse, explique Rubio en évoquant leurs conversations dans la grotte. Il m'a choisi et il m'a tout raconté. »

Bartolo et sa femme l'avaient recueilli quand il avait six mois. Ils l'avaient nourri de fruits, de noix et de jus de la *monte*. Rubio avait commencé à prendre du mambé dès l'âge de 7 ans, à l'époque où il apprenait les chants dans la langue de son clan. Pourtant, le travail ne débuta réellement que dans les ténèbres et l'humidité, au milieu des chauves-souris et des guácharos.

« Que tu veuilles devenir guérisseur, chaman ou conteur, tu dois étudier dans la jungle, dans les grottes, sous les arbres avant de pouvoir pratiquer dans la maloca », me précise-t-il.

Ils avaient passé deux semaines dans la grotte à parler, à manger et à dormir. Rubio s'imprégnait des connaissances ancestrales de son peuple à travers son grand-père. Quand ils étaient enfin ressortis, Rubio avait découvert de nombreux remèdes à base de plantes contre les maux de la jungle, et à l'âge de 10 ans, il était considéré comme un *curandero*, un guérisseur. À 15 ans, il avait accompli son premier rituel, communiant avec les esprits de la jungle : le jaguar, le boa, l'ours et l'aigle.

Quand l'hélicoptère qui le transportait avec les autres hommes de Puerto Leguízamo se posa sur l'héliport, Don Rubio demanda tout d'abord à être conduit sur le site du crash. Les autres hommes restèrent en retrait, les joues remplies de mambé, tandis qu'il entamait le rituel.

« Je me suis concentré sur les esprits de la jungle, les animaux. J'ai demandé la permission d'entrer. Je leur ai dit que nous n'étions pas là pour détruire la nature ou tuer mais seulement pour récupérer notre famille. Et j'ai surtout demandé du beau temps, que ce soit l'été. »

Il demanda aux esprits d'épargner les zones au nord, à l'est et l'ouest des fortes pluies et de repousser les lourds nuages vers le sud. Au cours de la semaine suivante, les pluies se raréfièrent. Contrairement aux hommes d'Araracuara, Eliécer, Don Rubio et les autres volontaires de Puerto Leguízamo se tinrent à distance des soldats du commando Destroyer 1 dirigé par Montoya.

« Il faut comprendre qu'on a été horriblement maltraités par le système, explique Eliécer. Nous ne voulions pas que des militaires nous surveillent, surtout pendant les rituels. Nous nous tenions d'un côté et eux de l'autre. »

Il fallut une épidémie de grippe pour réchauffer les relations. Quand plusieurs membres de l'équipe de Puerto Leguízamo se mirent à souffrir d'importants maux de tête, le sergent Rojas leur donna des antibiotiques et leur prépara une tasse bien chaude de *panela*, la boisson locale à base de canne à sucre. « Ça a permis d'établir la confiance, reconnaît Eliécer. Petit à petit, on est devenus plus proches, à force de vivre ensemble et de partager de la nourriture. »

Seul Don Rubio gardait ses distances avec les soldats, demeurant en marge du groupe. Son grand-père lui avait transmis sa méfiance des armes à feu. Pendant la marche, il était troublé par ce qu'il percevait autour de lui. « Dans le Caquetá, les esprits sont légers, dit-il. Là-bas dans l'Apaporís, dans la forêt vierge, ils étaient lourds et malins. »

Le 3 juin vint le moment pour les trois premières équipes du CCOES de quitter la jungle. Un Black Hawk les attendait à l'héliport pour les ramener afin qu'ils prennent une semaine de repos. Les hommes de Destroyer 1 avaient hâte de profiter d'une douche chaude, de la climatisation et de manger de la viande grillée.

La zone de recherche était désormais bien différente de la jungle virginale où ils avaient été largués quatre semaines plus tôt. On comptait seize commandos des forces spéciales et soixante-treize volontaires indigènes au sol. Un spot géant avait été disposé à l'endroit où on avait retrouvé le biberon. Six haut-parleurs passaient en boucle le message de Fatima. Onze kilomètres de ruban de chantier fluorescent avaient été déroulés dans les arbres pour attirer l'attention des enfants. Deux mille deux cents sifflets y étaient accrochés.

À l'héliport, les commandos et les indigènes posèrent côte à côte pour une dernière photo. Au milieu du groupe, Manuel Ranoque, torse nu, les cheveux maintenant longs et épais, tenait le coin d'un drapeau colombien, et le lieutenant Montoya tenait l'autre bout. Henry Guerrero donna au sergent Rojas un cadeau qu'il avait réalisé lui-même : deux feuilles de palmier tressées ensemble pour symboliser l'unification des deux équipes de recherche. Tandis que Rojas mettait son sac sur son dos, Manuel s'approcha de lui, les larmes aux yeux, et le prit dans ses bras pour une étreinte qui sembla durer une éternité. « Ne nous oubliez pas », implora l'Uitoto. Rojas lui promit qu'ils reviendraient une semaine plus tard.

Alors que le pilote commençait ses vérifications avant le décollage, Don Rubio mit sa froideur de côté et s'approcha de Montoya. Il avait une dernière requête. Montoya sortit son carnet et inscrivit plusieurs noms. Puis il monta à bord du Black Hawk et les hommes de Puerto Leguízamo et d'Araracuara reculèrent vers les arbres pour regarder l'hélicoptère s'élever, basculer légèrement vers l'avant puis disparaître.

À bord de l'appareil, le sergent Rojas sentait la déception lui nouer l'estomac: la sensation d'une mission inachevée. « C'était démoralisant. Nous les avions cherchés jour et nuit pendant des jours et nous n'avions toujours pas de réponse, à peine un indice. »

Une fois arrivé à San José del Guaviare, Montoya s'empressa de trouver le capitaine Armando Guerrero, responsable de la logistique. Il était urgent, lui dit-il, de livrer plusieurs doses de yagé, la puissante plante psychédélique, à Don Rubio.

« Ça pourrait être décisif pour achever la mission et retrouver les enfants », insista-t-il.

Le capitaine Guerrero avait du pain sur la planche. En plus du ravitaillement de seize commandos, il devait dénicher ce que lui réclamaient les indigènes, des choses qu'il ne risquait pas de trouver dans les entrepôts de l'armée. Au cours de la semaine écoulée, il était passé par les contacts de Giovani Yule pour trouver des stocks d'ambil et de mambé et il avait envoyé un soldat au magasin du coin chercher les bouteilles d'aguardiente nécessaires au rituel du duende. Plus aucune demande ne lui semblait farfelue.

« Toutes les idées, même les plus folles, étaient désormais sur la table, résume-t-il. Même si ça nous paraissait dingo, tout ce qui nous restait, c'était l'espoir et la foi. »

Dans un coin d'Araracuara, au bout d'un chemin, plusieurs maisons entouraient un petit terrain de foot en terre. Nichée un peu plus loin parmi les arbres fruitiers, la maison de Serafina Guerrero surplombait un petit ruisseau.

Serafina était la tante de Henry Guerrero. C'était une septuagénaire avec un nez large et de longs lobes d'oreilles, qui s'attachait les cheveux avec une barrette en plastique. C'était la matriarche du clan Guerrero. Depuis la maison, elle entendait les cris et les rires d'une dizaine de filles uitoto qui shootaient dans un ballon dégonflé sur le terrain de foot. C'étaient ses petites-filles ou ses arrière-petites-filles.

La longue cuisine de Serafina se trouvait au fond de la maison. Des dizaines de casseroles étaient empilées sur les étagères ou suspendues à des crochets. Dans un coin, un treillis métallique contenant des têtes de poissons et des morceaux de viande était accroché au-dessus d'un poêle. La cuisine aux murs de bois noircis sentait la fumée.

Il suffisait de descendre quelques marches pour déboucher sur le jardin. Des plantains, des palmiers milpesos et des ananas y poussaient. À côté de la maison, il y avait un épais buisson aux feuilles pointues vert foncé d'où pendait une épaisse liane pâle nouée comme les tresses d'une jeune fille. C'était un *banisteríopsis caapi*, ou yagé, comme le nomme le Peuple du Centre. Au Pérou et chez ses adeptes occidentaux, elle est plus connue sous le nom d'*ayahuasca*, un mot quechua hispanisé signifiant « liane de l'âme ».

À l'aube du 5 juin, Serafina coupa les nœuds de l'une des lianes. De retour dans la cuisine, elle suivit la technique de préparation enseignée par sa grand-mère quand elle était enfant. Elle fit bouillir et pulvérisa sa récolte avant de la suspendre à un clou au mur et de placer un bol en dessous pour en récupérer l'écoulement. Quand la liane cessa de donner de l'eau, elle chauffa de nouveau le liquide qu'elle en avait extrait et la raccrocha, répétant l'opération jusqu'à ce que le liquide soit épais et visqueux.

Elle fit ensuite décanter la mixture dans une bouteille de soda de 600 millilitres dont elle revissa le bouchon. Il y avait assez pour deux doses. Le puissant breuvage fut transporté d'Araracuara à San José del Guaviare par Natalya Rodríguez, une cousine de Herman Mendoza, qui la remit au capitaine Guerrero en lui disant que c'était le dernier espoir de la mission.

Guerrero prit la bouteille en plastique, la fit tourner doucement en observant l'épais liquide sombre coller aux parois. « Alors c'est ça le yagé ? » demanda-t-il.

Le yagé est une plante endémique de la vallée de Napo en Équateur, où elle est connue sous le nom de « mère de toutes les plantes ». Depuis des siècles, les curanderos de la vallée s'en servent pour mieux comprendre les propriétés médicinales des plantes de la forêt. Ses principaux ingrédients actifs sont les inhibiteurs de monoamine oxydase (IMAO). Ces molécules rendent les curanderos plus sensibles aux effets des plantes de la jungle une fois celles-ci mixées et cuites avec du yagé. Elles les aident à comprendre les effets des autres plantes et à imaginer comment elles pourraient être utilisées pour soigner les maladies.

Quand les conquistadors espagnols introduisirent la malaria en Amazonie, il ne fallut que vingt-cinq ans aux curanderos équatoriens pour découvrir que l'écorce du quinquina pouvait être consommée pour lutter contre la maladie.

Les humains sont responsables de la diffusion du yagé dans toute l'Amazonie. Il est cultivé dans des chagras en jachère pour s'assurer que la plante reçoive beaucoup de lumière. Dans de nombreuses sociétés indigènes, il sert à soigner les maladies. Un curandero peut en consommer pour diagnostiquer le mal d'un patient ou en prescrire une dose puissante pour le purger. Le principe actif du yagé provoque vomissements et défécation, mais beaucoup affirment que le processus les a aidés à surmonter des traumas physiques et émotionnels, leur donnant l'impression de s'être purifiés de l'intérieur. Certains chamans appellent cette forme le « yagé boa », comme le serpent.

Quand on le combine à d'autres plantes, le yagé peut provoquer d'intenses épisodes psychédéliques. Les feuilles de la *chacruna* et de la *chaliponga* contiennent de la diméthyltryptamine (DMT), un puissant hallucinogène généralement décomposé par la paroi de l'intestin. Les ingrédients actifs de la liane bloquent ce processus et permettent au DMT de devenir actif.

C'est le « yagé tigre », utilisé par les chamans pour la divination et les visions. Si aujourd'hui les indigènes peuvent passer des appels vidéo pour peu qu'ils trouvent une connexion adéquate, par le passé, ils faisaient confiance à un chaman ayant consommé du yagé tigre pour savoir ce qui arrivait à un ami ou à un membre de la famille ayant quitté la forêt depuis longtemps. Les guerriers en prenaient pour identifier leurs ennemis cachés dans les sous-bois, et les chasseurs pour localiser leur proie. Avec la juste dose, ils croient que l'âme quitte l'enveloppe corporelle, se déplace à travers la forêt et ne fait qu'un avec le jaguar. Les Tukanos et d'autres communautés originaires du bassin de l'Apaporís consomment régulièrement le yagé tigre dans les cérémonies en l'honneur de Yuruparí, leur héros mythique.

Le yagé n'est pas aussi central dans la culture uitoto. Il apparaît dans la cosmologie, et la liane est représentée comme un cordon ombilical reliant l'homme à la terre sous ses pieds et aux cieux au-dessus de sa tête, mais la majorité du Peuple du Centre n'en goûte jamais au cours de sa vie.

Curandero depuis près de quarante ans, Don Rubio avait prescrit des dizaines de traitements à base de plantes aux paisanos malades et blessés du bassin du río Caquetá et du río Putumayo. Mais il n'avait administré du yagé qu'en de très rares occasions, généralement quand un patient agonisant vivait ses derniers instants. « C'est à ce moment-là qu'on sort le yagé, en dernier recours, dit-il. C'est Dieu, c'est le créateur. »

La bouteille de soda arriva dans la jungle escortée par des hauts gradés de l'état-major. Le 7 juin, après un mois passé à coordonner les recherches depuis San José del Guaviare et Bogotá, le général Pedro Sánchez atterrit pour la première fois dans la jungle de l'Apaporís. Il voulait vérifier que ses ordres étaient correctement appliqués sur le terrain, sonder le moral des troupes et réaffirmer l'engagement du CCOES. « J'étais déterminé à accomplir la mission, me dit-il plus tard. Mais à ce stade, je pensais qu'on les retrouverait morts. »

Quand il demanda aux commandos comment ils allaient, ils lui donnèrent une réponse conforme à leur fierté professionnelle. Ils affirmèrent que tout allait bien, mais Sánchez voyait bien qu'ils étaient usés. L'énergie des premières semaines avait disparu. Il donna l'ordre de faire venir de nouveaux commandos de Cali. Dans le même temps, les volontaires indigènes commençaient à repartir. Une douzaine d'entre eux embarqua dans l'hélicoptère dont Sánchez venait de descendre. Il n'en restait que 16, alors qu'ils avaient été jusqu'à 92. Les indigènes avaient fixé la date du 10 juin comme dernier jour de leurs efforts pour les recherches : si les enfants n'étaient pas retrouvés d'ici là, c'était que l'emprise du duende était trop forte. Ils seraient perdus à jamais.

Sur place, Sánchez découvrit de ses propres yeux les difficultés du terrain. Il était impossible d'y voir à plus de dix mètres. Il comprit que cela prendrait des mois s'ils voulaient passer toute la zone au peigne fin. Allongé la nuit dans son hamac, il ne pouvait voir sa main à quinze centimètres de son visage tant il faisait noir. « Je me sentais submergé par l'immensité de tout ça, dit-il. J'avais un sentiment de subordination face à quelque chose de beaucoup plus grand. »

À quelques centaines de mètres, Don Rubio avait réceptionné la bouteille de yagé et bâti un petit abri avec les palmes ramassées dans une clairière proche de la carcasse du Cessna. Il lui assurerait le silence et l'isolement nécessaires pour que les visions s'enracinent. Manuel le regarda anxieusement verser la moitié de la mixture dans un gobelet en plastique.

Pour que le yagé fasse davantage effet, il était crucial qu'il soit bu par quelqu'un qui avait un lien fort avec les enfants. Rubio avait décidé que Manuel était le seul en droit de réclamer leur retour aux esprits de la forêt. Il lui passa le gobelet et le regarda avaler la potion amère puis s'allonger sous l'abri.

Manuel avait déjà pris du yagé. Quand Tien avait 9 mois, Magdalena était tombée malade, il s'était rendu à Chukiki pour demander conseil à Fatima. Elle lui avait dit de prendre du yagé, de subir la purge et de concentrer son esprit sur une seule chose : la santé de sa compagne. Il savait que le yagé était à la fois bon et mauvais. Il pouvait vous rapprocher des esprits de la forêt, mais il pouvait aussi vous montrer la vérité crue sur vous-même, « comme sur un écran de télé ».

Allongé dans l'abri tandis que le yagé infusait en lui, Manuel n'arrivait pas à se concentrer. Il dit qu'il était torturé par la mort de Magdalena, les menaces de la guérilla et l'étrange *monte* sauvage dans laquelle il se trouvait. Suant et étourdi, il en conclut qu'il n'était pas la bonne personne pour accomplir le rituel. Il fallait quelqu'un de plus expérimenté, quelqu'un avec le savoir d'un curandero, capable de parler aux esprits.

Dix minutes après avoir pris le yagé, Manuel était sur pied. La mixture était mauvaise, se plaignit-il. Il n'avait rien vu, ce serait mieux que ce soit Rubio qui établisse la connexion avec le duende. Mais Rubio se fâcha. Manuel ne s'était pas ouvert au processus. Eliécer regarda les deux hommes se disputer.

« Il faut être préparé, mentalement et spirituellement, il faut savoir pourquoi tu le prends, souligne Eliécer. Manuel doutait de lui-même : c'est pour ça qu'il n'a pas vu. Il lui manquait la vérité. »

Le lendemain matin, alors que les indigènes de Puerto Leguízamo étaient assis dans le camp, Eliécer se tourna vers Rubio.

« C'est à toi, lui dit-il.

– Je le prendrai ce soir, répondit Rubio. Je vous dirai si je vois le duende ou non. Si je ne le vois pas, c'est qu'il est temps de partir. »

Il dit à Eliécer d'avertir les hommes de Puerto Leguízamo qu'il y aurait une dernière journée de recherche. Puis il passa le reste de la journée à préparer son esprit.

À minuit, alors qu'il commençait à préparer la nouvelle dose de yagé, Rubio savait déjà qu'il retrouverait les enfants. Il dit qu'il les entendait parler, qu'il les entendait pleurer. À 3 heures du matin le 9 juin, il s'allongea sous l'abri et but la fin de la bouteille.

« Quand tu prends le yagé, tu vas à ton créateur : on l'appelle Mo Buinaima, dit-il. Tu t'élèves et tu regardes en bas. Je lui ai dit que je n'en pouvais plus, que le duende me battait. Je lui ai demandé de me montrer où étaient les enfants et il l'a fait. Puis il m'a renvoyé sur Terre, là où j'ai dû combattre le mal. Je marchais dans les ténèbres, j'avais l'impression d'être mort. C'était juste mon âme qui marchait. »

Alors que son esprit errait dans la jungle, il sentit la présence du duende. Il sentit son contact sur sa peau. Il se tourna et le vit. Il avait pris forme humaine : la peau sombre, nu, avec du ventre et un torse velu.

« On s'est retrouvés face à face, raconte Rubio, comme si on se croisait dans la rue. »

Le duende lui demanda ce qu'il faisait et il répondit qu'il cherchait les enfants. « Ils sont à moi », lui dit le duende.

Il n'avait aucune intention de les relâcher, il voulait en faire des duendes. Si Rubio voulait les reprendre, il devrait en assumer les conséquences.

« Il m'a attrapé par la gorge comme pour m'étrangler puis il m'a jeté contre un tronc d'arbre. Ensuite, je me suis réveillé. »

Il était 5 heures du matin. Il savait où se trouvaient les enfants.

Quand l'aurore pointa, Eliécer rassembla une équipe de la Garde indigène parmi les rangs désormais clairsemés des volontaires. Rubio leur dit que les enfants étaient à deux kilomètres et demi et qu'ils les trouveraient avant la tombée de la nuit. Les soldats s'apprêtaient à partir avec eux mais Rubio leur dit qu'il ne marcherait qu'avec un groupe totalement indigène.

À midi, ils s'arrêtèrent pour boire et prendre du mambé. Eliécer souffrait de fièvre et tenait grâce à un régime à base de chocolat chaud. Certains membres du groupe firent demi-tour, laissant Eliécer et ses trois compagnons de Puerto Leguízamo : Nicolás Ordóñez, Dairo Kumariteke et Edwin Manchola. Il restait encore quatre heures de jour : quatre dernières heures pour retrouver les enfants perdus.

Deux heures plus tard, ils croisèrent un signe favorable. Une tortue à pattes rouges, l'équivalent du génie de la lampe, s'avançait lentement sur le chemin. D'après le folklore local, la tortue exauce les vœux, à condition de la relâcher ensuite. Eliécer l'attrapa par sa carapace : « Tu vas m'amener aux enfants, lui dit-il, autrement je te dévorerai le foie. » Faisant encore monter les enchères pour l'infortuné reptile, Nicolás Ordóñez promit de boire son sang. Eliécer confectionna un baluchon en tissant ensemble les extrémités d'une palme. Il y glissa la tortue et la porta sur son épaule.

Une heure plus tard, leur souhait fut exaucé. Ils entendirent les pleurs d'un bébé.

MIRACLE

Allongée sous la moustiquaire, Lesly suçait les graines de palmier milpesos, mais même cet effort semblait lui demander plus d'énergie qu'il ne lui en restait. Elle frotta sa cheville avec son pied pour tenter d'apaiser ses piqûres d'insectes.

Depuis neuf jours, les enfants n'avaient pas quitté la clairière, conformément aux instructions du prospectus. Elle avait vu son frère et ses sœurs maigrir et s'émacier à vue d'œil. Tien ne parvenait plus à se lever, mais Soleiny avait encore assez de force pour prendre Cristin dans ses bras. Cela ne l'empêchait pas de se gratter le poignet gauche, sur lequel la leishmaniose s'était propagée, formant des ulcères jaunes. Lesly appuya doucement sur la main de sa sœur pour l'empêcher de se gratter. Puis elle laissa son bras retomber contre son flanc.

Quelques jours plus tôt, alors qu'ils étaient assis dans la clairière, un chien avait surgi des broussailles. Il avait une truffe noire et un pelage marron sous lequel ses côtes saillaient comme les lames d'un xylophone. Il s'était approché des enfants avec un air inquisiteur et s'était assis près d'eux. Ils l'avaient regardé, sans savoir si le chien était réel. Plus tard, alors que l'obscurité tombait, les enfants avaient entendu un long grognement qui semblait les encercler. Lesly reconnut le son. C'était une meute de *perros del monte* ou chiens des buissons, des chiens sauvages aux petites oreilles qui rôdent dans la forêt amazonienne. Le berger belge avait dressé les oreilles et disparut parmi les arbres en grognant.

Par la suite, alors qu'elle cherchait des arbres fruitiers, elle avait senti une vague de panique monter comme une marée glacée. Sa poitrine s'était serrée, elle avait soudain eu le souffle court. Son cœur battait à tout rompre dans sa poitrine et elle s'était retrouvée trempée de sueur. Elle s'était allongée sous l'abri et n'avait plus bougé depuis. Ses pensées étaient calmes désormais.

Elle pensait à la chagra, avec son manioc et ses plantains. Elle pensait aux animaux de la *monte*: les tapirs et les serpents, l'énorme tortue rouge qui était passée par la clairière quelques jours auparavant. Elle pensa à sa mère.

Elle entendit un bruit dans les fourrés et se demanda quel prédateur pouvait bien les épier. Cristin se mit à pleurer. Lesly rassembla ses dernières forces pour se relever, tira sur le bras de Soleiny et l'entraîna vers les arbres. Elle entendit un homme crier, des branches se briser et des pieds marteler le sol. Autour des enfants, des formes sombres apparaissaient et disparaissaient dans la végétation épaisse. Ils entendirent alors des voix parler dans leur langue uitoto.

« Lesly, nous sommes la famille », disaient-elles.

Les hommes approchèrent, bras écartés comme des gardiens de but, les encerclant lentement. Ils portaient des tee-shirts bleus et des gilets noirs. Ils s'accroupirent devant les enfants, leur sourirent et leur parlèrent doucement.

Tien, toujours assis dans la clairière, leva la tête vers l'un des hommes et lui dit: « Ma maman est morte. »

Les hommes les rassemblèrent sous l'abri. L'un d'eux portait une tortue rouge sur le dos dans un baluchon de palme. À mesure qu'ils regardaient les enfants, l'inquiétude gagna ces derniers. Les hommes allumèrent du tabac et soufflèrent de douces volutes de fumée au-dessus d'eux.

L'un d'eux prit Cristin dans ses bras et lui chanta une berceuse. Lesly commença à se sentir plus en confiance.

« J'ai faim », dit-elle aux hommes. Mais le plus âgé, celui qu'ils appelaient Eliécer, lui dit que pour le moment c'était trop dangereux pour elle de manger. Ils lui donnèrent une gorgée de leur flasque d'agua panela.

Chaque homme prit un enfant dans ses bras. Lesly alla avec celui qu'ils appelaient Nicolás, qui était jeune et fort et portait un bandana vert sur la tête. Les hommes se mirent à marcher et courir à travers la jungle. Au bout d'une heure, ils étaient épuisés. Soleiny n'arrêtait pas de demander à manger. Eliécer l'assit et ouvrit son sac, dont il sortit de la fariña et des saucisses qu'il passa aux enfants. C'était délicieux. Eliécer se signa et regarda vers les maigres rayons de lumière qui perçaient la canopée.

« Pardonne-moi Seigneur, dit-il, mais si tu ne les as pas emportés pendant l'accident, pourquoi les prendrais-tu pour un peu de nourriture ? »

Nicolás et Eliécer restèrent sur place avec Lesly et Soleiny tandis que les deux autres partaient en courant avec Tien et Cristin. Vingt minutes plus tard, deux hommes en uniforme kaki arrivèrent, fusils à l'épaule, une curieuse expression de joie et d'inquiétude mêlées sur le visage. Ils prirent Lesly et Soleiny sur leurs épaules et repartirent par là où ils étaient arrivés.

Quand ils la déposèrent sur la bâche de plastique vert, Lesly découvrit d'autres hommes en uniforme. L'un portait Cristin pendant qu'un autre nourrissait Tien à la cuillère, prenant de la soupe dans une tasse noire. L'un des soldats passa les mains sur les bras et les jambes de Lesly pour voir si elle avait une fracture. Elle grimaça quand il lui toucha le mollet.

Un homme avec trois bandes jaunes sur le bras posa la radio sur le sol et parla dans l'émetteur d'une voix tremblante d'excitation.

« Miracle ! Miracle ! Miracle ! »

Les autres hommes attaquaient les arbres à la machette. Les enfants buvaient de la soupe et sirotait des sachets de solution de réhydratation que les soldats leur avaient donnés. Un groupe d'indigènes arriva. Lesly vit son beau-père, Manuel, en larmes, tremblant. Il prit Cristin dans ses bras et la pressa contre sa poitrine. Il s'assit sur l'une des bâches étendues sur le sol et prit Tien sur ses genoux. À côté de lui, Lesly et Soleiny se serraient sous une couverture bleue.

Il faisait nuit quand les hélicoptères arrivèrent et une lourde pluie tombait. Les soldats sortirent des tubes en plastique transparent de leurs poches. Ils les plièrent en deux et les secouèrent, et les tubes se mirent à briller, projetant des ombres étranges. D'autres pointèrent le faisceau de leurs lampes de poche vers le ciel. Les soldats avaient ouvert un espace dans la canopée avec leurs machettes et pour la première fois depuis des semaines, Lesly put voir le ciel. Les épais nuages étaient éclairés par la lune et le faisceau de l'hélicoptère qui les surplombait en vol stationnaire, ballotté par les vents.

Elle regarda deux hommes descendre lentement vers le sol, assis sur une barre accrochée à un câble métallique. Manuel monta le premier, Cristin dans les bras. L'un des hommes le harnacha et prit place sur la barre avant qu'ils remontent tous les trois vers le ciel. L'homme de l'hélicoptère revint sur le sol. Tien monta ensuite, suivi de Soleiny.

Ce fut enfin le tour de Lesly. L'homme lui passa les jambes dans le harnais et tira sur les sangles autour de ses cuisses. Il lui dit de s'accrocher à lui. Alors qu'elle s'élevait au-dessus de la forêt, elle sentit le vent froid et la pluie qui lui fouettait le visage. Puis une main solide l'attrapa et la hissa à l'intérieur de l'appareil. Elle sentit l'hélicoptère s'élever et tournoyer dans le ciel nocturne. Elle regarda autour d'elle. Il y avait deux autres hommes en uniforme, ainsi que des infirmières en gilet orange. Et là-bas, au fond de l'hélicoptère, Manuel qui la fixait.

LES ENFANTS DE LA JUNGLE

DEUX
COLOMBIE

En 2021, un immense panneau d'affichage fut dévoilé sur la Gran Via, la principale avenue commerçante de Madrid. Une fille en jupe turquoise, aux cheveux noirs et bouclés, un papillon jaune lumineux posé dans la paume de sa main, surplombait les passants et les touristes venus visiter la capitale espagnole. « Il y aura de la magie à Noël cette année », promettait le slogan qui l'accompagnait.

Mirabel Madrigal était l'héroïne d'*Encanto*, le dernier film d'animation de Walt Disney, qui racontait l'histoire d'une famille colombienne aux pouvoirs extraordinaires. L'une des enfants faisait pousser des fleurs à volonté, une autre pouvait contrôler le climat avec ses émotions et un troisième communiquait avec les animaux sauvages. Un personnage farceur était même capable, tel un duende, de se métamorphoser.

Les Colombiens adorèrent *Encanto*. Le film mettait en scène les magnifiques paysages du pays du café, laissait une belle place à la gastronomie locale et la bande originale composée par des artistes colombiens resta à la première place du Billboard 200 pendant neuf semaines. Surtout, le film dépeignait le pays comme un lieu fantastique et mystérieux dont les habitants aimants et humbles surmontaient tous les obstacles.

Alors que les enfants étaient encore à bord de l'hélicoptère qui les extrayait de la jungle, la presse reconstituait une histoire qui semblait sortir tout droit d'*Encanto*. Les premières photos des enfants, enveloppés dans des couvertures de survie et nourris par leurs sauveteurs, furent publiées en ligne. Ils avaient enduré quarante jours seuls dans l'un des environnements les plus hostiles de la planète. C'était un exploit incroyable d'avoir survécu, le fruit de l'amour fraternel, de l'ingéniosité et de la force de la culture uitoto. Peu avant 19 heures, Gustavo Petro publia un message sur X : « Une joie pour tout le pays ! Les quatre enfants perdus dans la jungle ont été retrouvés vivants ! » Le sauvetage fut confirmé. La Colombie ferait la une des journaux du monde entier, pour les bonnes raisons cette fois.

En effet, la « magie » promise sur l'affiche d'*Encanto* était une référence à peine voilée à une série se déroulant elle aussi en Colombie. Cinq ans plus tôt, à quelques rues de là, Netflix avait financé un affichage pour *Narcos*, sa série sur le démantèlement du cartel de Medellín par la Drug Enforcement Administration. À côté d'une photo en clair-obscur de l'acteur qui incarnait Pablo Escobar, le slogan annonçait : « Il y aura de la neige à Noël. » C'était le genre de référence lourde à la cocaïne qui faisait lever les yeux au ciel aux Colombiens. *Narcos* fut toutefois un carton mondial et une nouvelle génération de téléspectateurs en vint à associer le pays aux cartels et à la guérilla. Les Colombiens se demandaient s'ils parviendraient un jour à échapper à l'ombre de leur histoire récente.

Bien évidemment, la vérité est qu'*Encanto* et *Narcos* illustrent deux réalités d'un pays complexe, magnifique et parfois violent. À mesure que les détails sur la vie des enfants faisaient surface, ces deux Colombie se percutèrent.

Le commandant Julian Novoa dirigeait le Black Hawk vers le nord, sous un ciel sans lune. Il rentrait de la mission la plus inattendue et la plus prestigieuse de sa carrière. Cette après-midi là, il participait à la cérémonie commémorant l'anniversaire de son unité à Villavicencio. Pendant des semaines, il avait transporté des soldats et des indigènes, mais le 9 juin, les espoirs de retrouver les enfants vivants étaient tombés si bas que les deux Black Hawk avaient été envoyés dans cette ville au pied des Andes pour des opérations de maintenance. Alors qu'il assistait à une remise de médailles, son supérieur l'appela sur son portable. « Nous avons une évacuation », lui dit-il. La chaîne de commandement exige que les pilotes ne découvrent les détails de leur mission que peu de temps avant le décollage. Mais l'émotion dans la voix du commandant ne laissait aucune place au doute. C'étaient les enfants.

Novoa se rua sur la piste en trottinette électrique, fit signe à l'équipe de maintenance de s'écarter et embarqua dans le Black Hawk avec son équipe. Le vol pour Calamar prend généralement soixante-dix minutes mais il mit les gaz et arriva en cinquante-cinq. Pendant une demi-heure, alors que la pluie battait les flancs de l'appareil, il maintint l'hélicoptère en vol stationnaire au-dessus de la minuscule clairière que les hommes avaient défrichée. Il rentrait maintenant avec une précieuse cargaison. Les lumières clignotantes de la piste de San José del Guaviare apparurent à l'horizon.

Au sol, le général Pedro Sànchez regardait le ciel. Il était flanqué de deux anciens indigènes, l'un portant le chapeau rond des Nasa et l'autre la coiffe de plumes colorée des Siona. Quatre heures plus tôt, le mot « miracle » avait retenti sur toute la base. Il avait d'abord été perçu par-dessus les parasites de la radio dans la salle de communication, où les deux opérateurs épuisés avaient échangé un regard incrédule. Il fut ensuite répété dans la salle des opérations, où les analystes tambourinèrent du poing sur leurs bureaux et les soldats aguerris laissèrent couler des larmes de soulagement. Quelques minutes plus tard, un officier débarqua dans la salle de réunion où se trouvait Sánchez.

« Miracle, dit-il.

— Ils sont vivants ? » demanda le général, qui ne se fiait pas au large sourire de l'homme.

À ce stade, Sánchez s'était fait à la terrible idée que la mission s'achèverait sans doute par la découverte du corps des enfants. « Je n'y ai pas cru quand il m'a dit qu'ils étaient en vie, avoue-t-il. Je l'ai serré dans mes bras et je lui ai dit : "Merci, merci." »

Dans la nuit chaude et humide, il regardait maintenant, émerveillé, les enfants enroulés dans des couvertures de survie jaunes être descendus de l'hélicoptère et emmenés rapidement dans un avion militaire qui attendait sur le tarmac. Il les rejoignit. Des médecins les y auscultèrent et les aidèrent à aspirer lentement des boissons isotoniques. Il n'arrivait pas à croire qu'ils soient aussi frêles. Il vit que les bras de Cristin, autrefois si potelés, étaient d'une maigreur terrible quand elle les sortit de sous la couverture pour attraper la nourriture.

« Bravo soldats, vous avez rendu l'impossible possible », dit-il à ses hommes. Les deux indigènes entrèrent dans l'avion. Ils soufflèrent de la fumée de tabac au-dessus des enfants et prièrent, une ultime cérémonie pour les purifier des esprits de la jungle encore accrochés à eux. Quand ils eurent terminé, Sánchez et les indigènes descendirent de l'avion qui s'apprêtait à décoller. Le général resta sur la piste et le regarda en silence jusqu'à ce qu'il ait disparu dans le ciel nocturne.

Le 10 juin, un taxi transportant Andrés Jacobombaire, son frère Jairo et sa sœur Rosamira s'arrêta devant l'hôpital militaire de Bogotá. Les journalistes et les caméras se pressaient dans l'ombre de l'imposant bâtiment brutaliste, à l'affût d'informations sur les enfants. La famille franchit les détecteurs de métaux et remonta le couloir du service pédiatrique, où un soldat montait la garde devant leur chambre. Une infirmière approcha et annonça à Andrés et ses frère et sœur que Lesly les attendait. Andrés se sentit défaillir. Il s'appuya lourdement sur Jairo tandis que l'infirmière poussait la porte. Lesly, sa fille qu'il n'avait pas vue depuis six ans, était là, allongée dans un lit. Elle se redressa et s'exclama: «*Papa!*»

Andrés s'approcha lentement et se mit à pleurer. Il me dit plus tard que ses larmes étaient autant provoquées par le soulagement et la joie que par l'état dans lequel il la retrouvait. Lesly avait les traits tirés, la plaie sur sa tempe droite était ouverte et rose et elle avait la peau sur les os. Quand il souleva la couverture, il fut submergé par la panique. Elle avait l'air d'un cadavre. Andrés serra sa fille dans ses bras et lui dit qu'il était fier d'elle, que c'était une *guerrera*, une guerrière. «C'était dur, papa, vraiment dur», lui répondit-elle.

Soleiny se réveilla dans le lit voisin. Lors de ces retrouvailles avec leur père, les enfants étaient encore trop faibles pour parler de ce qu'ils avaient traversé. Ils restèrent un mois à l'hôpital, le temps de reprendre lentement du poids grâce à un régime à base de soupe et de fariña, tandis que les équipes soignaient leurs blessures. En plus de sa plaie à la tête, Lesly souffrait d'une infection fongique et sa sœur et elle avaient toutes deux contracté la leishmaniose sur les bras.

Cette maladie cutanée avait aussi touché les équipes de recherche. Dans le couloir du service pédiatrique, les infirmières s'occupaient des plaies suintantes de dizaines de militaires et indigènes. Certains Uitoto étaient d'abord rentrés à Araracuara, mais le centre de santé local n'avait pas de microscope pour diagnostiquer la maladie et ils avaient été transférés à Bogotá. Les volontaires avaient souffert d'autres blessures et affections – coupures, infections respiratoires, quelques fractures –, mais le plus malchanceux avait été Nestor Andoke, le chasseur qui faisait partie de l'équipe ayant retrouvé l'avion. Il avait glissé dans la jungle et atterri sur une branche particulièrement pointue qui lui avait transpercé le scrotum. C'était une blessure qu'il avait tenté d'ignorer en serrant les dents et qui avait horrifié le médecin du commando quand Andoke avait fini par demander à se faire examiner.

Ces anecdotes – souvent héroïques, parfois sanglantes – qui circulaient dans les salles d'attente et sur le parking de l'hôpital offraient une touche haute en couleur aux journalistes, mais elles ne répondaient pas à la question brûlante: *Comment les enfants avaient-ils survécu?*

Narciso Mucutuy donna une première version. Quand il sortit de l'hôpital avec Fatima, il raconta à la presse ce que les enfants lui avaient dit. Ils avaient d'abord mangé de la fariña puis des fruits et des graines. Après avoir perdu le biberon, ils n'avaient plus donné que de l'eau à Cristin. Ils avaient eu froid et faim mais ils n'avaient pas eu peur. Ils avaient été à l'aise dans la jungle et Lesly avait pu compter sur ses connaissances apprises auprès de ses parents et de sa grand-mère. À ce stade, cette réponse, la seule qui ait été donnée, devrait suffire. Un illustre visiteur était arrivé.

Le jour du sauvetage des enfants, le président Gustavo Petro rentrait de La Havane, où il participait à des négociations pour un possible accord de paix avec l'ELN, une autre guérilla colombienne. Il se rendit à l'hôpital le lendemain, accompagné de son épouse et de sa fille de 15 ans. Il posta plus tard sur X des photos de lui au chevet des enfants et salua la coopération des équipes de recherche indigènes et des forces armées. Il ne pouvait résister à la tentation d'en faire un sujet politique. L'image du Black Hawk, emblème incontournable du conflit civil colombien, déployé pour sauver les citoyens les plus vulnérables du pays était trop puissante pour l'ignorer. « C'est une nouvelle Colombie, écrivit-il, où laquelle la vie passe avant tout. Ce qui nous unit, c'est la vie. » Lesly et ses frère et sœurs, glissa-t-il aux journalistes, demeureraient pour toujours « les enfants de la paix ».

Même les plus ardents critiques du président avaient du mal à ne pas partager ce sentiment. Dans les jours et semaines qui suivirent, les volontaires indigènes, les militaires et les familles des enfants furent les invités vedettes des émissions de télévision et des podcasts, tout en étant abondamment cités dans les journaux. Avec les hommes infatigables et valeureux d'Araracuara et Puerto Leguízamo, la Colombie avait trouvé de nouveaux héros, tandis que l'humilité et le visage juvénile du général Pedro Sánchez redoraient l'image de l'armée. Toute l'histoire, avec son issue heureuse parfaitement inattendue, avait captivé le public. Tout le monde ne parlait plus que de cela. Dans les cafés de Bogotá, on entendait les dames de la bonne société discuter des vertus spirituelles du yagé. Sur les chantiers, des ouvriers torse nu s'attristaient du sort de Wilson, l'héroïque chien renifleur.

Quand l'armée annonça que les recherches se poursuivaient pour le retrouver, aucun commentateur n'eut le courage de demander si c'était là une utilisation très pertinente des deniers publics. Sous la pression d'une population passionnée, l'Opération Espoir entra dans sa troisième phase : le sauvetage de Wilson. « Notre engagement est de ne jamais abandonner l'un des nôtres sur le champ de bataille », annonça le général Helder Giraldo Bonilla, chef des forces armées, sur X. Au cours des deux semaines suivantes, 50 militaires soutenus par un support logistique de 20 personnes tentèrent de retrouver le berger belge disparu. Toutes sortes d'alléchantes recettes odorantes furent concoctées pour essayer de l'attirer. Plusieurs chiennes en chaleur furent larguées dans la jungle dans l'espoir de stimuler un autre de ses instincts canins.

À l'hôpital, on donna des crayons de couleur et du papier aux enfants. Lesly dessina des montagnes, une rivière, des arbres et au pied de ceux-ci, un chien marron. Le dessin de Soleiny comprenait lui aussi un chien, ainsi que des fleurs et un drapeau colombien accroché à un mât.

Alors que les demandes d'interviews affluaient, l'Institut colombien pour la protection de l'enfance (l'ICBF en espagnol) décida d'interdire aux médias de leur parler, avançant qu'ils étaient encore trop fragiles physiquement et émotionnellement. Tant qu'ils n'auraient pas récupéré, la société colombienne ne recevrait aucune réponse à ses nombreuses questions, les plus pressantes étant *Comment les enfants avaient-ils fait pour survivre pendant quarante jours?* et *Pourquoi les forces spéciales n'avaient-elles pas réussi à les localiser?* Dans ce black-out médiatique, la curíosité légitime se mêla peu à peu à des théories complotistes aux colorations politiques.

Tout le monde ne croit pas aux miracles.

Le 9 juin, à 18 h 48, le lieutenant-colonel Óscar Dávila, membre de l'équipe de sécurité présidentielle, passa un appel depuis la banquette arrière d'un SUV Nissan dans le centre de Bogotá. Il était fou de joie en apprenant que les enfants avaient été sauvés, raconta plus tard le membre de sa famille qu'il appelait. Dávila faisait partie des millions de Colombiens qui profitèrent de ce moment cathartique en klaxonnant et en téléphonant à leurs proches. Cinq minutes plus tard, il était mort, tué d'une balle dans la tempe.

Une semaine plus tôt, Dávila avait accepté d'être le témoin-clé dans une importante affaire de corruption. Le dossier était aussi alambiqué qu'un scénarío de *telenovela* et comprenait une bonne d'enfants voleuse, des écoutes illégales et des dons suspects versés à l'équipe de campagne du président Petro. Quand Petro s'exprima le lendemain sur les réseaux sociaux en présentant, avant même le rapport du légiste, la mort de Dávila comme un suicide, ses opposants les plus fervents y virent une *cortina de humo*, un écran de fumée.

Des détails troublants rendaient la mort de Dávila suspecte. Pour de nombreux Colombiens, son comportement et ses actes du 9 juin ne ressemblaient pas à ceux d'une personne sur le point d'en finir. Outre son humeur apparemment joyeuse quelques minutes seulement avant sa mort, il avait versé le matin même 12 000 dollars à un avocat pour qu'il le représente. Le pistolet ayant tué Dávila avait été laissé dans la voiture par son chauffeur/garde du corps quand il était parti acheter de l'eau, ce qui paraissait peu plausible à différents experts en sécurité, qui rappelaient que la règle numéro un du métier était justement de ne jamais se séparer de son arme. Pour beaucoup, le moment de sa mort était trop opportun pour n'être qu'une simple coïncidence. Le gouvernement, disaient-ils, avait « mis en scène » le sauvetage des enfants pour détourner l'attention de l'opinion publique.

Les Colombiens sont familiers des scandales politiques sordides et des opérations de dissimulation. C'est un pays où les campagnes des présidents populaires se sont révélées financées par les cartels, où des entreprises florissantes servaient en réalité au blanchiment d'argent, et où les supposées victoires de l'armée contre la guérilla se résumaient à des assassinats de civils. Même dans les histoires de survie, un genre de niche, il y avait un précédent. En 1955, la presse colombienne raconta la miraculeuse histoire d'un marin qui avait survécu dix jours dans la mer des Caraïbes après être passé par-dessus bord d'un destroyer de la marine. Ce fut un jeune journaliste du nom de Gabriel García Márquez qui découvrit la vérité. Contrairement à ce qu'avançait l'état-major, il n'y avait pas eu de tempête : le bateau était rempli de marchandises de contrebande qui s'étaient détachées et avaient entraîné le marin et sept de ses compagnons à l'eau.

L'histoire avait donc appris aux Colombiens à se méfier des bonnes nouvelles et c'était pratiquement un réflexe de présumer que des influences bien plus sombres – les cartels, la guérilla ou des accords politiques douteux – opéraient en sous-main dans cette histoire de sauvetage. Les détails de l'Opération Espoir firent alors l'objet d'enquêtes plus détaillées. L'annonce rapidement démentie du sauvetage des enfants le 15 mai fut réexaminée. À l'époque, elle avait été mise sur le compte d'un quiproquo mêlé à un excès de zèle et au désir d'annoncer une bonne nouvelle : la rumeur avait émergé à Cachiporro et avait été amplifiée par l'annonce du président sur les réseaux sociaux sans vérification des faits. Certains se demandaient désormais si la rumeur ne recelait pas, en réalité, une part de vérité. Les enfants avaient-ils été retrouvés et exfiltrés de la zone de recherche par bateau ? Comment expliquer autrement que la vaste opération de recherche, avec chiens renifleurs et technologie de pointe, n'ait pas suffi à localiser les enfants à moins de trois kilomètres de la carcasse de l'avion ? Un témoin naïf avait-il repéré les enfants sur la lancha avant de faire part de sa découverte à la radio ?

La crédibilité de cette théorie, selon laquelle les enfants avaient été retrouvés en mai mais avaient été « sauvés » à un moment opportun pour le gouvernement, était fragile et fut bientôt démentie. Le 21 juin, le légiste conclut que la mort d'Oscar Dávila était bien un suicide. La principale preuve était la présence d'éclaboussures de sang sur la manche droite du défunt. Contrairement à ce qui se passe dans certains pays voisins, les institutions colombiennes ont conservé une réputation d'indépendance et de professionnalisme, et le rapport battait en brèche l'idée que l'Opération Espoir ait été un écran de fumée destiné à couvrir un meurtre. Mais même démentie, la théorie avait un avantage : elle fournissait une explication quant à la façon dont les quatre enfants, dont un bébé de 11 mois, étaient parvenus à rester en vie pendant quarante jours. Ils avaient été nourris et abrités par des tiers.

Le 1er juillet, Salud Hernández-Mor, journaliste au magazine *Semana*, publia un article confirmant ce que beaucoup de Colombiens avaient toujours suspecté. Il avait pour titre : « Les enfants de la jungle étaient avec les FARC ».

MURMURES

C'était à San José del Guaviare que les rumeurs circulaient le plus. La ville aux maisons basses se trouvait autrefois à la lisière de la forêt amazonienne et servait de comptoir aux trafiquants de fourrure et d'espèces rares. Mais dans les années 1980 et 1990, la jungle fut largement incendiée pour planter de la coca et, jusqu'au début des années 2000, San José del Guaviare vécut sous le contrôle des FARC. Quand je m'y suis rendu en novembre 2023, la ville profitait d'une període de relative prospérité. Sa place centrale, avec ses immenses ceibas et son monument à la gloire des colons fondateurs, avait été rénovée. La place était bordée par un centre commercial, un cinéma et des agences de voyages qui, profitant de l'expansion du tourisme, proposaient des excursions vers des cascades et des sites où l'on pouvait admirer des peintures rupestres. Mais les habitants maintenaient qu'il ne fallait pas se laisser berner par cette apparente normalité. Les guérillas étaient encore très actives dans la région et elles étaient impliquées partout, y compris dans l'affaire des enfants et du crash aérien.

Le chauffeur d'un des petits taxis jaunes de la ville m'a raconté que l'EMC était en guerre contre une autre guérilla pour le contrôle des routes de la cocaïne dans la région. Il m'a expliqué avec l'assurance des membres de sa corporation comment les hommes d'Ivan Mordisco avaient capturé les enfants et s'en étaient servis pour faire pression sur le gouvernement afin qu'il concentre ses attaques sur leurs rivaux. C'était le genre d'information secrète que la configuration de son véhicule, semblable à un confessionnal, lui permettait d'obtenir. Mais ce n'étaient que des rumeurs. Plus tard, une journaliste locale m'a indiqué qu'elle avait reçu à la mi-mai l'appel d'un homme qui prétendait avoir vu les enfants dans un village indigène au bord d'un affluent du río Apaporís. Il n'avait pas donné de numéro et l'appel n'avait pas été enregistré. Une femme du coin, qui avait envoyé des vêtements pour les enfants dans un colis humanitaire, disait avoir découvert, éberluée, que Lesly les portait le jour du sauvetage. Du moins, le jean et le haut qu'elle avait sur les photos publiées par l'armée y ressemblaient-ils beaucoup. Enfin, un habitant qui a souhaité rester anonyme m'a dit qu'il avait entendu un guérillero affirmer que ses compagnons avaient détenu les enfants. Mais la guérilla se cachait dans la jungle et, même si on arrivait à entrer en contact avec elle, aucun de ses membres n'accepterait de parler à un journaliste.

Dans son article de juillet, Salud Hernández-Mora racontait qu'après avoir visité la région et vogué sur l'Apaporís, elle était convaincue que les enfants avaient été retrouvés par des membres de l'EMC de Mordisco quelques jours seulement après le crash. Les enfants représentaient un atout, qu'ils avaient saisi par opportunisme, et qui pourrait leur servir de levier politique – la guérilla les avait emmenés donc hors de la zone de recherche. Si les enfants avaient été retrouvés dénutris c'était, affirmait-elle, parce que la guérilla avait manqué de ressources pour les nourrir. L'Apaporís, leur seule voie de ravitaillement, était sous surveillance aérienne constante. Lorsque la guérilla s'était enfin sentie en sécurité et que les survols s'étaient raréfiés, ses membres avaient ramené les enfants à l'endroit où les indigènes avaient fini par les retrouver. Hernández-Mora précisait que son article était corroboré par plusieurs sources qui préféraient rester anonymes car elles craignaient pour leur sécurité.

L'article divisa l'opinion. Certains commentaires sur le site louaient le courage journalistique de Hernández-Mora, d'autres lui reprochaient de ne pas suffisamment reconnaître la capacité des enfants à se nourrir et à survivre dans la jungle et rappelaient d'autres exemples tout aussi incroyables. En juin 2015 à Vaupes, cinq filles indigènes âgées de 10 à 14 ans avaient été retrouvées vivantes trois semaines après s'être perdues dans la jungle en rentrant de l'école. En 2020, une mère de 40 ans et ses trois enfants avaient passé trente-sept jours à errer près du Putumayo en ne consommant que des graines et de l'eau.

D'autres aspects de l'article de *Semana* ne collaient pas à la réalité du terrain. Selon les militaires, les renseignements les plus récents indiquaient que la guérilla n'opérait pas dans la région. Exception faite du camp depuis longtemps abandonné, les commandos et les traqueurs indigènes n'avaient trouvé au sol aucune trace de la présence d'autres groupes, pas même une empreinte de pas. L'emplacement où les enfants furent finalement retrouvés par les indigènes n'était pas cohérent selon cette théorie. Si la guérilla avait capturé les enfants, le moyen le plus rapide et le plus fiable pour les extraire de la zone aurait été de passer par l'Apaporís. L'endroit le plus logique pour leur détention aurait été à l'est de la rivière, en dehors de la zone d'action des militaires et de la reconnaissance aérienne. D'après ce scénarío, la façon la plus simple et la moins risquée de ramener les enfants dans la zone de recherche pour leur « découverte » par les sauveteurs aurait consisté à traverser la rivière et à les déposer sur les bords de la rive ouest. Or les enfants avaient été retrouvés à plusieurs kilomètres plus à l'ouest, dans la jungle – un trajet qui aurait forcé la guérilla à pénétrer dans la zone au nez et à la barbe de centaines de militaires.

Demeurait en outre la question du mobile. La guérilla niait avoir retenu les enfants et on ne voyait pas vraiment ce qu'elle aurait gagné à le faire. Si les guérilleros les avaient retrouvés dans les premiers jours, il aurait été bien plus facile d'annoncer l'incroyable nouvelle, de les ramener à bon port et de redorer leur blason auprès du grand public. S'il y avait un quelconque avantage politique à leur détention, il ne sauta pas aux yeux dans les mois qui suivirent tant le gouvernement durcit sa ligne à l'égard de l'EMC.

Enfin, s'il s'agissait d'une opération de dissimulation destinée à étouffer une affaire, elle était incroyablement coûteuse et confuse. L'armée déploya bien plus d'hommes qu'à l'accoutumée pour une intervention de ce type, et la décision de demander le renfort de centaines de volontaires n'aurait servi qu'à leur mettre dans leurs pattes autant de témoins potentiels d'un quelconque geste répréhensible. Dans les semaines qui suivirent, les journalistes eurent un accès illimité aux gradés, aux troupes et aux volontaires indigènes. Aucun des hommes présents sur le terrain au cours des quarante jours de l'opération ne m'a indiqué avoir pensé que les enfants aient pu être retenus. Même Manuel, qui n'était pas un allié de la guérilla et qui l'avait défiée par le passé, ne croyait pas à son implication. Il trouvait l'article de Hernández-Mora irrespectueux.

« Ceux qui étaient là savent que ça ne s'est pas passé comme ça, dit-il. Si la guérilla avait détenu les enfants, elle aurait réclamé je ne sais pas combien de millions [de rançon] et elle ne les aurait jamais rendus aussi mal nourris. »

Depuis San José del Guaviare, j'ai essayé de suivre toutes les pistes qui évoquaient une implication de la guérilla mais elles ne conduisaient nulle part. Je ne trouvais aucune preuve et je ne pouvais joindre aucune source d'autorité. Il me semblait probable que, dans une ville où le souvenir de la mainmise des FARC était encore frais, les rumeurs aient exagéré l'influence et la capacité d'action de la guérilla. Si l'intervention de tiers était exclue, il fallait toujours que je cherche une explication à l'aspect le plus remarquable de cette histoire : la survie de Cristin.

La version de Narciso selon laquelle les enfants s'étaient nourris de fariña et d'eau avait peut-être suffi dans les premiers jours, mais elle tenait de moins en moins la route à mesure que d'autres détails émergeaient. Le biberon dans lequel Lesly avait soi-disant mélangé la fariña avec de l'eau avait été retrouvé par l'équipe de Montiel le 16 mai – ce qui signifie que Cristin avait tenu un mois sans. Les indigènes expliquaient souvent aux journalistes incrédules que l'esprit occidental avait du mal à saisir la façon dont les enfants uitoto étaient élevés dans la jungle, ce qu'on leur enseignait sur les plantes et les animaux dès leur plus jeune âge. Là où l'homme blanc ne voit que « l'enfer vert » de *La Vorágine*, les indigènes perçoivent toutes les ressources dont ils ont besoin.

Pourtant, cette version était contredite par le témoignage des volontaires uitoto, muinane et andoke. Tous m'ont décrit une jungle hostile, infertile, bien loin de l'abondance de fruits du bassin du río Caquetá et du río Putumayo. Si ces chasseurs et traqueurs expérimentés avaient souffert de la faim sur les rives de l'Apaporís, comment expliquer que quatre enfants aient survécu quarante jours sur le même territoire ? Une partie de la réponse était évidente : les enfants n'avaient pas besoin de consommer autant de calories. Ils étaient plus petits et brûlaient moins d'énergie que des hommes marchant toute la journée. Je demeurais toute de même sceptique quant au fait que les enfants, en particulier Cristin, aient réussi à se nourrir suffisamment pendant une si longue période. Lors de mes entretiens, j'ai eu la confirmation que Herman avait emporté un assez gros sachet de fariña et que Magdalena emportait souvent des fruits quand elle voyageait. J'ai aussi appris, par quelqu'un qui avait parlé à Lesly après le sauvetage, qu'il y avait des sachets de lait en poudre dans le sac à langer de Cristin. Reste que ça ne faisait pas beaucoup de vivres pour quarante jours.

Il a fallu un voyage à La Chorrera pour me convaincre que les enfants aient pu se nourrir pendant plus d'un mois. Une après-midi de novembre, j'ai pris place dans la maloca au centre du village pour écouter les longs discours des anciens nourris par le mambé. L'air était chaud et humide sous le toit de palmes et je suis sorti pour me rafraîchir quand les premières gouttes de pluie ont commencé à tomber. Un éclair a zébré le ciel au loin et bientôt la maloca a tremblé avec le grondement du tonnerre. Je me suis abrité sous un arbre voisin, où deux femmes uitoto étaient penchées sur un seau en plastique rempli d'une eau brun laiteux. Les peaux brunes des fruits du palmier milpesos que les femmes malaxaient à mains nues flottaient à la surface. Quand je leur ai demandé de quoi il s'agissait, elles m'ont parlé avec enthousiasme du super-jus qu'elles préparaient. C'était encore mieux que du lait maternel, a affirmé l'une d'elles. Les Uitoto ne doutaient pas que ce petit fruit pourpre ait été la clé de la survie de ces enfants. Après tout, l'équipe de secours indigène avait retrouvé Lesly avec un fruit de milpesos dans la bouche. Sur les sols inhospitaliers de l'Apaporís poussait la seule plante amazonienne capable de nourrir un bébé de 11 mois.

En mai 2024, l'Aerocivil a publié un compte rendu de l'interrogatoire de Lesly par les enquêteurs qui cherchaient à élucider les circonstances du crash. Elle confirmait que le fruit du milpesos avait été la principale source de nourriture des enfants. Elle ne mentionnait ni la fariña ni le lait en poudre, mais c'était peut-être un simple oubli. Lesly donnait aussi une description des événements qui avaient immédiatement précédé et suivi le crash du HK-2803, ce qui aidait à comprendre ses actes et ses motivations. Son récit concordait avec ce qu'elle avait raconté à sa famille à l'hôpital.

L'interrogatoire permettait également d'ajouter des éléments jusqu'alors inconnus au récit des enfants. Sur les cartes de la zone de recherche publiée par l'armée, le chemin qu'ils avaient vraisemblablement parcouru était représenté sous la forme d'une ligne jaune fluo. Elle partait du site du crash, se dirigeait vers l'ouest, à l'endroit où le biberon avait été retrouvé, puis bifurquait vers le nord avant de revenir vers le sud. Aucune ligne n'allait vers l'est et le río Apaporís, là où Lesly disait avoir attrapé un poisson avec un bâton pointu. Il n'y avait pas de raison de douter de ce témoignage direct. Lesly avait entendu le pilote dire qu'il se dirigeait vers un fleuve et elle avait aperçu le río Apaporís à travers le pare-brise. Elle savait que l'endroit le plus probable pour trouver un village se situerait au bord du fleuve, il était donc logique de poursuivre dans la direction qu'avait prise l'avion. Certes, les équipes de recherche n'avaient trouvé aucune empreinte de pas ni le moindre indice de la présence des enfants entre le Cessna et le fleuve, mais les cartes établies à partir des données GPS des commandos montrent que cette zone avait été moins intensément explorée que celles situées à l'ouest et au nord. Ils avaient très bien pu les rater.

Certains éléments publiés par l'autorité de l'aviation civile étaient plus troublants. Lesly disait être revenue involontairement au Cessna après trois jours de marche. C'était un coup de chance phénoménal – compte tenu de la difficulté qu'avaient eue les militaires à localiser l'appareil durant leur première semaine dans la jungle –, mais ça n'avait rien d'impossible. Ce qui était plus étrange, en revanche, c'était son explication concernant le fait que les enfants ne se soient pas approchés des soldats. Lesly disait qu'elle avait entendu des gens appeler son nom, mais qu'elle avait peur que les sons aient été causés par des animaux dangereux. Cette version semblait contredire celle que Lesly avait racontée à son grand-père, où elle disait s'être cachée sous un tronc d'arbre et avoir étouffé les cris de Cristin avec sa main. Les données GPS montraient aussi que les soldats avaient patrouillé à de multiples reprises près du lieu où les enfants avaient été retrouvés ; suffisamment proches pour que les enfants puissent les voir. Il semblait donc probable que Lesly se soit effectivement cachée, même si ses motivations – que ce soit parce qu'elle pensait qu'il s'agissait de guérilleros ou parce qu'elle craignait d'être punie, comme l'avançait Narciso – demeurent confuses.

Aucun sujet n'a autant déchaîné les passions que celui de Wilson. Lesly aurait dit à Pedro Sánchez que le chien était avec les enfants quelques jours avant leur sauvetage. Narciso confirma cette version lorsqu'il s'adressa à la presse à la sortie de l'hôpital. Soleiny dit deux fois à sa tante Rosamira que le chien avait fait fuir une meute de chiens des buissons. Mais le 16 juin, lors d'une conférence de presse organisée par l'OPIAC, le frère de Magdalena maintint que les enfants n'avaient jamais vu le chien. Le rapport de l'Aerocivil était tout aussi catégorique : « Ils n'ont eu aucun contact avec d'autres personnes durant leur errance et aucun contact avec un canidé. »

Le rapport demeurait malgré tout une ressource précieuse pour quiconque essayait de comprendre comment s'étaient déroulés les quarante jours de ces enfants dans la jungle. Comme je tentais de reconstituer la version la plus probable des événements, je recoupais les données de ce document avec les versions des familles et d'autres informations disponibles. Si certains passages étaient confus ou contradictoires, je me disais que c'était après tout compréhensible compte tenu des interminables journées où les enfants avaient été tiraillés par la faim et des nuits froides et humides passées dans un environnement hostile.

Pourtant, un dernier élément du rapport me gênait. Il disait que Lesly « avait judicieusement compté les jours à partir de l'accident [...] [facilitant] la reconstitution de la chronologie des événements de leur survie». Entre autres dates, elle était capable de dire quels jours elle avait entendu l'avion dans la jungle (entre le dixième et le quinzième jour), quand son pied avait cessé de lui faire mal (vingtième jour) et quand elle avait trouvé le prospectus (trentième jour). Ça me semblait invraisemblable. C'était comme si on nous présentait deux versions de Lesly. L'une était une enfant dont la culture ancestrale lui avait permis de trouver de la nourriture dans la jungle la plus hostile et lui faisait croire que des voix de soldats appartenaient à des animaux. L'autre était une planificatrice rationnelle et minutieuse qui notait méticuleusement les dates et les événements alors que bien des gens à sa place auraient perdu l'esprit depuis longtemps. J'en gardais la désagréable impression que l'interrogatoire de Lesly avec l'Aerocivil avait d'une façon ou d'une autre été orienté.

Si les enfants n'avaient pas vu de chien, pourquoi en avaient-ils dessiné un ? Ce n'était pas une question anodine. Pourquoi Lesly avait-elle dit au général Sánchez qu'elle n'avait mangé que des fruits tombés par terre et à sa grand-mère qu'elle avait grimpé aux arbres pour les cueillir ? Est-ce qu'une petite indigène de 9 ans va dessiner un drapeau colombien flottant dans la jungle sans y avoir été poussée par un adulte patríote ? Physiquement affaiblis et submergés par l'attention qu'ils recevaient, les enfants semblaient répéter des éléments de langage qu'on leur avait fournis ou être très facilement influencés par leurs interlocuteurs.

Interroger la véracité de ces récits ne remet nullement en cause l'ingéniosité, la force mentale et le courage dont ces enfants ont fait preuve. Cela ne revient pas non plus à minimiser le rôle crucial que leur culture uitoto a joué dans leur survie. Avec un approvisionnement suffisant en fruits du milpesos, les enfants avaient pu subvenir à leurs besoins jusqu'au jour de leur sauvetage. Mais les divergences entre la version racontée à leur famille à l'hôpital et le rapport un peu trop soigné des enquêteurs de l'Aerocivil me poussent à croire que ce dernier a été fortement influencé par les adultes qui leur ont rendu visite durant leur séjour en foyer d'accueil au cours du deuxième semestre 2023.

Pourtant, peu de gens ont prêté attention aux incohérences du rapport de l'Aerocivil au moment de sa publication. Les Colombiens commençaient alors à se détourner de cette histoire qui leur laissait un goût amer. En Colombie, les mondes d'*Encanto* et de *Narcos* sont intimement mêlés : l'univers fantastique se heurte bien souvent à une sombre réalité. Le 11 août 2023, Manuel Roque fut arrêté dans un parc du nord de Bogotá et conduit devant le procureur.

Il était accusé du viol de Lesly Jacobombaire.

LE COMBAT

L'engagement sans faille de Manuel Roque dans l'Opération Espoir et son aisance devant les micros avaient fait de lui une petite célébrité et un héros dans le cœur des Colombiens. Mais dans les jours qui suivirent le sauvetage, son franc-parler commença à lui causer des ennuis. Le 11 juin, vêtu d'un vieux jean et d'un pull en laine pour résister au froid de Bogotá, il dit à des journalistes amassés devant l'hôpital militaire qu'il avait parlé à Lesly. « Tout ce qu'[elle] m'a dit, c'est que sa mère a survécu pendant quatre jours. Avant de mourir, elle leur a dit : "Laissez-moi ici, vous allez voir qui est votre père, il sait ce que c'est l'amour d'un père, il vous l'a déjà prouvé." »

Rétrospectivement, c'était une déclaration bien peu probable et fort opportune pour lui, mais les médias du monde entier étaient alors tellement avides de nouvelles sur l'épreuve qu'avait traversée les enfants que beaucoup l'avait publiée telle quelle. Elle ajoutait un aspect tragique à toute l'histoire. Magdalena, coincée dans l'avion, forcée de chasser ses enfants, faisant passer leur survie avant la sienne. La version de Manuel dans laquelle les dernières paroles de Magdalena servaient à louer ses qualités paternelles fut toutefois la goutte d'eau dans un conflit familial larvé.

Le lendemain, Narciso Mucutuy prit la parole après avoir rendu visite à Lesly. Selon lui, Lesly lui avait dit que leur mère et les autres adultes étaient morts sur le coup. Cette version fut corroborée par le rapport provisoire de l'Aerocivil selon lequel les trois passagers adultes avaient succombé à « de graves blessures, des insuffisances d'organes et des hémorragies importantes ». Deux jours plus tard, Fatima s'exprima sur Caracol Radio. « Lesly ne voulait rien avoir à faire avec [Manuel]. Elle avait même envie de mourir tellement il maltraitait sa mère. La vérité, c'est qu'il a essayé d'abuser de Lesly. Il l'a emmenée [dans la jungle] et l'a attrapée mais elle a réussi à s'enfuir. Elle est arrivée en courant et elle a tout raconté à sa mère puis il est arrivé derrière elle et il l'a battue. Il était très violent. » Les grands-parents maternels firent savoir qu'ils allaient engager des procédures pour obtenir la garde des quatre enfants.

L'ICBF annonça de son côté qu'ils allaient rester sous la protection des services sociaux pendant six mois, le temps de la restauration de leurs droits : un protocole classique pour les enfants vulnérables. Pendant qu'une équipe de psychologues commençait à travailler sur leur rapport, Manuel eut l'interdiction de rendre visite à Lesly et Soleiny à l'hôpital.

Un mois après l'arrestation de Manuel, le bureau du procureur rendit publiques les accusations retenues contre lui. D'après le document, les agressions avaient commencé alors que Lesly n'avait que 10 ans et s'étaient répétées pendant trois ans. « Il profitait des moments où il se retrouvait seul avec la fille mineure, quand sa mère travaillait sur la chagra et que les autres enfants n'étaient pas à la maison, pour commettre diverses agressions et abus sexuels. » Le document faisait la liste de ces actes supposés, qui allaient de baisers et attouchements à de multiples viols. L'enquête affirmait que Manuel avait dit à Lesly que, lorsqu'elle serait adulte, ils se marieraient. Quand elle avait essayé de parler de ces agressions à un membre de sa famille, Manuel l'avait menacée avec une machette. D'après les interrogatoires menés avec Lesly, il lui aurait dit que, si elle en reparlait « il la tuerait et la balancerait aux vautours ».

En novembre 2023, j'ai pris un bateau entre Araracuara et Puerto Sábalo en compagnie d'Ismael Mendoza, le père de Herman, âgé de 83 ans. Rejoindre le village où Magdalena et sa famille avaient vécu pendant quatre ans avant l'accident n'a pas été chose facile. Après douze heures de bus entre Bogotá et San José del Guaviare, nous avons rejoint Araracuara en avion-cargo, un Antonov rempli de matériaux de construction, d'appareils électroménagers et de caisses d'Aguila, une bière locale. Quand nous sommes arrivés sur le dock de Puerto Arturo, Ismael a négocié avec un passeur un trajet de trois heures sur la rivière, de l'autre côté des gorges et des rapides, jusqu'à Puerto Sábalo.

Outre la logistique, la question principale restait la sécurité. L'EMC contrôlait le territoire en amont d'Araracuara. L'arrivée d'un visiteur étranger serait forcément relayée par des informateurs présents dans le village. Deux mois plus tôt, une équipe de télévision étrangère n'avait pas eu le droit d'entrer, mais au moment de ma visite, la situation s'était améliorée sur cette portion du río Caquetá. En octobre, l'état-major colombien avait annoncé la mort d'El Gato, le guérillero soupçonné d'avoir tué quatre enfants indigènes au mois de mai. L'armée affirmait qu'il avait été abattu lors d'un échange de coups de feu, mais l'EMC accusait les militaires d'avoir exécuté El Gato après sa capture. Dans son camp, on avait retrouvé des armes à feu, des grenades et une indigène de 15 ans qu'il avait recrutée et qu'il abusait sexuellement. Deux semaines plus tard, le gouvernement avait annoncé un cessez-le-feu de trois mois avec l'EMC et ouvert des pourparlers avec les guérillas. Une vieille Uitoto m'a dit dans sa cuisine enfumée que la région semblait plus sûre, néanmoins elle était toujours trop méfiante pour me donner son nom. Elle nous a plutôt offert un verre de jus d'ananas et une vertèbre de tapir fumée avant de nous dire au revoir.

Ismael ne s'est pas fait prier pour manger le tapir, arrachant la chair sur l'os avec sa dentition toujours complète. On m'avait conseillé de ne pas m'aventurer en amont d'Araracuara sans un guide expérimenté et disposant de contacts. Ismael était parfait dans ce rôle, en plus d'être un compagnon de route chaleureux. Nous nous étions vus plusieurs fois à Bogotá avant de partir et il m'avait fait l'impression d'un homme timide, petit et frêle, emmitouflé sous plusieurs vestes et chemises pour lutter contre le froid andin. Mais la jungle semblait le revigorer. Il a grimpé sans problème le tupui d'Araracuara. Plus tard, il a sauté sur la berge boueuse pour amarrer notre canoë avec un enthousiasme enfantin. En chemin, il me montrait les installations de l'ancienne colonie pénitentiaire, où il avait été gardien : des bâtiments en briques couverts de lierre, des têtes de bétail qui avaient retrouvé leur liberté et les machines rouillées de l'ancienne scierie qui ressemblait à une locomotive à vapeur perdue dans la jungle.

Cependant, alors que nous étions étendus torse nu dans des hamacs qui se balançaient dans la chaleur du soir, dans des maisons sur pilotis, il semblait se désespérer. Quand il était jeune, il avait souffert de la manière dont ses chefs blancs et les prisonniers le traitaient. Mais, depuis la fin de la colonie, la piste d'atterrissage et la route qui desservaient Araracuara avaient atteint un stade de délabrement pathétique.

Pour le Peuple du Centre qui habitait cette région, les emplois bien rémunérés se limitaient à l'exploitation clandestine du bois, à l'orpaillage et au transport de drogue. Il doutait que les crédits carbone, le dernier filon en date, apportent des bénéfices substantiels à la communauté.

Il craignait pour la sécurité sur le fleuve et n'avait pas oublié que c'était la menace des FARC qui l'avait poussé à s'exiler. Alors que le reggaeton nous parvenait du bar voisin, Ismael, fervent catholique qui s'était tenu éloigné de la bouteille la majeure partie de sa vie, regrettait le taux d'alcoolisme dans la communauté et le déclin de la culture indigène de son enfance. À présent, son fils aîné, Herman, qui avait lutté contre ces changements, qui avait mis à profit son éducation reçue à Bogotá pour se battre pour les droits des indigènes, n'était plus là.

Arrivé à Puerto Sábalo, j'ai découvert que la maloca où Lesly avait vécu avec ses frère et sœurs était abandonnée : les murs en tôle ondulée avaient été arrachés et peu de choses indiquaient qu'une famille avait autrefois habité ici. La chagra dont s'occupait Magdalena donnait toujours et regorgeait de manioc. William Castro, l'ancien bras droit de Manuel, nous a invités chez lui. Quand il a eu fini de nous parler des premières années de Manuel et Magdalena à Puerto Sábalo, il nous a raconté les événements du début du mois d'avril 2023.

« Les problèmes ont commencé avant les histoires des crédits carbone », a-t-il affirmé.

Au début de l'année 2023, Manuel, qui venait d'être élu gouverneur, fut envoyé à Bogotá pour essayer de formaliser la reconnaissance légale de Puerto Sábalo par l'État colombien. La communauté avait besoin d'un numéro fiscal et d'un compte en banque et elle devait mettre à jour ses données de recensement. Il reçut 6 millions de pesos, l'équivalent de 1 500 dollars, pris sur le budget de la communauté, pour ses dépenses.

Quelques jours après son arrivée à la capitale, il fit savoir que les fonds étaient insuffisants et obtint une rallonge de 5 millions de pesos. Malgré ces ressources supplémentaires, Manuel n'accomplit pas ses missions. Il affirma s'être fait voler l'argent. Mais d'autres paisanos qui vivaient en ville dirent à William que Manuel avait été vu en train de boire et faire la fête pratiquement tous les soirs. Fatima était aussi à Bogotá à ce moment-là et elle avait surpris Manuel en train de dîner avec une ex-petite amie dans un hôtel-restaurant.

Quand Manuel revint à Puerto Sàbalo, il était accompagné de cette même femme. William était furieux, à cause de ce gaspillage d'argent et des circonstances de son retour.

« Je lui ai dit qu'il avait tout foutu en l'air. Je lui faisais pleinement confiance (...) mais il était maintenant arrogant et vantard. »

L'ex-copine passa une semaine dans la maison du père de Manuel, mais ce dernier racontait à William et à qui voulait l'entendre qu'il comptait bien vivre avec deux compagnes sous le même toit. Il disait aux garçons du village que c'était ainsi qu'un homme, un vrai, devait se comporter, sans se soucier de l'humiliation subie par Magdalena. Ce n'était toutefois pas ainsi que le reste de la communauté catholique entendait vivre. Et même s'ils pouvaient apprécier une fête de temps à autre pour célébrer un mariage ou un saint, ils n'étaient pas habitués aux beuveries et à la musique assourdissante qui s'échappait chaque jour de la maloca de Manuel.

« Ils commençaient à boire, puis ils se disputaient et enfin ils se battaient dehors », résume William.

Il laissa trois jours à Manuel pour renvoyer son ex mais celui-ci ignora l'ultimatum. L'un des frères de Magdalena vint le menacer avec un fusil, mais il prit la fuite. Quand Magdalena refusa l'arrangement que Manuel voulait lui imposer, il devint violent. Elle se mit à aller se baigner dans le fleuve de bonne heure pour cacher ses bleus, mais les femmes du village comprirent rapidement et elle leur révéla les maltraitances qu'elle subissait. À mesure que l'animosité du village à son égard grandissait, Manuel évoqua la possibilité de déménager avec Magdalena.

«Je leur ai dit à tous les deux: "Peu importe où vous vivrez, si vous ne changez pas, vous rencontrerez les mêmes problèmes partout – que ce soit à Bogotá, en Suisse ou aux États-Unis"», dit William.

Une nuit d'avril, les villageois entendirent des cris dans la maloca. Manuel battait Magdalena avec le plat d'une machette. Des photos prises le lendemain montrent son cou et son dos couverts d'ecchymoses violet foncé. William affirme que Manuel battait aussi les enfants. Dans les hurlements quotidiens du couple, les voisins entendirent une accusation glaçante: Magdalena criait que Manuel avait essayé d'abuser de Lesly. La version de William correspondait au récit que Fatima Mucutuy avait fait dans les médias.

Le village était furieux contre Manuel et William fut forcé d'agir. Il savait qu'il avait des antécédents de violence et de consommation de drogue et que ses écarts récents allaient attirer l'attention de la guérilla, qui exigerait très probablement des sanctions expéditives.

William convoqua une réunion d'urgence et le village décida de révoquer le mandat de gouverneur de Manuel. Ils déterminèrent aussi sa sanction. L'article 246 de la Constitution colombienne autorise les peuples indigènes à appliquer leurs propres lois sur leurs territoires. Les Nasa du Sud-Ouest sanctionnent ainsi la consommation de drogue par des coups de fouet sur les mollets, suivis de l'application d'une eau médicinale contenant une plante sacrée pour symboliser leur retour au sein de la communauté. Pour les crimes les plus graves, les Ticunas d'Amazonie peuvent condamner le coupable à rester attaché à un arbre, exposé aux terribles piqûres des fourmis géantes. D'autres châtiments sont plus symboliques. Pour les Kichwa, une communauté qui vit dans la région frontalière de l'Équateur, les cheveux longs sont un symbole de connaissance et synonymes de respect, si bien que couper les cheveux d'un Kichwa est un geste d'humiliation considéré comme une punition sévère.

À Puerto Sábalo, les anciens mâchèrent leur mambé et décidèrent que Manuel devait purger son corps et son âme de ses penchants destructeurs. Il allait donc devoir ingérer 200 grammes d'ambil sous forme liquide, une dose qui expulserait le démon en lui ou qui pourrait tout à fait se révéler mortelle.

« La purge peut guérir quelqu'un moralement et psychologiquement et permettre à une nouvelle personne de naître », dit William. Reste qu'administrer de telles quantités d'ambil n'était pas commun : les anciens ne se souvenaient que d'une seule autre occasion où ils avaient eu recours à cette punition. Manuel, qui n'était pas fan des médecines traditionnelles et qui deux mois plus tard réagirait mal au yagé offert par Don Rubio, décida de ne pas courir le risque. Quand il eut vent de la sanction, il disparut, embarquant de nuit sur une lancha.

Dans la version de William, Manuel n'avait pas été menacé par l'EMC. Il avait été chassé par les villageois, qui ne pouvaient plus ignorer ses mauvais traitements.

« Ce qu'ils racontent sur la maltraitance dont a été victime Magdalena est une réalité pour beaucoup de femmes de la jungle », souligne Maria Kuiru, la gouverneure de l'une des communautés de La Chorrera, qui préfère qu'on l'appelle par son nom indigène, Jitomakury, et que j'ai rencontrée près de la piste d'atterrissage de la ville. Elle portait un jean, des baskets et un chapeau de paille pour se protéger du soleil de midi. Elle s'est montrée très patiente, même lorsque mes questions remuaient différentes douleurs et frustrations. Elle se bat depuis plus de trente ans pour la protection des femmes et des enfants amazoniens.

La société uitoto a toujours été patriarcale et son père ne dérogeait pas à la règle. Mais le destin lui avait donné huit filles qui, à en croire Jitomakury, avaient toutes un côté rebelle. Adolescente, elle s'était mise à fumer, non pas parce qu'elle aimait le goût mais parce que les hommes du village lui disaient qu'elle n'en avait pas le droit. À 20 ans, elle devint la première femme gouverneure de La Chorrera et les vingt autres gouverneurs la considérèrent comme une curiosité.

Mais Jitomakury était une pionnière. Il y a aujourd'hui huit gouverneures sur les 22 communautés que compte La Chorrera. Depuis la fin des années 1980, les politiques nationales et les mutations culturelles ont érodé certaines des pratiques les plus patriarcales de la communauté.

« Les femmes ont pris les rênes, nous sommes devenues plus fortes, nous avons commencé à demander que nos droits soient respectés », déclare-t-elle.

Les mariages arrangés entre clans, autrefois très répandus, ont été largement abandonnés et de nouvelles lois sur l'âge du consentement sexuel ont contribué à réduire la pratique consistant à marier les jeunes filles dès qu'elles étaient réglées. Une antenne de l'ICBF a été implantée à La Chorrera, facilitant grandement la poursuite des violences sexistes.

Malgré ces avancées, la commune de La Chorrera a enregistré au cours des cinq dernières années l'un des plus hauts taux de violences conjugales et sexuelles de toute la Colombie. Jitomakury regrette que, trop souvent, les affaires de violence domestique ou les viols soient réglés entre les familles, le coupable versant généralement une forme de compensation. Les enfants, laissés seuls à la maison pendant que leur mère travaille à la chagra ou envoyés dans des pensionnats loin de la communauté de leurs parents, sont particulièrement vulnérables. Comme partout, les abus sexuels sont souvent perpétrés par un membre de la famille. Elle évoque le cas d'une femme qui savait que son mari violait leurs filles mais qui ne disait rien par peur des représailles. Par ailleurs, il y a eu dans la région de La Chorrera des dizaines de cas d'abus sexuels sur mineurs perpétrés par des agents publics – dont des enseignants, des prêtres et des militaires. Faute de présence policière, la plupart des agressions ne font l'objet d'aucune plainte, selon un ancien procureur de la région qui, en 2020, dénonçait l'abandon systématique de l'État et la loi du silence qui règne au sein des communautés.

Il n'en a pas toujours été ainsi. La culture uitoto, qui célèbre la vie et l'abondance, valorisait le pouvoir de procréation des femmes et les révérait. Pratiquement tous les cas de violences conjugales ou sexuelles dont Jitomakury a été témoin font état de consommation d'alcool ou d'autres drogues. « Nous assistons à la perte de notre culture, dit-elle. Nous avons reçu des coups terribles de la part du monde occidental : d'abord avec le commerce du caoutchouc, puis avec le boom des fourrures, et maintenant avec la coca. Ils nous ont apporté l'alcool, la musique assourdissante et un désir pour les biens luxueux, qui ont créé les conditions propices à ce genre d'abus. »

Isolés sur le río Caquetá, Magdalena et ses enfants étaient encore plus vulnérables qu'à La Chorrera. Non seulement l'ICBF y était absente, mais l'armée et la police n'osaient pas mettre les pieds à Puerto Sábalo. Le seul recours était la communauté, mais le seuil à atteindre avant qu'elle intervienne était très élevé. Les familles avaient tendance à se mêler de leurs affaires, d'après William Castro, sans compter que Manuel avait déjà démontré une autorité suffisante pour être désigné gouverneur. Vers qui pouvait-elle se tourner ?

Le lendemain de leur dernière dispute, Magdalena quitta Puerto Sábalo. Ce matin-là, Lesly, Soleiny et Tien étaient introuvables. « Elle a pris [Cristin], elle a cherché les enfants mais elle ne les trouvait pas, raconte William Castro. Elle essayait de se réveiller de ce cauchemar, d'oublier ce qui s'était passé. Elle était très, très blessée, mais elle était forte.» Elle finit par renoncer. Son frère arriva en lancha pour l'emmener avec Cristin à Chukiki.

Cela aurait pu et peut-être dû marquer la fin de l'histoire. Manuel aurait vécu sa vie à Bogotá, comme des millions de Colombiens forcés de quitter leur communauté rurale. Magdalena et sa famille auraient pu rester à Puerto Sábalo ou à Chukiki, loin de leur agresseur.

Des membres de la famille de Magdalena racontent qu'elle avait des conversations téléphoniques animées pendant qu'elle était à Chukiki. Apparemment, elle finit par prendre la décision de suivre le plan de Manuel et de quitter Puerto Sábalo pour Bogotá. Les raisons de cette décision, compte tenu des sévices dont elle était victime et de la menace que Manuel représentait pour Lesly, sont difficiles à saisir. William dit que les habitants de Puerto Sábalo ont fini par conclure qu'elle était masochiste. Fidencio Mucutuy, l'oncle de Magdalena, affirme que Manuel lui avait fait subir «un lavage de cerveau» en lui promettant une maison et de l'argent à la capitale. La famille voulut l'empêcher de partir. Dans une interview accordée à un média local en juillet 2023, Fidencio révéla que c'était lui qui avait appelé la compagnie qui gérait les vols cargos pour qu'ils ne laissent pas Magdalena monter à bord.

Magdalena demeurait pourtant inflexible. Elle n'avait pas réussi à prendre les vols cargos à Araracuara et continuait de communiquer avec Manuel pour faire pression sur la police afin qu'ils soient considérés comme príoritaires, du fait des menaces de la guérilla. Rien ne certifie, cependant, que Magdalena ait réellement souhaité partir s'installer à Bogotá avec Manuel. Certains Uitoto, dont son amie d'enfance Diana Rodríguez, pensent qu'elle n'a jamais eu l'intention de monter dans le bus pour Bogotá mais qu'elle avait prévu de rester à San José del Guaviare et de loger chez un parent. Elle aurait pu ainsi échapper à la jungle et à Manuel. On ne connaîtra peut-être jamais ses véritables motivations.

Le soir où Manuel agressa Magdalena, Lesly prit Soleiny et Tien et les fit sortir de la maison. Elle les conduisit sur le petit sentier de terre qui serpentait sur la chagra et les aida à franchir les étroites planches qui enjambaient les ruisseaux. Ils montèrent la colline, passèrent devant le terrain de foot et la minuscule école posés au sommet. Ils continuèrent leur chemin. Lesly les emmena dans les profondeurs sombres de la *monte*, là où la canopée avalait les derniers rayons des étoiles. Elle fabriqua alors un abri avec des palmes et serra son frère et sa sœur contre elle.

En novembre 2023, j'ai parcouru ce chemin, guidé par un ami de Lesly. Il scrutait la forêt de part et d'autre du sentier et montrait les fruits qu'elle produisait. Canangucho, camu camu, juan soco, milpesos. Il me dit que Lesly et ses frère et sœur disparaissaient souvent lors des violentes disputes alcoolisées de Manuel et Magdalena. Parfois, les enfants rentraient le soir même, quand les cris avaient cessé. D'autres fois, ils ne revenaient que le lendemain matin. Cette fois-ci, ils restèrent trois jours dans la jungle avant de rentrer à Puerto Sábalo puis de retrouver Magdalena et Cristin à Chukiki. Lesly avait nourri son frère et sa sœur avec des fruits et des graines cueillis sur les arbres, ceux que sa mère lui avait appris à reconnaître.

LA GARDE

Le 14 juillet 2023, après avoir passé un peu plus d'un mois à l'hôpital militaire, les quatre enfants furent placés dans un foyer de l'ICBF dans la banlieue nord de Bogotá. C'était une structure spacieuse et chaleureuse qui accueillait 60 autres enfants. Les salles de jeux et les dortoirs étaient éparpillés dans de vastes jardins et les toits pointus donnaient l'impression de se trouver dans un village indigène traditionnel. L'ICBF employa des moyens exceptionnels pour qu'ils s'y sentent bien. Du personnel uitoto fut embauché pour qu'ils puissent parler leur langue maternelle. Une petite chagra fut aménagée pour que les résidents puissent semer et récolter des plantes. Les visiteurs leur apportaient leurs mets favoris – fariña, poisson fumé et fruits de la jungle – et leurs compagnons apprirent bientôt à reconnaître les odeurs parfumées de la cuisine amazonienne.

L'appétit de Tien était une source d'étonnement pour les travailleurs sociaux. Il était toujours le premier à finir son assiette et pressé d'en demander une deuxième, et il fallait souvent rappeler au garçon de 5 ans les vertus du partage, même si son énergie débordante et son espièglerie provoquaient plus de rires que de remontrances. Le général Pedro Sánchez se rappelle un moment de légère panique lors d'une de ses visites, quand il crut avoir égaré son béret. Celui-ci réapparut bientôt, enfoncé sur la tête de Tien qui paradait, une main sur le front, en chantant « c'est moi le général ! ».

Soleiny s'intégra rapidement elle aussi. Ouverte et bavarde, elle sympathisa vite avec les autres enfants et passait beaucoup de temps à jouer et à aider les plus petits. Lesly, elle, restait silencieuse et distante. Elle préférait peindre et, pendant les premiers mois, elle interagit moins avec les autres. Elle souffrait de cauchemars récurrents et revoyait souvent la mort de sa mère. Même si chaque membre de la fratrie réagissait différemment à son séjour dans le foyer de l'ICBF, ils partageaient un désir commun : retrouver le territoire uitoto.

En vertu des directives de l'ICBF, si on estime qu'un enfant risque d'être exposé à des violences ou à des mauvais traitements, ou s'il ne dispose pas d'un environnement familial capable de garantir sa sécurité, une procédure de « restauration de droits » doit être entreprise. Au début, du moins, l'organisation préconisa de les placer ensemble. Fatima et Narciso avaient donc plus de chances d'en obtenir la garde, puisqu'ils étaient les grands-parents maternels des quatre enfants. Compte tenu de la gravité et de la crédibilité des accusations portées contre lui, le placement chez Manuel Ranoque n'était plus une option, mais sa sœur, qui vivait à Puerto Sábalo, avait demandé la garde de Tien et Cristin. Dans le même temps, Andrés Jacobombaire insistait pour que Lesly et Soleiny reviennent chez lui. Il fit remarquer qu'elles avaient une sœur et un frère, Angie et John Andrés, qui vivaient toujours à La Chorrera : une donnée apparemment négligée par l'ICBF dans son projet initial.

Durant toute la période de recherche de ses filles, Andrés s'était tenu éloigné des projecteurs. Sa santé fragile l'empêchait de se joindre aux équipes de volontaires et il avait dû écouter, frustré, les interviews de Manuel Ranoque à la télévision et à la radio. Non seulement celui-ci n'avait rien fait pour détromper ceux qui croyaient qu'il était le père des quatre enfants, mais il avait même semblé encourager cette idée. Pendant les premiers jours de recherches, alors que les familles attendaient des nouvelles dans le hangar de l'aéroport de Villavicencio, Manuel s'était présenté comme le mari de Magdalena. Ce n'était pas vrai, puisque Andrés et Magdalena n'avaient jamais divorcé. Rosamira raconte l'avoir repris dans les bureaux d'Avianline lorsqu'il avait voulu indiquer que le nom de famille de Lesly et Soleiny était Ranoque. Durant leur dispute, Manuel aurait affirmé posséder des documents de l'état civil stipulant qu'il était le père des deux filles. Il ne les a jamais fournis et tous les documents officiels indiquaient qu'Andrés était leur père. Quoi qu'il en soit, l'opinion publique ignorait que les quatre enfants n'avaient pas le même père. Lorsque Andrés rencontra Pedro Sánchez au chevet de Lesly, celui-ci parut surpris d'apprendre qu'elle était sa fille.

Après leur première visite à l'hôpital militaire, Andrés, Rosamira et Jairo revinrent les deux dimanches suivants. Ils apportèrent de la nourriture et des jouets et montrèrent à Lesly et Soleiny des photos de la maison de La Chorrera où elles avaient passé leurs premières années, ainsi que des photos d'Angie et John Andrés. Elles se souvenaient de leur frère et de leur sœur et, d'après Andrés et Rosamira, voulaient retourner à La Chorrera. Andrés dit, qu'à ce moment-là, il ne pensait à rien d'autre qu'au bien-être de ses filles mais qu'à l'issue de sa dernière visite à l'hôpital, le 30 juin, les Mucutuy lui proposèrent d'aller boire un café.

Au cours des deux mois précédents, les deux familles s'étaient rapprochées, partageant leur angoisse lors des recherches, leur peine à l'annonce de la mort de Magdalena et leur soulagement après le sauvetage des enfants. Andrés avait une grande estime pour Narciso depuis sa visite à Puerto Sábalo. Mais ce jour-là, on lui présenta un avocat qui lui demandait de signer des documents qui, disait-il, garantiraient que les enfants ne demeurent pas sous la responsabilité de l'ICBF. Andrés refusa de signer et l'homme se mit en colère. Ce fut la première étape d'une âpre bataille judiciaire pour la garde des enfants.

Rosamira avait autrefois fait des ménages chez un avocat du nord de la ville, à qui elle demanda conseil. Fredy Quintero avait un crâne dégarni, une personnalité joyeuse et rien du snobisme que l'on croise dans les grands cabinets de Bogotá. Nous nous sommes vus plusieurs fois à la fin 2023 et au début 2024 et il semblait toujours plus déconcerté par les rebondissements de la procédure. Sa première initiative avait été de demander à voir le contrat qu'Andrés avait refusé de signer. Comme il ne parvint pas à obtenir la pièce, il en conclut qu'il était défavorable à son client. De son point de vue, ça n'avait que peu d'importance car la loi était claire : en cas de décès de l'un des parents, la garde revient au parent survivant. À la demande de Rosamira, il accepta de représenter Andrés.

« Je pensais que ce serait un dossier d'affaires familiales classique et assez simple, me dit-il. Mais j'ai vite eu l'impression que l'ICBF était déterminée à saper la demande d'Andrés. » Les premiers problèmes se manifestèrent par plusieurs omissions. Andrés ne fut pas informé que les enfants avaient été autorisés à quitter l'hôpital. Le 6 juillet, le président Petro convoqua une conférence de presse à la Casa de Nariño, le palais présidentiel néoclassique dans le centre de Bogotá. Dans le public se trouvaient Astrid Cáceres, directrice de l'ICBF, ainsi que Fatima et Narciso Mucutuy. Cáceres annonça ensuite à la presse que le gouvernement allait mettre en place un fonds pour assurer l'avenir des enfants et qu'il avait eu « une réunion cordiale » au cours de laquelle « la famille avait pu porter divers points à la connaissance du président ». Mais Andrés et sa famille n'avaient pas été conviés.

La mission consistant à trouver une seule maison pour les quatre enfants était d'autant plus ardue que les trois aînés n'avaient pas les mêmes préférences. Depuis le début, Soleiny était déterminée à retourner à La Chorrera auprès de son frère et de sa sœur aînés. Lesly semblait avoir changé d'avis durant son séjour à l'hôpital. Il est indéniable qu'Andrés lui avait rendu visite trois fois au cours de son hospitalisation. Ces retrouvailles furent, dit-il, joyeuses et Lesly était heureuse de rétablir un lien avec sa famille. D'après Andrés et Rosamira, elle disait alors qu'elle voulait retrouver la maison de son enfance à La Chorrera.

Une fois au foyer, néanmoins, Lesly changea d'attitude. Lors des visites des Jacobombaire, Soleiny, toujours aussi gaie et vive, sautait au cou de son père et de sa tante. Tien sortait discrètement de sa chambre pour aller jouer à la bagarre avec Jairo, qu'il appréciait de plus en plus et qu'il appelait désormais « Tio ». Lesly, elle, restait au dortoir. Elle était fâchée que son père ait maintenant envie de la voir alors qu'il ne lui avait pas rendu une seule visite durant ses six années à Puerto Sábalo, m'a confié une source proche de Lesly à l'époque.

Andrés fut blessé de cette accusation. Il maintient qu'il avait essayé à plusieurs reprises de convaincre Magdalena de lui rendre ses filles. La bataille pour la garde des enfants prit un tour amer. Des accusations sur des faits plus ou moins récents ressurgirent. Andrés accusait les Mucutuy de monter sa fille aînée contre lui. Fatima accusait Andrés de mauvais traitements sur Magdalena. Quant à Manuel, il accusait Fatima d'être une alcoolique qui ne s'était jamais intéressée à ses petits-enfants avant le crash.

Lors de la première audience en 2023, après six mois de travail sur le dossier, l'ICBF n'était pas en mesure de fournir à la cour un avis sur la garde des enfants, et prolongea de six mois la période de restauration de leurs droits. En juin 2024, celle-ci fut à nouveau prolongée. En Colombie, il n'est pas rare que les dossiers de justice familiale traînent, mais le délai d'une affaire aussi médiatique semblait inexplicable. À ce stade, les familles Jacobombaire et Mucutuy étaient au moins unies dans leur frustration face à l'inimaginable lenteur de l'ICBF. Une année devait quand même suffire pour examiner le dossier de chacune des familles, non ? Et à supposer qu'aucune ne remplisse les conditions, il devait être possible de dénicher une famille d'accueil pour leur permettre de retrouver un semblant de vie normale.

Comment expliquer ces délais ? Pourquoi Andrés n'avait-il pas obtenu la garde de Lesly et Soleiny à la première audience ? Pourquoi n'avait-il pas été invité à l'événement à la Casa de Nariño ? J'ai posé ces questions à l'ICBF, qui n'a pas souhaité réagir malgré d'innombrables relances.

À l'heure où j'écris ces lignes, la procédure est en cours et les pièces versées au dossier demeurent confidentielles. Toutefois, en échangeant avec des sources proches du dossier, j'ai une idée de la nature des accusations portées contre les différentes parties et de leurs motivations potentielles. La seule chose pertinente à dire est que cette bataille judiciaire m'a fait de la peine pour Lesly : après l'épreuve qu'elle avait traversée dans la jungle, elle faisait face à de nouveaux tourments. Mon impression était qu'elle était devenue un pion dans un combat entre des adultes qui voulaient réécrire sa version de l'histoire. Cela pouvait expliquer les incohérences entre ce qu'elle avait dit à sa famille à l'hôpital et la version qu'elle avait donnée plus tard aux enquêteurs de l'Aerocivil. Qui d'autre que les membres de la famille avait rendu visite aux enfants durant leur hospitalisation ? Là encore, l'ICBF a refusé de me répondre.

Leur histoire valait beaucoup d'argent. Au cours de la semaine qui a suivi la publication de mes articles sur leur sauvetage dans *The Guardian*, j'ai reçu une demi-douzaine d'e-mails de documentaristes qui me demandaient de les aider à «contacter» les enfants et leur famille. J'ai tenté d'expliquer qu'ils étaient encore faibles, hospitalisés et sans doute traumatisés par ce qu'ils avaient vécu. Je supposais que cela prendrait des mois avant qu'ils soient capables de témoigner.

Pourtant, le 22 juin, alors que les enfants étaient toujours à l'hôpital, Petro annonça sur X que Simon Chinn, réalisateur doublement oscarisé, s'associerait à RCTV, la chaîne publique colombienne, pour produire un documentaire sur l'Opération Espoir et la survie des enfants dans la jungle. On ignore sur quelle base juridique le gouvernement et la chaîne ont fait cette annonce. En vertu de la loi colombienne, de telles décisions mettant en jeu le droit à l'image des enfants sont de la responsabilité de leur responsable légal. Dans le cas de Lesly et Soleiny, c'était Andrés. La *patria de potestad*, l'autorité parentale, ne pouvait être retirée qu'en cas d'abandon ou de sévices. Andrés n'avait pas abandonné ses filles: elles lui avaient été enlevées. Au cours du deuxième semestre 2023, alors que d'autres parents et membres des équipes de recherche acceptaient, contre rémunération, d'apparaître dans des documentaires produits à la hâte, Andrés refusa toute interview.

Il fallut attendre février 2024 pour que des représentants de l'équipe de production du documentaire ayant reçu l'aval présidentiel entrent en contact avec Quintero, reconnaissant enfin Andrés comme responsable légal des aînées. Andrés m'a dit que son rêve était d'assurer l'avenir de Lesly et Soleiny sur le plan financier, pour leur permettre d'aller à l'université, de voyager et d'étudier à l'étranger. Le contrat leur offrait cette opportunité. Les revenus générés par le film seraient investis dans un fonds au bénéfice des quatre survivants du HK-2803, qui serait géré par l'ICBF et une ONG locale.

En mai 2024, Lesly et Soleiny accordèrent des interviews filmées. En août, Quintero les aida à remplir les documents pour obtenir un passeport et un visa pour les États-Unis. Le film devait être diffusé d'ici la fin de l'année, alors que les enfants seraient encore probablement sous la tutelle de l'ICBF, mais des dispositions étaient prises pour leur permettre d'assister à la première.

En juin, pour le premier anniversaire de leur sauvetage, l'ICBF a publié un communiqué pour donner des nouvelles des enfants. Une photo les montrait tous les quatre, assis dans l'herbe, les bras levés, un grand sourire sur le visage. Le communiqué disait qu'ils continuaient d'aller à l'école et qu'ils étaient suivis par une équipe spécialisée dans les droits des indigènes pour s'assurer qu'ils ne perdent pas le lien avec leurs coutumes, malgré la distance.

« Nous pouvons remercier les frère et sœurs Mucutuy, concluait le communiqué, pour avoir uni tous les Colombiens derrière une même cause. »

Mais les personnes qui avaient rendu visite aux enfants disaient qu'ils s'ennuyaient et qu'ils étaient frustrés après une année passée dans le foyer de Bogotá. Ils voulaient retourner auprès de leur famille.

ÉPILOGUE

Un an après le sauvetage, une touche de couleur orne désormais les bureaux austères du CCOES à Bogotá. Dans le hall d'entrée, une immense carte de la zone de recherche recouvre le mur. Une toile d'araignée jaune retrace les itinéraires parcourus pendant cinq semaines par les militaires et une série de photos montre les commandos sur le qui-vive, les stoïques chercheurs indigènes et le spectaculaire sauvetage des enfants en hélicoptère. Contrairement à la vitrine à trophées remplie de souvenirs de la guérilla au troisième étage, cette nouvelle installation est une imposante et réjouissante publicité pour la mission humanitaire la plus médiatisée jamais menée par l'armée.

Le général Pedro Sánchez a désormais l'habitude des interviews. Au cours des douze derniers mois, il est devenu un invité bien connu des médias colombiens, apparaissant dans des émissions de télévision et des salons du livre, incarnant sans doute le militaire le plus reconnaissable de l'histoire récente du pays. C'est un changement assez net par rapport à l'homme qui mettait en avant le travail de l'ombre de son unité durant notre première rencontre. Sa célébrité a fait tiquer certains officiers plus conservateurs mais Sánchez écarte toute accusation de carriérisme. S'il doit quitter l'armée demain et aller traire des vaches, dit-il, c'est ce qu'il fera.

Il est toutefois évident qu'il prend son rôle de relations publiques très au sérieux. Quand je lui demande s'il pense que l'Opération Espoir a changé la perception que les Colombiens ont de leur armée, il est prêt à dégainer les sondages d'opinion favorables sur son smartphone. Oui, il y a eu un léger pic dans les sondages au milieu de l'année 2023, mais la cote de popularité de l'armée est depuis retombée bien en dessous du niveau des années 2000. Il estime que le rôle des soldats a été minimisé par les médias. Les indigènes ont été des membres indispensables de l'équipe de recherche, mais le succès de l'opération dépendait principalement de la stratégie, de la technologie et de la logistique militaires, rappelle-t-il.

« Il y a eu de la méfiance et des confrontations, dit-il. On disait, regardez la carte, regardez la boussole. Les indigènes prenaient du yagé et parlaient aux esprits. » En fin de compte, la capacité à travailler ensemble malgré ce choc des cultures n'a servi qu'à prouver quelque chose qu'il savait déjà. « L'union fait la force », assène-t-il avant d'attraper un volume sur une étagère remplie de livres sur le leadership et le développement personnel.

Il en choisit un intitulé *Le Pouvoir de la kaballah* et le feuillette jusqu'à un passage souligné. « Il y a deux réalités, dit-il. Le monde des ténèbres représente 1 % et le royaume de la lumière 99 %. » Il reste des aspects de l'opération qu'il trouve difficiles à expliquer : la survie miraculeuse des enfants, l'incapacité des commandos à les localiser, le rôle du yagé dans leur sauvetage. La connaissance est comme un verre d'eau. Si on le remplit à ras bord, il n'y a plus de place pour apprendre. « Il faut laisser 1 % du monde dans les ténèbres », conclut-il.

J'ai pourtant le sentiment que les livres sur le stoïcisme pourraient lui être plus utiles au quotidien. Commander les forces spéciales colombiennes a tout du supplice de Sisyphe.

Le jour où les enfants ont été sauvés, les troupes du CCOES participaient aussi à une opération secrète pour éliminer un important trafiquant de drogue. En octobre 2023, c'est l'un des commandos qui avaient patrouillé dans l'Apaporís qui réussit à tuer El Gato, le guérillero accusé d'être en charge du recrutement des enfants pour l'EMC. Mais en juin 2024, après la rupture du cessez-le-feu, l'EMC avait pris le contrôle de vastes territoires au sud du pays, tirant sur des commissariats de police et faisant exploser des bombes au milieu des populations civiles. Le plan du président Petro consistant à signer de multiples accords de paix avec la myriade de groupes armés du pays était en lambeaux. Les commandos sont donc revenus à leur cœur de métier : « Mort ou vif ».

Compte tenu de l'enjeu financier qu'il y a à contrôler les routes fluviales de la drogue dans la jungle et des faibles capacités de l'État à les surveiller, la mort d'un chef ne peut qu'être synonyme de l'ascension d'un autre. L'affaiblissement d'un groupe armé ne fait que donner des ailes au suivant. Sánchez donne l'impression de ne pas être de la même étoffe que ses prédécesseurs. Depuis son étreinte avec Giovani Yule, le leader nasa, il est devenu une figure à laquelle beaucoup d'indigènes font confiance et il a offert l'espoir que les relations entre militaires et civils s'améliorent en Amazonie. Mais le général ne se fait pas d'illusions sur la terrible situation sécuritaire dans laquelle se trouve le Peuple du Centre, dont le mode de vie est menacé par toutes sortes de forces extérieures.

« Ça nous a montré une triste réalité du pays, se désole-t-il. C'est la réalité de populations qui ont été laissées à la merci de groupes clandestins. »

Il reconnaît que beaucoup des investissements requis pour améliorer la protection, l'accessibilité et les services publics des communautés de la jungle pourraient avoir des conséquences inattendues sur la culture indigène et l'environnement. « Il y a une telle pauvreté… mais parfois l'installation d'une nouvelle piste d'atterrissage goudronnée signifie que la forêt autour de la ville va être abattue, dit-il. C'est un équilibre très difficile à trouver. C'est un peuple qui veut aller de l'avant mais les groupes illégaux le retiennent. »

En décembre 2023, sous la pression de groupes indigènes, l'Aerocivil a annoncé un investissement de 750 000 dollars pour refaire le tarmac de la piste d'Araracuara. Le communiqué de presse promettait qu'en plus d'améliorer les conditions de décollage et d'atterrissage, cela favoriserait le développement du commerce et du tourisme dans la région.

Mais de tels investissements sont peu probables tant que la situation sécuritaire du Caquetá changera au rythme des saisons. Le calme relatif dans lequel j'avais trouvé la région en novembre 2023 s'est révélé un bref moment de répit avant que la situation se dégrade. En juin 2024, je suis allé à un dîner pour fêter le diplôme d'infirmière de Diana Mendoza. Cet événement joyeux, auquel participaient des dizaines de membres de la communauté uitoto de Bogotá et pour lequel le Johnnie Walker a coulé à flots, était teinté par le souvenir des absents. Sur le mur, derrière le gâteau blanc à trois étages, étaient accrochées deux photos encadrées : l'une de Herman Mendoza, l'autre de sa mère, la femme d'Ismael, morte en août 2022.

Delio Mendoza, qui avait maigri, et Ismael, qui portait un costume et une cravate marron, ont rendu un hommage émouvant à Herman et à l'œuvre de sa vie. Ismael était fier de ce qu'avait accompli Diana. C'était un véritable défi pour les Uitoto de surmonter les préjugés et d'atteindre leurs objectifs professionnels tout en maintenant un lien avec leur culture. Il ne pouvait qu'espérer que ces opportunités existent bientôt sur le territoire du Peuple du Centre. Une semaine après ce dîner, la famille Mendoza a été frappée par une nouvelle tragédie : des hommes cagoulés ont abattu l'un des neveux d'Ismael en plein jour à Araracuara.

L'EMC avait affermi son emprise sur le río Caquetá. Quelques mois plus tôt, Sebastian Moreno, l'avocat de Manuel Ranoque, s'était rendu à Puerto Sábalo en compagnie de Don Rubio. Devant une assemblée d'anciens du village, il avait demandé que son client y soit jugé en vertu de la justice indigène traditionnelle. En retour, Manuel était prêt à rendre les fonds du projet carbone. L'assemblée avait rejeté sa demande.

« Ils m'ont dit que la guérilla ne serait pas d'accord », m'a-t-il confié.

Les choses se sont ensuite gâtées pour l'avocat. Pendant qu'il était à Puerto Sábalo, l'EMC a annoncé un blocus armé du río Caquetá et il a appris que les guérilleros le recherchaient. Allongés au fond d'une lancha pour ne pas se faire repérer, Moreno et Rubio sont partis au milieu de la nuit et se sont cachés pendant trois jours dans un village en aval. Moreno a finalement réussi à fuir et à atteindre la piste d'Araracuara, où il a trouvé une place sur un vol cargo.

Après avoir passé trois jours à parler avec des sources à Puerto Sábalo, Moreno a conclu que Manuel avait bien été menacé par la guérilla. « Ils m'ont dit qu'ils l'avaient attaché à un arbre et battu. Ils ont demandé aux villageois s'ils devaient le tuer ou pas. » Il souligne que la guérilla n'est pas clémente envers les allégations de violences conjugales et sexuelles. L'EMC nie avoir menacé Manuel, et cette version est contradictoire avec celle de William Castro, mais le récit des événements de Manuel concorde avec celui d'autres sources qui ont accepté de me parler sous couvert d'anonymat.

Je ne peux dire si la guérilla a menacé de recruter Lesly ou si c'est elle qui a cherché à rejoindre ses rangs pour échapper à son beau-père. Ce qui est sûr, en revanche, c'est que des milliers d'enfants en Amazonie colombienne et dans d'autres régions isolées sont extrêmement vulnérables face aux groupes armés et à l'absence de contrôle de l'État. Appartenir à la guérilla n'est pas dénué d'avantages. Les métiers qu'elle propose dans divers secteurs illégaux offrent aux jeunes indigènes une occasion rare d'échapper à la pauvreté et de subvenir aux besoins de leur famille. Les stocks alimentaires et l'aide financière offerts par l'EMC durant la pandémie de Covid-19 ont aussi permis d'étendre son influence sur des régions que l'État avait délaissées. Enfin, la justice expéditive et brutale qu'ils imposent à des individus violents et instables tels que Manuel Ranoque assure un semblant de stabilité dans une région livrée à elle-même.

Mais tout cela a un prix, celui de la soumission et du silence. Durant mes recherches, beaucoup d'indigènes se sont plaints des risques physiques que faisaient peser les groupes armés sur eux-mêmes et sur leur famille, de la corruption qui gangrène la politique locale et de l'érosion rapide de leur culture provoquée par l'accès à la drogue, aux armes et à la prostitution. Pour certains, la seule option est de quitter leurs terres ancestrales pour les quartiers pauvres des grandes villes et s'éloigner de leurs réseaux familiaux et de la culture de leur peuple. C'est cette décision que Magdalena a prise quand elle a décidé d'embarquer avec sa famille sur le vol HK-2803.

L'ombre de la violence projetée par les groupes armés n'est pas le seul risque qui plane sur les enfants vulnérables d'Amazonie. Il arrive que la menace soit plus proche. La dernière fois que j'ai parlé à Manuel Ranoque, c'était en visioconférence depuis sa cellule du quartier des délinquants sexuels dans une prison de haute sécurité de Bogotá. Il y avait été transféré à sa demande, après qu'un membre de l'EMC eut été incarcéré dans la prison à sécurité moyenne où il se trouvait précédemment. Il continue de clamer son innocence par rapport aux charges qui pèsent contre lui. Il dit que Lesly et Soleiny sont comme ses filles et que sa détermination à les chercher dans la jungle témoigne de sa dévotion à leur égard. De plus, il affirme ne s'être jamais trouvé seul avec elles : il passait ses journées à transporter de la marijuana, à abattre des arbres et chasser, et Magdalena n'aimait pas qu'il traîne à la maison.

Un tel témoignage a peu de chance de jouer en sa faveur. Outre les fausses déclarations qu'il a faites par le passé – dont celle où il affirmait que Magdalena avait survécu quatre jours après le crash –, il est peu probable qu'il trouve beaucoup de témoins prêts à prendre sa défense à Puerto Sábalo après ses détournements de fonds et ses diverses incartades alcoolisées. Plus important encore, le témoignage de Lesly contre lui est accablant et corroboré par des examens médicaux. À moins qu'elle ne se rétracte, Manuel a de bonnes chances de passer de quatorze à vingt ans derrière les barreaux.

Si le Cessna ne s'était pas écrasé dans la jungle, les abus sexuels de Manuel sur Lesly – dont le tribunal doit encore confirmer qu'ils ont bien eu lieu – auraient pu se poursuivre. Si les enfants n'avaient pas survécu contre toute attente jusqu'à leur sauvetage, il n'y aurait vraisemblablement jamais eu de procès. Combien de faits similaires ne sont jamais poursuivis en Amazonie et dans d'autres régions rurales à cause de ce sentiment d'impunité ? La terrible réalité, confirmée par mes échanges avec des activistes et des organisations internationales, est que le taux d'abus sexuels et de violences conjugales, déjà élevé, est sans doute largement sous-évalué. Même avec plus de moyens, il est difficile d'imaginer comment l'ICBF pourrait augmenter sa présence dans les communautés amazoniennes reculées dans la situation sécuritaire actuelle.

La plupart des Colombiens connaissent bien les difficultés apparemment insolubles auxquelles leur pays fait face

– et ils en sont épuisés. Ce pays métissé, dont la vaste majorité des habitants a du sang indigène, a connu un regain de fierté quand Lesly, Soleiny, Tien et Cristin ont donné au monde entier un exemple inédit de la puissance de l'esprit humain et de l'importance de préserver les savoirs ancestraux des populations autochtones. Lesly, en particulier, est devenue une héroïne nationale acclamée pour sa force et sa maturité. Son histoire correspondait bien à la vision de la Colombie comme « puissance mondiale de la vie » proposée par Petro – un message qui sera sans doute souligné dans le documentaire du service public consacré aux enfants.

Mais pour que ce message sonne juste, il faudra que le pays enraye l'érosion rapide de la culture indigène. Les systèmes de croyances des Uitoto et des nombreuses autres communautés amazoniennes font partie de ce que l'ethnobotaniste Wade Davis a baptisé « l'ethnosphère » : la somme totale des croyances et idées du monde entier depuis les débuts de l'espèce humaine. C'est, de son point de vue, « le plus grand héritage de l'humanité ». De la même façon que la biosphère est dégradée par la disparition des animaux et des végétaux, l'ethnosphère est érodée par la perte des cultures du monde, à un rythme bien plus soutenu. La connaissance de la forêt – transmise de génération en génération –, qui a permis à Lesly de sauver ses frère et sœurs, est menacée par les industries extractives, les nouvelles technologies et la puissance de la culture globalisée. Il en va de même pour la spiritualité ancestrale qui a aidé les équipes indigènes à retrouver les enfants, tant les nouvelles générations se détournent des enseignements de leurs grands-parents.

Les hommes comme Don Rubio sont une espèce en voie de disparition. Au cours des jours qui suivirent le sauvetage, il accomplit une cérémonie de purification des hommes de Puerto Leguízamo qui avaient trouvé les enfants. Tous avaient des symptômes grippaux et deux d'entre eux avaient la leishmaniose, mais ils retrouvèrent bientôt leurs forces. Or personne d'autre n'avait les connaissances nécessaires pour accomplir le rituel sur Rubio. Il avait quitté la jungle avec un mal de gorge et la voix cassée: les conséquences, selon lui, du moment où le duende l'avait attrapé par le cou. Durant des mois, son état physique et mental se détériora. Il avait ramené des tiques et des poux de la jungle et sentait des parasites dans son corps. Pire encore, son âme avait absorbé les énergies noires des esprits et du duende. Il se sentait devenir fou, puis il sombra dans la dépression. «J'avais envie de retourner dans la *monte* et de me jeter dans la rivière», m'a-t-il confié.

En avril 2024, de retour de son périlleux voyage sur le río Caquetá avec l'avocat de Manuel, Rubio décida de rendre visite à un ami qui vivait dans la jungle à l'extérieur de Puerto Leguízamo. Il y prit du yagé pour la première fois depuis l'Apaporís, préparant soigneusement la mixture pour provoquer la purge dont il avait besoin. Le breuvage purifia son corps, mais il provoqua aussi une prise de conscience et lui apporta un nouvel objectif. Il pensa aux deux fils qu'il avait perdus et à la perspective de la disparition de son héritage. «Quand je serai complètement remis, je veux enseigner», m'a-t-il dit la dernière fois que nous nous sommes parlé. Il avait remarqué que de plus en plus de jeunes hommes prenaient du mambé et il sentait leur désir d'en apprendre davantage sur le passé et la culture de leur peuple. «Je veux monter une maloca où je pourrais leur apprendre à soigner par les plantes, à chanter, à prendre du yagé et à communier avec les esprits.»

Rubio était de bonne humeur, bavard et joyeux, un homme différent du personnage taciturne et mystérieux qui était entré dans la jungle. Il avait une dernière bonne nouvelle: d'après lui, Wilson était vivant et en pleine forme. Rubio avait mal vécu les accusations qui prétendaient que, lors de sa confrontation avec le duende, il s'était servi du chien comme d'une monnaie d'échange contre les enfants. Dans une vision provoquée par le yagé, il avait vu le berger belge marcher dans la jungle, accompagné de deux hommes. Ils lui avaient expliqué que Wilson s'était enfui à la poursuite d'une femelle chien des buissons en chaleur, mais qu'ils le protégeaient désormais. « Il est là-bas, dans l'Apaporís – les jaguars ne l'ont pas dévoré, dit Rubio. Le chien est heureux. »

Malheureusement, à l'heure où j'écris ces lignes, Lesly, Soleiny, Tien et Cristin n'ont pas la liberté de retourner dans la jungle. Ils restent sous la tutelle de l'ICBF, et leur avenir est incertain. De nombreux Colombiens espèrent, et même s'attendent à ce que Lesly devienne un symbole de la culture amazonienne et de l'importance des savoirs ancestraux, la Greta Thunberg des droits indigènes.

Reste à savoir si Lesly, qui n'a que 14 ans, souhaite endosser ce rôle. La Colombie a déjà eu des héros amazoniens par le passé. En 1976, Alberto Lesmes Rojas – plus connu sous le nom de Kapax – a parcouru en cinq semaines les 1 600 kilomètres du río Magdalena à la nage. Le « Tarzan de l'Amazonie » est devenu une célébrité et le défenseur des causes environnementales de la région. Aujourd'hui âgé de 77 ans, il vit dans une petite maison dans le centre de Leticia. Depuis son immense exploit, des millions de kilomètres carrés de forêt tropicale ont été rasés sur tout le continent sud-américain.

Depuis la naissance de la nation colombienne, le pays tourne le dos à la jungle et à son peuple. Dans toute la région, des milliers d'enfants souffrent des conséquences de l'abandon de l'État. Beaucoup d'autres se perdront dans la forêt, seront enrôlés dans des groupes clandestins, deviendront victimes de violences domestiques ou succomberont à l'alcoolisme ou aux addictions. Mais, en dépit de tout cela, le Peuple du Centre – y compris ses membres exilés dans les villes –

ressent une profonde connexion avec ses clans et ses territoires de la jungle.

Andrés raconte que la dernière fois qu'il a rendu visite à Soleiny, sa fille cadette s'est mise à pleurer et lui a dit : « Je veux juste rentrer à la maison. »

GLOSSAIRE

agua panela: boisson chaude à base de sucre brun
ambil: tabac liquide prisé du Peuple du Centre
barbasco: racine contenant des toxines légères utilisée pour étourdir les poissons des lagons
cacique: chef traditionnel d'une tribu ou d'un clan, titre réservé à ceux qui possèdent la connaissance de l'histoire et de la cosmologie de leur peuple
caguana: jus d'ananas traditionnel d'Amazonie
casabe: pain plat réalisé à partir de manioc râpé avec un cœur gélatineux
chagra: petite parcelle de terre débroussaillée chaque année pour les cultures
colono: colon blanc dans la jungle
copuazú: fruit à la peau brune et à la chair blanche, de la famille du cacao
curandero: guérisseur
duende: esprit protéiforme
fariña: mélange à base de manioc similaire à du granola
guácharo: oiseau d'Amazonie nichant dans des grottes
lancha: long canoë en bois ouvert et propulsé par un moteur hors-bord
maloca: haute hutte de cérémonie au toit de palme
mambé: poudre verte à base de feuilles de coca et de cendre consommée par les hommes
minga: pratique indigène consistant à s'unir pour atteindre un bien commun
monte: jungle sauvage qui entoure les villages
paisanos: peuples indigènes ayant une terre originelle commune

sábalo : gros poisson charnu, espèce endémique de l'Amazonie colombienne
sabaleta : petit poisson peu charnu
siringa : arbre à caoutchouc
tucupi : sauce épicée à base de manioc
tupui : plateau montagneux en grès
vereda : hameau au bord du fleuve
vidente : voyant·e
yagé : jus extrait d'une plante hallucinogène

REMERCIEMENTS

J'ai commencé à travailler sur ce livre à Bogotá, à 600 kilomètres du lieu des événements et à 2 000 mètres plus près du ciel. Je connaissais peu la jungle amazonienne et si j'ai réussi à capturer un peu de son essence dans ces pages, c'est grâce à la générosité et à la patience et des hommes et des femmes uitoto, muinane et andoque qui m'ont aidé dans les mois qui ont suivi. Lorsque se rendre à Araracuara et sur le río Caquetá semblait impossible, Ismael Mendoza s'est révélé un guide aussi indispensable que passionnant. Je me souviendrai toujours de nos longues journées sur la rivière, de la caguana et du tapir fumé, et de nos conversations dans nos hamacs. Merci à toi, Ismael.

Je suis aussi reconnaissant à la famille Jacobombaire de m'avoir fait confiance alors que je n'avais guère plus à offrir que ma curíosité. Durant cette période difficile, Andrés, Rosamira et Jairo ont pris le temps de me parler et de me raconter les événements qui ont marqué la jeunesse de Magdalena. Je tiens d'ailleurs à adresser également mes remerciements à Diana Rodríguez pour m'avoir offert sa perspective unique. Magdalena a eu de la chance de t'avoir comme amie.

Je dois aussi remercier Edwin Paky pour son explication détaillée du champ d'action des équipes indigènes, et Don Rubio pour ses descriptions imagées des puissants effets du yagé et du visage du duende. À Bogotá, le général Pedro Sánchez m'a accordé son temps sans compter, passant plusieurs après-midi à discuter de stratégie militaire et m'aidant à organiser des entrevues avec les soldats et pilotes qui ont joué un rôle si crucial dans le sauvetage des enfants.

Enfin, je souhaite remercier les paisanos, pilotes, policiers, anthropologues, experts en sécurité et historiens que j'ai rencontrés au cours de mes recherches. Certains sont cités ici, beaucoup ne le sont pas, mais aucun n'a la moindre responsabilité quant aux défauts que l'on pourra trouver à ce livre.

À Londres, je tiens à remercier Richard E. Kelly pour m'avoir (une nouvelle fois) remis sur les rails de mon récit et Nicole Wilkins, relectrice infatigable, pour ses suggestions. Enfin mes remerciements vont à ma compagne, Vivian Chen, pour m'avoir soutenu tout au long de la gestation de ce livre et pour avoir réalisé les magnifiques cartes qui l'accompagnent.

AUX ÉDITIONS MARCHIALY

JAKE ADELSTEIN,
Tokyo Vice
Le Dernier des yakuzas
J'ai vendu mon âme en bitcoins
Tokyo Detective

CRISTIAN ALARCÓN,
Que ma mort soit une fête

SINAR ALVARADO,
Portrait d'un cannibale

NOÉ ÁLVAREZ,
10 000 km

JORGE ENRIQUE BOTERO,
Attends-moi au ciel, capitaine

SEBASTIAN CASTELIER ET QUENTIN MÜLLER,
Les Esclaves de l'homme-pétrole

JEAN-CHARLES CHAPUZET,
Mauvais Plan sur la comète
Du bleu dans la nuit

ÉLISE COSTA,
Les Nuits que l'on choisit

JOHN DANALIS,
L'Appel du cacatoès noir

TIMOTHÉE DEMEILLERS ET GRÉGOIRE OSOHA,
Voyage au Liberland

MARINE DUMEURGER,
Le Prince de Kalmoukie

SONIA FALEIRO,
The Good Girls

ÉMILIE FENAUGHTY,
Carcasse

SIMON FICHET,
Tornade

MICHAEL FINKEL,
Le Voleur d'art

ARMAND GATTI,
Envoyé spécial dans la cage aux fauves

MANON GAUTHIER-FAURE,
Les Pièces manquantes
Les Fantômes du lac

A. KENDRA GREENE,
Le Musée de la Baleine (que vous ne verrez jamais)

ALMA GUILLERMOPRIETO,
La Révolution, la danse et moi
Samba

ALLISON HOOVER BARTLETT,
L'Homme qui aimait trop les livres

KIRK WALLACE JOHNSON,
Le Voleur de plumes

THOMAS JUSQUIAME,
Circulez

KAPKA KASSABOVA,
Lisière
L'Écho du lac
Élixir

JAY KIRK,
Esquive le jour

RAPHAËL KRAFFT,
Les Enfants de la Clarée
Radio Surobi

JESSICA J. LEE,
Deux Arbres, une forêt

ROMAIN LESCURIEUX ET ANTONIN VABRE,
La Montagne inversée

KARIM MADANI,
Jewish gangsta
Tu ne trahiras point

RAPHAËL MALKIN,
Le Rugissant
Lieutenant Versiga

GRÉGOIRE OSOHA,
Atome 33

JUAN PABLO MENESES,
La Vie d'une vache
Le Prodige
Un dieu à soi

CARLES PORTA,
Tor

MIGUEL PRENZ,
La Guerre des dinosaures

EVAN RATLIFF,
Disparaître dans la nature

ALBERTO SALCEDO RAMOS,
L'Or et l'Obscurité

ANJAN SUNDARAM,
Kinshasa jusqu'au cou
Bad News
Fracas

TAINA TERVONEN,
Les Fossoyeuses
Les Otages
Les Veilleurs

TITAŸNA,
Une femme chez les chasseurs de têtes
Les Ratés de l'aventure

APARECIDA VILAÇA,
Paletó et moi

SIMON WORRALL,
Le Faussaire de Salt Lake City

RÉMI YANG,
Roses d'acier

Il a fallu toute une équipe et pas mal de savoir-faire pour réaliser le livre que vous tenez entre les mains, le soixante-et-unième à rejoindre le catalogue Marchialy. La traduction réalisée par Charles Bonnot a été relue par Mathilde Deprez. Le texte a été maquetté par Benoit Laureau et la correction assurée par Agnès Aubry. L'illustration de couverture a été imaginée et gravée par Guillaume Guilpart.

Mise en page : Studio Abble
Dépôt légal : mars 2024
Achevé d'imprimer en février 2025 par Aubin
Numéro d'impression : 2409.0067
Imprimé en France
ISBN : 978-2-38134-060-90

1 JOUR DANS LA JUNGLE 2 JOURS DANS LA
JUNGLE 3 JOURS DANS LA JUNGLE 4 JOURS
DANS LA JUNGLE 5 JOURS DANS LA JUNGL
6 JOURS DANS LA JUNGLE 7 JOURS DANS L
JUNGLE 8 JOURS DANS LA JUNGLE 9 JOURS
DANS LA JUNGLE 10 JOURS DANS LA JUNG
11 JOURS DANS LA JUNGLE 12 JOURS DANS
LA JUNGLE 13 JOURS DANS LA JUNGLE 14
JOURS DANS LA JUNGLE 15 JOURS DANS LA
JUNGLE 16 JOURS DANS LA JUNGLE 17 JOUR
DANS LA JUNGLE 18 JOURS DANS LA JUNG
19 JOURS DANS LA JUNGLE 20 JOURS DANS
LA JUNGLE 21 JOURS DANS LA JUNGLE 22
JOURS DANS LA JUNGLE 23 JOURS DANS L
JUNGLE 24 JOURS DANS LA JUNGLE 25 JOU
DANS LA JUNGLE 26 JOURS DANS LA JUNG
27 JOURS DANS LA JUNGLE 28 JOURS DANS
LA JUNGLE 29 JOURS DANS LA JUNGLE 30
JOURS DANS LA JUNGLE 31 JOURS DANS LA
JUNGLE 32 JOURS DANS LA JUNGLE 33 JOU
DANS LA JUNGLE 34 JOURS DANS LA JUNG
35 JOURS DANS LA JUNGLE 36 JOURS DANS
LA JUNGLE 37 JOURS DANS LA JUNGLE 38
JOURS DANS LA JUNGLE 39 JOURS DANS
LA JUNGLE 40 JOURS DANS LA JUNGLE